KB180230

테러리스트의
파라솔

테러리스트의 파라솔

후지와라 이오리 장편소설

민현주 옮김

블루홀6

TERRORIST'S PARASOL

차례

1

10월의 어느 토요일, 오랫동안 내리던 비가 그쳤다.

늘 그렇듯 10시가 지나서 잠에서 깼다. 형광등을 켜고 평소대로 창문 밖으로 고개를 내밀었다. 햇볕이 들지 않는 집에 사는 사람에게 언제부턴가 몸에 밴 습관이다. 하나뿐인 창문 밖으로 손을 뻗으면 옆 건물에 닿을 정도이지만 그래도 하늘은 보인다. 물론 건물에 약간 가리긴 하지만 이토록 화창함이 눈에 스며드는 건 오랜만이었다. 스웨터 소매에 팔을 넣으며 밖으로 나왔다. 이런 날에는 햇볕을 쬐는 것도, 오늘 하루의 첫 잔을 들고 햇볕이 드는 곳에 가는 것도 나쁘지 않다. 무엇보다 이는 맑은 날에 보내는 내 일과였다. 삶에 찌든 알코올중독자 중년 바텐더에게도 일과가 있다.

바람은 불지 않았다. 아침 햇살을 맞으며 30분 정도 걸었다. 고슈가도甲州街道를 지나서 도청을 지나 육교를 건넜다. 그러고는 공원 입구 근처에 있는 마른 잔디 위에 누웠다. 늘 이렇게 눕는다. 잠시 몸을 숨기고 있던 태양은 어느새 머리 위로 비스듬히 올라왔다. 토요일답게 가족들이 여유롭게 공원을 거닌다. 탱크톱 차림으로 조깅하는 사람이 숨을 헐떡거린다. 저 멀리 누군가의 라디오 카세트에서 모르는 음악이 흘러나왔다. 나는 가져온 봉투에서 위스키 병을 꺼내 작은 플라스틱 컵에 따랐다. 손이 떨리는 바람에 조금 흘렸다. 오늘 하루 첫 한 잔을 마시자 목이 몹시 타들어 갔다.

가을 햇살이 고요하고 부드럽게 쏟아진다. 투명한 햇살 속에서 은행잎이 하늘하늘 평온한 세계를 떠돌고 있다. 문제는 없다. 아무 문제도 없는 것이다. 한때 모든 사람이 그렇다고 생각한 햇살. 오전 11시의 햇살이 쏟아져 내린다.

현재로서 내게도 아무 문제는 없다. 주변도 마찬가지다. 평화로운 풍경이었다. 무엇보다 나나 나와 비슷한 존재가 이곳에 없었다면 이 공원은 한층 평화로워 보였을지도 모른다. 나처럼 잔디에 누워 있는 노숙자 몇 명이 보인다. 그들도 내가 그렇듯 신주쿠역 서쪽 출구의 인공 불빛에서 벗어나고 싶을 때가 있어서 여기 왔을 것이다.

두 번째 잔을 따랐다. 또 손이 떨려 위스키를 흘렸다. 하지만 조금 있으면 이 손 떨림도 나아질 거란 것을 안다. 어쨌든 이미 첫 잔은 마셔 버렸다. 병 안에 위스키가 얼마 남지 않은 저녁, 나는 이제 착실한 인간이 된다. 지금부터 제대로는 아닐지라도 일단 일을 할 것이다. 1년 동안 똑같은 일과를 보내고 있다. 떨리는 손바닥을 물끄러미 바라보았다.

그때 누군가가 나를 쳐다보고 있다는 걸 깨달았다. 고개를 드니 여자아이가 나를 내려다보고 있었다. 여자아이는 대여섯 살 정도로 빨간색 코트를 입고 있다. 고개를 갸웃거리며 나를 보더니 내가 바라보고 있던 내 손바닥을 본다.

"추워?"

여자아이가 말했다.

"아니, 안 추워. 그건 왜?"

"손이 떨리잖아. 덜덜."

나는 웃었다.

"덜덜 떨리다니. 정말 그렇네. 그래도 춥지는 않아."

"그럼 병이야?"

알코올중독 또는 의존증. 이건 병일까. 알 수 없었다. 한 번도 생각해 본 적이 없다.

"아마 병은 아닐 거야."

"흠, 그렇구나. 그래도 손이 떨리면 곤란하잖아."

"아니야."

내가 말했다.

"바이올린을 잘 켤 수 없잖아."

이번에는 소리 내어 웃었다.

"아저씨는 바이올리니스트가 아니야. 피아니스트도 아니고. 그러니 별로 안 불편해. 넌 바이올린을 켜니?"

"응. 정말 잘해."

"얼마나 잘하는데?"

여자아이는 코트 주머니에 양손을 넣었다. 어떻게 답해야 좋을지 고민하는 듯했다. 마침내 여자아이가 입을 열었다.

"음, 헨델의 3번을 켤 수 있어. 소나타 3번."

"우와, 너 정말 대단하구나."

"나 말이야, 바이올리니스트가 될 거야."

"그거 괜찮네."

"내가 바이올리니스트가 될 수 있을 것 같아?"

나는 잠시 생각하고 나서 말했다.

"응. 운이 좋으면."

"운?"

"그래, 행운 말이야."

"운이 좋지 않으면 안 돼?"

"그렇지."

흐음, 여자아이는 중얼거리면서 나를 보았다. 금방이라

도 쓰러질 듯한 마른 몸으로 똑바로 선 채였다. 나는 누운 채로 생각했다. 이 또래 여자아이와 마지막으로 말했던 것이 언제쯤이었을까.

"아저씨는 훌륭한 사람이네."

여자아이가 차분한 말투로 말했다.

"왜 그렇게 생각하는데?"

내가 물었다.

"다들 분명히 될 거라고 말한다니까. 내 나이에 헨델을 연주하는 사람 나밖에 없어. 어른들은 전부 잘한다고 칭찬해. 그런데 그런 것들 다 바보 같아. 아저씨처럼 말하는 사람, 아무도 없어."

"이 세상에는 다양한 가치관을 가진 사람들이 있잖아. 어쩌면 모두가 옳을지도 몰라."

"아니야. 그런 사람은 바보야."

"그런가. 함부로 말하면 안 돼."

"무슨 말이야?"

"난 조금도 훌륭한 사람이 아니야. 술꾼 중에 훌륭한 사람은 없거든."

"아저씨, 술꾼이야? 술 마셔?"

"응, 지금도."

"술 따위 상관없는걸."

그 말을 잠시 곱씹고 있는데, 한 남자가 느린 걸음으로 다가오는 것이 보였다. 나보다 조금 나이가 많지만 얼추 비슷한 또래다. 아마 여자아이의 아빠일 것이다. 은테 안경에 헤링본 재킷과 페이즐리 애스콧 타이. 40대 후반의 남자가 휴일을 더욱 만끽하기 위해서는 이런 패션으로 외출을 하는 방법이 있을지도 모른다. 나의 해진 스웨터와는 확실히 거리가 있다.

그는 여자아이의 어깨에 손을 올렸다. 그의 시선이 나와 내 위스키로 향했지만 표정에 변화는 없었다. 그가 부드러운 목소리로 여자아이에게 말했다.

"아저씨 방해하면 안 돼."

여자아이가 고개를 들어 나를 바라보았다. 그러고는 입을 삐죽거리며 내게 말했다.

"내가 아저씨 방해했어?"

"아니야, 안 그랬어."

남자는 나를 향해 미소 지었다. 예의를 차린 미소였다.

"여자아이들도 이 나이 때쯤 되면 제멋대로여서……"

"둘이서 세상의 진리에 대해 이야기하고 있었어요."

남자가 애매한 표정을 지었다.

"그것참 뭔가 폐를 끼친 것 같네요. 실례가 많았습니다."

그는 딸의 손을 잡았다.

"자, 이제 가자."

여자아이는 살며시 저항하는 듯하더니 이내 아빠 말을 따랐다. 두 사람이 돌아가는 도중, 여자아이가 나를 돌아보았다. 좀 더 이야기하고 싶다는 것처럼. 나도 같은 기분이었다. 여자아이를 향해 살며시 손을 흔들었다. 여자아이는 수줍은 듯한 미소로 답하더니 아빠의 손에서 벗어나 어딘가로 달려갔다.

나는 때때로 차별을 당한다. 옷차림 때문에. 혹은 대낮부터 술 냄새가 난다는 이유로. 이런 차별에는 익숙하다. 차별하려는 마음이 드는 것을 이성으로 억누르는 사람들의 심경에도 익숙하다. 반면 태어날 때부터 차별과는 전혀 인연이 없는 사람도 세상에는 존재한다. 좀처럼 만나기 어렵지만 그런 존재도 있다.

멍하니 술을 계속 마셨다. 작은 여자아이의 말을 몇 번이나 곱씹었다. 달콤한 노래처럼 머릿속에 떠올랐다.

'술 따위 상관없는걸.'

잔을 입에 몇 번이나 가져다 댔는지 셀 수 없게 되었을 때쯤, 이번에는 젊은 남자가 다가왔다. 갈색 염색 머리에, 전단지 뭉치를 껴안고 있다. 그가 전단지 한 장을 내게 건네주려고 했다.

"신에 대해 이야기하지 않겠습니까?"

갈색 머리 남자가 말했다.

"죄송하지만 지금 일하는 중이라."

"일? 무슨 일이요?"

"이거."

술병을 흔들었다.

"프로 술꾼이거든요."

"특이한 직업이군요. 이 아저씨, 제법이네."

그는 이렇게 말하며 웃었다.

갈색 머리 남자는 고개를 끄덕이면서 자리를 떴다.

나는 고개를 절레절레 내저었다. 그에게 전도당해 신앙의 길로 들어선 사람이 있기나 할까. 있을지도 모른다. 신주쿠에서는 무슨 일이 일어나도 이상하지 않으니 말이다. 신도 그렇게 생각할 것이다. 계속 술을 마셨다. 손 떨림이 점점 나아졌다. 벌렁 드러누워 하늘을 보았다. 기다란 구름 몇 점이 쭉 뻗어 있고 투명한 햇살은 여전히 부드럽게 내리쬐고 있다. 주변에 즐비한 빌딩이 눈에 들어왔다. 도심 한가운데에 있는 공원. 그곳에 있는 햇볕 바른 양지. 기적처럼 술을 마실 장소로 제격이었다.

그 소리가 들린 건 꾸벅꾸벅 졸기 시작할 때쯤이었다. 땅울림이 느껴지고 몸이 붕 떴다. 연달아 비명이 겹쳐졌다. 누군가 내게 말을 걸었다. 일어났다. 배에 묵직하게 전해지는 이 소리를 나는 안다.

작열하는 폭약.

연기가 피어오르고 있었다. 폭발음이 난 쪽에서 많은 사람이 정신없이 달려왔다. 그들은 일제히 무언가를 외치고 있었다. 하지만 무엇을 외치는지는 알 수 없었다. 중년 여성 두 명이 비명을 지르면서 내 옆을 지나쳐 갔다. 노인들이 비틀비틀 달린다. 나는 어느샌가 이 흐름과 반대로 달리고 있다. 신주쿠 경찰서는 여기서 가깝다. 시간을 계산했다. 1분 30초. 더 이상의 여유는 없다. 공원의 중심으로 나왔다. 지면보다 한층 낮은 곳에 분수가 있는 광장. 왼쪽에 있는 지하철 공사용 시설의 벽과 천장이 날아가 철골이 그대로 드러나 있다. 이 때문에 광장이 훤히 들여다보였다.

한쪽에 사람이 쓰러져 있다. 오른쪽에는 콘크리트 인공 연못이 있고 그 밑, 물가 옆에 함몰이 생긴 상태였다. 그곳에서 검은 오염물질이 방사형으로 흐르고 있다. 그 주변에는 사람 외에도 널브러진 것이 있었다. 바로 신체의 일부. 갈기갈기 찢겨 원형을 상실한 것들. 살과 피. 돌계단을 내려올 때 구부러진 나뭇가지 같은 것이 눈에 들어왔다. 처음에는 몰랐는데 어색하게 구부러져 있어서 깨달았다. 송두리째 찢긴 팔이었다. 손톱은 와인 색 매니큐어로 깔끔하게 칠해져 있었다. 계단 바로 밑에서는 한 남자가 주저앉으며 기도하

15

듯이 자신의 배를 움켜쥐고 있다. 남자의 팔에서 말랑말랑한 무언가가 옅게 빛나고 있다. 튀어나온 창자였다. 달리면서 이런 광경을 스쳐 지나갔다.

폭발 진원지를 향해 달려갔다. 찾아야 하는 사람이 한 명있다. 이 공원에 남아 있지 않기를 바랐다. 몇 분 전이었지. 아니, 몇 시간 전이었나. 그때 광장에서 누군가가 반대편 돌계단을 뛰어 올라가는 것이 보였다. 폭발 피해를 입은 사람은 아니다. 이 상황에 흥미를 느낀 인간이 나 말고 또 있다니. 주변에는 사망자들과 그들의 시체 조각이 널브러져 있었다. 사지를 잃은 몸통에 반쯤 뒤틀린 머리가 붙어 있다. 다리가 한 짝, 아무렇게나 굴러다니고 있다. 뼈가 보이는 다른누군가의 한쪽 팔이 농담처럼 그 위에 올려져 있다. 온몸이다 타버려 검게 그을렸다. 온통 피투성이였다. 죽어가는 사람들뿐이었다. 매캐한 연기 속에서 그들 사이를 달렸다. 뱀처럼 꾸불꾸불한 핏줄 몇 가닥 사이를 누비며 계속 달렸다. 코를 찌르는 자극적인 냄새가 났다. 내가 아는 종류의 산酸냄새가 아니다. 그 속에 피 냄새가 피어오르고 있다. 폭발이발생한 곳에서 멀리 떨어진, 역에 접한 쪽에서 신음이 들려온다. 변함없이 투명한 햇살이 쏟아져 내리고 있지만 세상은 방금까지와는 달랐다. 한순간에 미친 것이다. 아니, 처음부터 미쳐 있던 건가. 떠오르는 기억이 있었다. 늪의 바닥에서 떠오르는 거품처럼 그 기억이 문득 되살아나기 시작했다. 나는 애써 그 기억을 머릿속에서 쫓아냈다.

　달리면서 폭음이 들린 후 얼마나 지났는지 생각했다. 아마 1분 정도. 타임 리미트다. 포기하려던 차에 빨간 코트가 눈에 들어왔다. 광장 반대편, 콘크리트에 둘러싸인 정원수 그늘에 바이올린을 잘 켜는 여자아이가 쓰러져 있었다. 의식이 없고 얼굴은 창백하다. 이마에서 피가 흐른다. 그러나 폭발에 직접 영향을 받은 것 같지는 않았다. 폭풍爆風에 쓰러졌을 때 어딘가에 부딪혀 찢긴 상처다. 폭발 진원지에서 그렇게 멀리 있던 게 아닌 것치고는 거의 기적이다. 여자아이의 키보다 높은 콘크리트가 여자아이를 둘러싸고 있어서 겨우 목숨을 건진 것 같았다. 다만 내장은 파손되었을 수도 있다. 목덜미에 손을 대보니 맥이 끊기진 않았다.

　'너는 어쩐지 운이 따르네.'

　중얼거렸다. 나는 여자아이를 안아 올려 근처에 있는 돌계단을 올랐다.

　사람이 있었다. 블랙 계열 정장을 입고 선글라스를 쓴 남자의 뒷모습이었다. 그는 내 존재를 눈치챘는지 쓱 나무 속으로 사라졌다. 아까 계단을 올라가던 남자일지도 모른다. 나는 남자를 무시했다. 사이렌 소리가 희미하게 들렸다. 우선 해야 할 일은 따로 있다. 주변을 둘러보니 아까 내게 말을 건 젊은 갈색 머리 포교자가 바닥에 주저앉아 있었다. 멍하게 침을 흘리고 있는 남자의 뺨을 때렸다.

"괜찮나?"

"아……."

남자의 눈에 천천히 초점이 돌아왔다. 그제야 나를 알아챈 듯했다.

"이게 무슨. 도대체 무슨 일이지……."

남자의 말을 끊었다.

"넌 괜찮아. 쇼크를 받은 것뿐이야. 이 아이도 살았어."

"응?"

"이 여자아이도 살았다고. 네게 맡긴다. 신에게 빌지만 말고 구급차가 오면 이 아이를 가장 먼저 맡겨."

"왜 내가……."

남자를 다시 한번 때렸다.

"알겠냐고. 이 아이에게 무슨 일이라도 생기면 넌 죽어. 잊지 않는 게 좋을 거야. 거짓말 아니야."

"나는……."

남자의 말을 끝까지 듣지 않았다. 뒤돌아보지도 않고 그 자리를 떴다. 육교를 달리며 건너는 도중 제복 경찰 두 명이 스쳐 지나갔다. 그들이 내게 말을 걸었지만 내용은 잘 들리지 않았다. 사이렌 소리가 서로 경쟁하듯 부풀어 오르고 있어서다. 나는 뒤쪽 공원을 가리켰다. 그들은 고개를 끄덕이더니 그쪽으로 달려갔다. 도청 옆에 몰려든 구경꾼들 속에 섞여 있는데, 경찰차가 공원을 겹쳐 에워쌌다. 도로 옆 호텔과 이어진 육교를 경찰이 달리고 있다. 공원 정면 입구 주변에는 자동차 몇 대가 쓰러져 있고 역 쪽에서는 경찰 몇 명이 달려오고 있다. 신주쿠에 있는 경찰들이 이곳으로 달려오고 있는 것이다. 그 모습을 지나치고 나서야 겨우 크게 숨을 내쉬었다. 숨이 찼다. 공원을 등지고 달리기 시작했을 때, 불현듯 어떤 생각이 떠올랐다. 그 갈색 머리 포교자는 곧 나에 관해 경찰에게 말할 것이다. 위스키 병과 컵도 공원에 두고 왔다. 거기에는 덜 마른 콘크리트에 찍힌 발자국처럼 내 지문이 또렷이 남아 있을 것이다. 그것이 경찰이 보존하고 있는 내 지문과 일치한다는 사실을 그들이 알게 되기까지, 그리 오래 걸리지 않을 것이다.

2

서쪽 출구 통로에는 늘 그렇듯 골판지 상자로 만든 집이 늘어서 있다. 역 쪽으로 걸어가고 있는데, 그 집 중 한 곳에서 누군가 말을 걸었다.

"시마 씨."

내가 아는 노숙자는 많지 않다. 그중 한 명이 골판지 집에서 고개를 내밀었다. 그들 사이에서는 본명을 부르지 않는 것이 암묵적인 룰이다. 그래서 예전에 그는 나에게 다쓰라고 불러 달라고 한 적이 있다.

"무슨 일 있나? 엄청 시끄럽네. 경찰이 몇 명이나 뛰어가던데."

다쓰의 목소리는 앳되었다. 몇 살인지 나이도 들은 적이 없지만 아마 20대 후반일 것이다. 이 주변에 있는 골판지 집 주민들 중 가장 젊다. 어쩌면 여기서 20대는 그뿐일지도 모른다.

몸을 굽혀 그에게 다가가자 등까지 기른 머리에서 냄새가 났다. 내가 아는 사람 중에 나보다 심한 냄새가 나는 몇 안 되는 사람이었다.

"폭탄이 폭발했어."

"폭탄?"

"응."

"어떻게 된 일이야?"

"모르겠어. 사망자가 꽤 나온 것 같아. 여기도 곧 시끄러워질 거야. 경찰들이 이것저것 물으러 올 거고. 그건 각오하는 게 좋을 거야."

"그것참 귀찮게 됐네. 경찰이랑 얽히는 게 세상에서 제일 싫은데. 잠시 피할까."

다쓰는 턱수염을 천천히 쓰다듬었다. 나이에 어울리지 않게 멋들어진 턱수염이었다. 벌게진 코 때문에 그 얼굴이 더욱 앳되어 보인다.

"아니야. 움직이지 않는 게 좋을 거야. 사라지면 괜히 의심만 받아. 아무것도 모르면 모른다고 솔직하게 말하는 게 낫지 않을까."

"흠, 그런가. 그럴지도 모르겠네. 뭐, 시마 씨가 그렇다고 하면 그렇게 하지 뭐."

"별 걱정 안 해도 될 거야."

"그러면 좋겠는데."

다쓰는 태평하게 말했다. 늘 그런 식이다. 어떤 상황에서도 결코 당황하지 않는 것이 그만의 방식이었다.

나는 잠시 생각하고 나서 말했다.

"그런데 다쓰. 부탁이 하나 있어."

"뭔데?"

"오늘 나랑 만난 거, 없던 일로 해 줘."

다쓰가 씩 웃었다.

"경찰한텐 절대 아무 말도 안 해. 눈앞에서 사람이 죽었다 해도 말 안 할 거야."

5번가까지 걸어서 돌아갔다. 집에는 들르지 않고 곧장 근처 식당으로 들어갔다. 저녁을 차리고 싶지 않을 때 가는 일반 식당이었다. 메뉴가 다양하고 웬만한 요리는 다 갖추고 있다. 하지만 무엇보다 지금 필요한 것은 TV였다. 내 방에는 TV가 없기 때문이다.

제법 북적였다. 가장 먼저 벽에 있는 시계를 보았다. 1시가 조금 넘었다. 고객층은 평소와는 달랐다. 보통 5시쯤 이식당에 오는데 그때쯤에는 아시아계 젊은 여자아이들과 성소수자로 가득 찬다.

카운터에서 경마 예상지를 쳐다보며 라면을 후루룩 먹고 있는 두 남자 사이에 앉았다. 머리가 희끗한 주인이 무엇을 주문할 거냐는 눈빛을 보냈다. 이 식당의 가장 큰 단점은 위스키가 없다는 것이다.

"맥주요."

"그 외에 더 필요한 건?"

"없어요."

TV에서는 개그 프로그램을 하고 있었다. 곧 속보 알림이 떴다. 연이어 자막이 흘러나왔다. 신주쿠에서 폭발 사건 발생. 사상자 50명 이상.

1시 반이 되었다. 이 방송국에서 정규 방송을 중단하고 임시 뉴스 프로그램을 시작했다. 아나운서가 말하기 시작했다.

—오늘, 오후 12시 40분쯤 도쿄 신주쿠구의 신주쿠 구립 중앙공원에서 폭발 사건이 발생했습니다. 사망자가 나왔습니다. 현재 파악된 사망자는 10명 이상. 10명 이상입니다. 부상자는 40명대. 현재 인근 병원으로 이송 중입니다. 아직 자세한 사항은 파악하지 못했지만 대형 폭발물이 폭발한 듯합니다. 그러면 지금부터 현장 중계를 보내 드리겠습니다.

화면이 방송국 스튜디오에서 현장으로 교체되었다. 공원은 봉쇄되어 있었다. 집합한 경찰차를 배경으로 그 왼쪽에서 리포터가 사실 경과를 대강 설명했다. 카메라 각도는 도청 쪽을 향했다. 다음으로 방송국이 재빨리 확보한 목격자와의 인터뷰가 있었다. 리포터가 흥분하며 회사원 같은 남자를 인터뷰했지만 오히려 그 목격자는 냉정했다. 공원 안에 있었는데 펑 하는 폭발음이 들렸고 불길과 연기가 공원 한가운데에서 올라오는 것을 보고 주변 사람들과 함께 달렸다고 했다. 리포터가 재차 말하기 시작했다. 이것으로 알게 된 것은 별로 없다. 그 인공 연못을 소위 나이아가라 연못이라고 부른다는 사실 정도만 알게 되었을 뿐이다.

공중에서 헬리콥터로 촬영한 영상으로 화면이 바뀌었다. 동쪽, 공원 대로에 접한 지하철 공사용 건물의 천장은 절반 정도 날아가 있었다. 그게 L자 모양이었다는 걸 처음 알았다. 공원에는 많은 사람이 움직이고 있다. 경찰과 소방대원이다. 피해자는 거의 전원 이송되었고 대원들이 현장을 정리하는 듯했다. 흩어진 사체 조각과 유류품. 그곳에는 내가 남긴 위스키 병도 있을 것이다. 카메라가 오랫동안 현장 검증하는 모습을 촬영했다. 그러나 어느새 현실감은 완전히 사라지고 없었다. 흔들리는 영상에 내 코를 찌르던 피 비린내는 조금도 남아 있지 않았다. 곧 화면이 바뀌었다. 병원 현관 영상이었다. 구급차는 막 도착한 듯, 리포터가 부상자에 관해 한차례 떠들었다. 정보의 파편, 그 이상 아무것도 아니었다.

다시 스튜디오로 돌아와 아나운서와 해설자가 주고받기 시작했다. 해설자는 정보부의 노기자였다. 항공기 사고의 경우와 달리 폭발물 전문가를 찾기란 어려울 것이다. 조금 시간이 지나면 나름의 전문가가 등장할지도 모른다. 방송국은 필요하다는 생각이 들면 무엇이라도 찾아내니까.

하지만 그 기자는 꽤 요령이 있게 과거 발생한 폭발 사건의 사례를 몇 가지 나열했다. 그중에서도 이 사건은 과거 최대 8명의 사망자를 냈던 1974년의 마루노우치 미쓰비시 중공 빌딩 폭발 사건을 웃도는 참사였다. 폭발물은 꽤 강력한 것으로 추정된다. 기자가 이렇게 말했다. 마루노우치 사건

24

때는 빌딩 사이에 있는 골짜기가 폭풍爆風의 통로가 되었다. 이 때문에 주변 빌딩의 유리 파편이 아래로 떨어지면서 부상자가 3백 명이 넘었다. 그러나 이번에는 현장인 광장 밖에서는 공원길을 지나던 자동차를 제외하면 폭발의 영향은 미미했다. 공원 안에서도 광장 바깥에 있던 사람은 대부분 멀쩡했다. 광장은 일종의 절구 모양으로 움푹 패여 있어서, 주변에 있는 몇 미터 높이의 잔디 경사가 폭풍의 압력을 차단해 폭풍이 상공으로 빠져나갔기 때문이라고 추측된다. 그러나 광장에 있던 사람들은 거의 즉사하거나 중상을 입었다. 사상자 중 사망자가 차지하는 비율도 이례적으로 높다. 굉장한 살상력이다. 또 광장에 철골로 임시 설계되어 있던 도영지하철호선, 니시신주쿠 제2공구의 실드 공법용 시설도 거의 전부 파괴되었다. 그 금속 패널 벽이 대부분 날아가 파편 일부가 도로에 있는 자동차 몇 대를 파손시켰으며, 사망자는 나오지 않았지만 약 10명이 부상을 입었다. 이러한 점에서도 폭발의 파괴력을 알 수 있다. 고의인지 우발사고인지는 전혀 알 수 없음. 폭발물이 도난품인지 제조물인지도 알 수 없음. 최대 난제는 주말, 그것도 도심 공원에 이런 폭발물이 출현했다는 것 자체가 불가사의. 개인의 소행인지 어떤 조직이 관여한 것인지도 알 수 없다. 유의해야 할 점은 지리적 조건이다. 바로 맞은편에 도청이 있고 신주쿠 경찰서도 바로 코앞에 있다. 게다가 아까 말한 지하철 공사 시설. 이 시설은 내부 크레인으로 수직 구멍을 내려가, 지하 공사 현장에 기자재를 내려놓기 위한 것으로, 사건 당시 작업은 하고 있지 않았다. 만약 이 폭발이 테러와 연관이 있다면 테러의 대상은 이런 것들과 관련된 게 아닐까. 동시에 폭발물을 운반하다가 발생한 사고일 가능성도 배제할 수 없다. 물론 어디까지나 추측일 뿐이다. 현시점에서는 모든 가능성이 열려 있다고 보도기자가 말했다. 확실히 현 수준에서 이보다 더 깔끔하게 정리하기란 어려울 것이다.

검문을 하는 자동차 영상이 흘러나오더니 다시 현장 모습이 나왔다. 리포터는 사건의 경위를 확인하듯이 반복했다. 공원에서 폭발음을 들은 젊은 여자 몇 명이 등장해 목격담을 말했다. 전부 비슷한 이야기였다. 여자들은 전부 들뜬 상태였는데, 빅뉴스에 소소하게 얽혔다는 흥분이 얼굴과 말투에서 그대로 드러났다.

"너무하네."

카운터 반대편에서 주인이 말했다.

"그러게, 너무하네요."

내가 답했다.

"쟤들, 저 여자애들."

"동감이에요."

손님들은 모두 TV를 보고 있었지만 같은 내용이 반복되자 TV를 보는 손님은 줄어들기 시작했다. 기다리자 이윽고 사상자 명단이 나왔다. 가장 처음으로 사망자 2명. 지하철 공사 시설 작업경비원이었다. 50대와 20대 남자. 다음으로 자동차에 타고 있던 사람들을 포함한 부상자 명단. 파악된 사람 31명. 10세 이하 여자아이는 4명이었다. 오바 미도리(2), 사에구사 준코(5), 미야사카 마유(6), 사가라 가오루(7), 40대 남자는 3명. 핫토리 레이지(45), 니무라 쇼이치로(49), 모리모토 데쓰오(41). 부상 정도는 나오지 않았다.

잠시 지나자 사망자 명단이 추가되었다. 8명. 10세 이하 여자아이는 없다. 40대 남자 한 명이었다. 무라카미 도오루(42).

다음 장면에서 아나운서가 사망자가 한 명 더 늘었다고 말했다. 현재 사망자는 신원불상자를 포함해 16명이 되었다. 부상자는 42명.

더 기다렸다. 신원이 파악된 사상자의 이름이 조금씩 늘어나기 시작했다. 나는 그 이름을 전부 기억했다. 성이 같은 30대 남녀가 사망했고 다른 30대 남자가 사망, 10대 소년이 사망, 40대 여자가 사망, 50대 여자 두 명이 사망했다. 20대 남녀의 이름이 새롭게 계속되었다. 부상자에 10세 이하 여자아이의 이름이 하나 더 생겼다. 야마네 사에(6). 부상자 중에는 20대 초반이 많았다. 당시 공원에서 어떤 모임이 있었을지도 모른다. 부상자 가족이 등장하자 이내 그 이유가 밝혀졌다. 나이든 모친이 오늘 아들의 반 모임이 있었다고 말했다. 어떤 반 모임인지는 알 턱이 없다. 토요일 오후, 공원에서 하는 반 모임. 그건 내 상상을 뛰어넘는다. 아니면 내 상상력에 한계가 있는 것일 수도 있다. 몇몇 병원 현관에서 유족을 취재하기 시작했다. 초로의 남자가 '아들 부부가 손자를 남겨 두고 떠났어요'라고 말하면서 입술을 꼭 깨물었다. 30대 부부 희생자의 유족이었다. 리포터가 그 남자에게 뭐라고 하며 마이크를 재차 가져다 댄다. 바뀐 화면에서는 고등학생 같은 소년이 달려오더니 무턱대고 마이크를 잡아챈다. 50대 여성의 유족인 것 같았다.

'어머니는 하이쿠* 모임으로…….'

"채널 돌리지 않겠나?"

식당 주인이 내 옆에 있는 리모컨을 가리켰다.

"방송국 녀석들은 도대체 자기들이 뭐라도 되는 줄 아는 건지."

"뭐 어때요. 조금 더 봐요."

식당 주인이 잠시 뜸을 들이더니 물었다.

"혹시 가족이 저기 있었나?"

---

* 俳句. 5, 7, 5의 3구 17자로 된 일본 특유의 단시. 단가보다 더 짧은 것이 특징이다.

"아니요."

내가 답하자 주인은 아무것도 묻지 않았다.

4시쯤이 되었다. 다른 방송국에서 특집 프로그램을 하고 있다고 해도 어디든 곧 끝나갈 때다. 현시점에서 알 수 있는 사실관계를 정리해 보면…… 현재 병원에서 사망한 사람을 포함해 사망자는 17명. 사상자는 46명. 신원 판명자는 사망자 12명, 부상자는 36명. 또 다른 사망자 한 명의 신원이 밝혀졌다. 미야사카 도오루. 48세.

가능성이 있었다. 내가 만난 그 여자아이의 아버지일 가능성 말이다. 사상자 중 부상을 입은 10세 이하 여자아이와 40대 남자의 성이 일치하는 경우는 처음이었다. 물론 가능성일 뿐이다. 아버지는 무사하고 딸이 다친 것일지도 모른다. 그 외에도 이름이 밝혀진 여자아이가 몇 명 더 있다. 이 폭발 현장에서는 사망자의 얼굴까지 확인할 여건이 안 되었다. 나는 서둘렀다. 하지만 여자아이의 상태를 확인해서 무슨 소용이 있을까. 도대체 나는 무얼 하고 있는 건가. 단지 그 여자아이의 상태가 어떤지 알고 싶은 것이다. 그 아이 아버지의 사망 여부까지. 그렇다면 병원 관계자나 경찰을 떠보면 된다. 하지만 나는 기자가 아니다. 가족인 척하는 방법도 있지만 나는 그 아이의 이름도 모른다. 석간신문에는 1보뿐이었지만 내일 조간신문에는 아마 사망자의 얼굴 사진도 나올 것이다. 그렇다면 내일까지 기다리면 된다. 그러나 TV 속보에 사망자의 얼굴 사진까지 나오지는 않는다. 사상자가 너무 많은 데다가 시간상으로도 무리다. 사건 개요조차 파악했다고 말할 수준이 아니다. 게다가 그 사건이 무슨 목적으로, 왜 발생했는지에 관해서는 현재로서도 전혀 알 수없다. 더구나 TV 속보는 내가 계산해야 하는 리스크까지는 알려 주지 않는다. 당연한 이야기다. 그렇다면 도대체 무엇을 해야 한단 말인가. 무의미한 시간을 보내면서 맥주를 마시는 것뿐이다. 이런 생각을 하며 자리에서 일어나 계산을했다.

식당을 나오니 이미 해가 저물고 있었다. 맥주의 알코올은 내게 충분하지 않다. 나는 가게로 돌아갈 때까지 참지 못하고 술집 앞에 있는 자판기에서 위스키 작은 병을 샀다. 자판기에 기대어 위스키를 뚜껑에 따라 마셨다.

걷다가 몇 번이나 멈춰서 같은 행동을 반복했다. 집에 돌아왔을 때 병은 이미 텅 비어 있었다.

3

저녁 6시.

방에서 나와 가게로 들어갔다. 늘 그렇듯이 입간판을 밖으로 옮기고 스위치를 켰다. 가게로 돌아와 위스키를 싱글로 한 잔만 마신다. 토요일에는 손님들의 발길이 늦다. 이제나도 남들처럼 주 5일 동안 일해야 할 시기였다. 그러나 그런 마음가짐도 지금에 와서는 어제 뚜껑을 딴, 김빠진 맥주처럼 무의미하다. 사건에 대해 잠시 생각했다. 경찰이 주목하는 그 장소 한가운데에 내 지문이 남았다. 경찰이 나를 추적해 오기까지 이삼일일까, 일주일일까, 아니면 한 달일까. 모르겠다. 하지만 어쨌든 경찰은 나를 찾아올 것이다. 내게남은 시간은 길지 않다. 내 간이 파멸에 이르는 시간보다 길지 않다. 그것만은 확실했다. 화창한 날, 그 공원에서 술을마시는 나의 모습을 누군가가 보았다. 그것도 수많은 사람이 보았다. 그런 하루를 보내지 말았어야 했다. 하지만 이런 우연은 예측할 수 없는 것이었다. 어쩌면 이 생활에 몹시 익숙해졌는지 모른다. 손바닥을 바라보았다. 손 떨림은 진정되었다. 이 가게를 언제 떠날지 생각했다. 다시 떠날 때가 된것이다.

3년 전, 나는 이 가게의 손님이었다. 70대 노부부가 가게를 운영하다가 할아버지가 돌아가셨고 마침 나는 실직 상태였다. 상을 치르고 혼자 남은 할머니가 내게 이 가게를 운영해 보지 않겠냐고 제안했다.

'넌 믿을 수 있으니까.'

할머니는 그 당시 이미 내가 알코올중독자라는 사실을 알고 있었다. 그런데도 그렇게 말하셨다. 은퇴한 할머니가 나를 고용하고, 수익은 둘이서 절반씩 나누기로 했다. 최근에는 집세나 필요경비를 제한 뒤 할머니에게 보내는 금액이 매달 5만 엔이 되지 않을 때도 있다. 즉 내 월수입도 그 정도라는 말이다. 가게는 후생연금회관에서 가까운 곳으로 야스쿠니 대로에서 조금 들어간 곳에 있다. 낡은 건물의 1층인데 내부는 몹시 오래되었다. 객석은 카운터 10석과 테이블 1석. 한창 불경기다.

이런 조건에서 평균 매출이 어느 정도 되는지 잘 모른다. 적자가 아닌 것만으로 만족해야겠지. 다만 할머니가 불만을 말한 적은 단 한 번도 없었다. 부부가 가게를 운영할 당시, 그들은 근처에 있는 집에서 살았다. 옛날 집으로 땅이 꽤 넓었는데 그 땅이 할머니에게 은혜를 베풀었다. 버블 피크의 말기쯤으로 할머니는 당시에도 이 가게의 수익에 별로 관심이 없었다. 할머니는 지금은 교외에 아파트를 가지고 있고 그 근처에서 산다. 이상적인 타이밍에 할아버지가 세상을 떠났다고 해야 할 것이다. 어쨌든 나는 그들에게 감사한다. 내 고용주의 제안은 내게 분명히 행운이었다. 가게의 창고처럼 방치되어 있던 다다미 네 장 크기의, 어울리지 않게 넓은, 노는 공간은 곧 내 주거 공간이 되었다. 그렇게 해서 지난 3년간 이곳에서 지내게 된 것이다. 무엇보다 처음으로 혼자서 일하는 직장을 얻었다. 그리고 나는 진정한 알코올중독자가 되었다.

6시 반이 지날 무렵 문이 열리고 첫 손님이 얼굴을 내비쳤다. 두 사람이 들어왔다. 처음 보는 얼굴이다. 이 가게 고객층은 골든 가이*의 고객층과 매우 비슷한데, 이 두 사람은 달랐다. 이 일을 오래 하면 손님의 직업쯤은 대강 파악할 수 있다. 그러나 그들의 경우에는 그런 경험이 전혀 필요 없어 보였다. 자신들의 직업을 이마에 써 붙이고 다니는 수준이었는데, 마치 교과서에 실어도 될 정도로 고전적인 풍채였다. 둘 다 가지런한 깍두기 머리에 한 명은 나와 비슷한 또래쯤으로 다부졌다. 그는 흰 정장에 하얀 넥타이를 매고 있다. 날씬한 젊은 한 명은 남극 하늘을 연상케 하는 새파란 정장을 입었고 뺨에는 칼로 새긴 듯한 상처가 있었으며 벌어진

---

* 신주쿠에 있는 좁고 긴 어두운 골목으로 낮은 목조 건물에 음식점과 주점들이 다닥다닥 붙어 있다.

가슴에는 금빛 체인 목걸이가 빛나고 있었다. 흰 정장은 왼손가락 두 개가 두 번째 관절부터 없었다. 새끼손가락과 약지. 약지가 없는 것이 신기했다.

두 사람은 카운터에 앉아 잠시 가게 안을 둘러보았다. 가게를 처음 방문한 손님들이 대부분 하는 행동이다. 다른 사람들이 받은 인상을 그들도 받은 듯하다. 다만 한 가지 다른 점이 있다면 그들은 그 인상을 직접 입 밖으로 꺼냈다는 것이다.

"좁네요."

파란 정장이 말했다.

"그러게. 좁네. 좀 구질구질하기도 하고."

흰 정장이 말하면서 마치 살얼음 같은 눈빛으로 나를 평가하듯이 바라보았다.

"보잘것없는 가게야. 보잘것없는 가게에 하찮은 바텐더네."

내가 손님 입장이었다면 나도 그렇게 생각했을지도 모른다.

"어떤 걸로 드릴까요?"

내가 말했다.

"맥주 두 병. 그리고 메뉴판."

냉장고에서 맥주를 꺼내 병을 땄다. 컵과 함께 카운터에

놓으며 말했다.

"죄송하지만 메뉴판은 없습니다."

"그럼 뭐가 있나?"

파란 정장이 말했다.

"핫도그."

"다른 건?"

"없어요. 핫도그밖에."

파란 정장이 흰 정장을 보았다. 어떻게 해 보라는 듯한 표정이었다. 흰 정장은 여전히 날카로운 눈빛으로 나를 응시하며 침묵하고 있다.

"뭐야. 무슨 바가 이래. 안주가 핫도그뿐인가."

파란 정장이 말했다.

내가 고개를 끄덕였다.

"농담하지 말라고."

"엄연한 서비스업입니다. 농담은 하지 않죠."

흰 정장이 마침내 입을 열었다.

"말세네. 이런 형편없는 바도 다 있고. 핫도그라니."

"가게 방침입니다. 이런 단순함을 좋아해 주는 손님들도 계시지요. 뭐든지 다 파는 식당을 찾으신다면 잘못 찾아오셨네요. 신주쿠는 넓고 손님 취향인 가게도 지천으로 널려 있을 텐데요."

"이 자식, 뭐라는 거야."

파란 정장이 소리를 높였다.

흰 정장이 그만하라는 듯 천천히 손을 올렸다. 잘린 손가락이 있는 쪽 손목에서 롤렉스 시계가 빛나고 있다.

"됐어. 핫도그 두 개 줘."

오븐의 스위치를 켰다. 빵을 갈라 버터를 발랐다. 식칼로 소시지에 칼집을 넣고 양배추를 썰기 시작했다. 손은 떨리지 않는다. 오늘도 온종일 알코올을 조절할 수 있었다.

파란 정장이 흰 정장에게 맥주를 따르면서 내게 말을 걸어왔다.

"뭐야. 주문이 들어오면 그제야 양배추를 써는 건가."

"그렇습니다."

"귀찮지 않나."

나는 고개를 저었다.

"귀찮지 않은 일을 많이 하는가, 귀찮은 일을 하나만 하는가. 둘 중 하나를 골라야 한다면 저는 후자를 고르는 성향이라서요."

"까칠하네. 이 바텐더."

"하찮은 놈이야."

흰 정장이 입을 열었다.

"정말 하찮은 놈이지. 내가 가장 싫어하는 타입."

프라이팬에 버터를 녹이고 소시지를 살짝 볶았다. 다음으로 채 썬 양배추를 넣었다. 소금과 흑후추, 그리고 카레 가루를 뿌린 뒤, 양배추를 빵에 끼우고 소시지를 얹었다. 오븐에 넣고 기다리는 동안 두 손님은 말없이 맥주를 마시고 있다. 제때 빵을 꺼내 접시에 올렸다. 그러고는 케첩과 머스터드 소스를 숟가락으로 떠 카운터에 올려 두었다.

파란 정장이 핫도그를 한입 물더니 감탄하며 말했다.

"와. 맛있네요. 이거."

"음."

흰 정장이 끄덕였다.

눈빛에서 순식간에 얼음이 녹아내린 것 같았다. 내 착각일 수도 있다.

"내 입맛에 맞아. 확실히 이건 잘 만들었어."

흰 정장이 이렇게 말했다.

"그것참."

"간단할수록 어렵단 말이지. 그런데 이 핫도그는 확실히 제대로야."

흰 정장이 다시 말했다.

그는 아무 말없이 핫도그를 계속 먹었다. 다 먹고는 냅킨이 아니라 주머니에서 꺼낸 손수건으로 손을 닦았다. 옹가로 손수건이었다. 그는 맥주를 한입 마셨다.

"저기, 사장. 당신 장사 요령을 아는군."

"그런 것치고 장사가 잘 되는 건 아니라서요."

"알코올중독자가 하니까 뭐 그렇겠지."

나는 놀라서 그의 얼굴을 다시 보았다. 딱히 효과가 있을 거란 생각은 안 했지만 가게를 열기 전에 구취제거제로 입도 헹궜다.

"술 냄새 납니까?"

내가 말했다.

흰 정장이 고개를 저었다.

"얼굴을 보면 알아. 당신 같은 얼굴은 질리도록 봐 왔어. 상태가 어느 정도인지도 알 수 있지. 보아하니 가 버릴 때까지 그리 많이 남지 않았군."

한숨을 쉬었다.

"그럴지도 모르겠네요."

"다만 조금 다를 수도 있겠어."

"뭐가요?"

"처음 봤을 때는 하찮은 알코올중독자인 줄 알았어. 그런데 아닌 것 같기도 해서. 우리들 사업에 대해 좀 아는가."

"백화점에서 근무하시나요?"

그는 희미하게 웃었다. 처음으로 본 웃음이었다.

"자네, 농담 좋아하나 보네. 이 가게 주인인가."

"아뇨. 제 명의 가게는 아니에요."

"백화점은 아니지만. 우리가 하는 일도 뭐, 일종의 서비스업이라 할 수 있지. 적어도 3차 산업 중 하나인 건 틀림없으니."

나는 말없이 끄덕였다. 남자의 말투는 겉보기와는 어울리지 않았다. 잠시 뜸을 들이다가 그가 말했다.

"우린 아직 지정되진 않았네."

"폭대법*에?"

"맞아. 아직 중소기업**이지. 같은 서비스업에 종사하는 사람으로서 충고 하나 해도 되나."

"하세요."

"이 가게, 고헤이, 라고 부르면 되나."

"네. 고헤이. 선대의 이름이죠."

"자네 이름은 시마무라 게이스케고."

"잘 아시네요."

"중소기업이 살아남기 위해서는 정보가 중요해서. 우리 업계에 자네 소문이 조금 돌고 있어."

"그건 몰랐네요. 언제부터?"

---

* 폭력단 대책법의 줄임말. 폭력 단원에 의한 부당한 행위의 방지 등에 관한 법률. 경찰이 지정한 폭력단을 지정폭력단이라 한다.
** 폭력단은 자신들을 기업이라고 부르기도 하는데, 중소기업은 작은 폭력단을 비유하는 말이다.

"오늘 오후. 이 가게와 자네 이름을 들었어. 세상은 정말 좁으니까. 무슨 말인지 알겠나?"

"모르겠네요. 폭력단에 대해서는 잘 몰라서."

폭력단이라는 말에도 남자의 표정은 변하지 않았다.

"그러니까 나름 아슬아슬한 입장에 있다는 말이지. 다만 우리도 왜 자네 이름이 이 업계에서 떠도는지는 몰라."

"중소기업의 한계입니까?"

흰 정장은 다시 한번 웃었다.

"그럴지도 모르지. 오늘 오후, 중앙공원에서 큰 혼란이 있었어."

"그런 것 같더라고요."

"폭력단 대책반만 나설 사건이 아니야. 당연히 공안도 움직이겠지. 그놈들은 기를 쓰고 움직일 거야."

"그렇겠네요."

"뭐 이럴 때는 누구라도 이 근처에서 움직이긴 어려워지겠지. 대기업*도 마찬가지고."

"그 충고를 해주려고 여기 온 겁니까?"

"아니, 한 번쯤 얼굴을 봐 두려고 했어. 중소기업은 대기업의 동태가 궁금해서 말이야."

"얼굴은 봤을 테고. 그럼 왜 업계 비밀이야기를 제게 해

* 더 큰 폭력단을 비유하는 말이다.

준 겁니까?"

"글쎄. 핫도그가 맘에 들어서랄까."

흰 정장이 일어섰다. 그러자 파란 정장도 일어서며 지갑을 꺼내 1만 엔짜리 지폐를 나에게 건네주었다. 하지만 잔돈은 필요 없다고 말한 사람은 흰 정장이었다. 그는 나를 바라보고 있었다.

"맥주 두 병과 핫도그 2인분. 3천 엔도 안 되는데요."

"괜찮아. 받아 둬."

파란 정장이 문을 열었다. 흰 정장은 아직 나를 보고 있다.

"또 하나, 충고해 줄까."

"하세요."

"서비스업을 한다면 옷차림에 신경 좀 쓰는 게 좋아. 그스웨터, 팔꿈치에 구멍 났잖아."

"이런, 몰랐네요."

"난 아사이라고 하네. 교와 상사商事의 아사이 시로. 또 만날 일이 있을지도 모르겠어."

"기억해 두겠습니다."

"핫도그 맛있었네."

두 사람은 가게를 떠났다.

카운터를 정리한 뒤 위스키를 싱글로 한 잔 마셨다. 그러고는 화장실 옆에 있는, 사무실 표지판이 달린 문을 열었다.

내 방이다. 한쪽 구석에 쌓아둔 옷더미에서 새로운 스웨터를 찾았다. 2주 전쯤 코인 세탁소에서 세탁한 옷을 찾아 갈아입었다. 아사이라는 남자가 한 충고 가운데 하나, 즉 옷차림에 대한 충고는 마땅했다. 하지만 나머지 다른 충고에 대해서는 잘 알 수 없었다.

가게로 돌아가 또 다른 충고에 대해 잠시 생각했다. '오늘 오후'라고 아사이는 말했다. 결론은 하나밖에 생각나지 않았다. 이곳은 이미 성역이 아니다. 따라붙은 것이다.

잠시 손님의 발길이 끊겼다. 저녁 8시가 지나 근처 패션 빌딩에 근무하는 직원 세 명이 왔다. 2번가에서 온 요시코도 얼굴을 비췄다.

"지금 장사가 잘 안돼서 파리 날리고 있어."

그녀는 그렇게 말하며 핫도그 세 개를 잔뜩 먹더니, 황급히 돌아갔다. 이어서 광고 디자인을 하는 여자 손님과 의학서 전문 출판사의 편집자 두 명이 왔다. 모두 낯익은 손님으로 서로 잡담을 나누고 있다. 전부 중앙공원 사건에 대해 이야기했다.

"뭐, 과격파*의 짓이겠지."

다들 그렇게 말했다. 어느 파벌이 한 짓인지에 대해 약간

---

* 1968년 일본에서 창설된 전학공투회의인 '전공투'의 과격노선.

의 논의가 오갔다. 내가 모르는 새로운 정보는 아무도 갖고 있지 않은 듯했다. 나는 손님이 있는 동안에는 술을 마시지 않았다. 그저 맥주병을 따고 얼음을 깨고 핫도그를 구우며 내가 할 수 있는 일들을 계속했다.

손님은 이게 다였다. 1시가 지났다. 마지막 손님이 돌아가고 나서 20분이 흘렀다. 그사이에 손님이 두고 간 석간신문을 읽었다. 활자는 크기만 할 뿐 텔레비전 뉴스보다 더 많은 정보를 알려 주진 않았다. 신문을 접고 일어났다. 가게를 닫을 때가 된 것이다. 또 위스키를 한 잔 마신 뒤, 폐점 표지판을 집어 들고 입간판을 들여놓기 위해 밖으로 나갔다.

바로 그때 배에 묵직한 충격을 받았다. 연달아 관자놀이에 공격이 들어왔다. 몸이 두 동강 나는 것 같았다. 간신히 버티는데 이번에는 등 뒤에서 팔이 뻗어 나왔다. 나를 붙잡으려는 팔이다. 오른팔에 탄력을 넣어 상반신과 함께 팔꿈치를 뒤로 밀었다. 희미한 신음소리가 났다. 나는 옆으로 미끄러져 빠져나가듯 움직였다. 기본적인 스텝은 아직 몸이 기억한다. 겨우 빠져나와 주변을 돌아보니 남자 세 명이 있었다. 처음 보는 얼굴뿐이었다. 20대, 아니면 30대 초반. 아사이가 말한 대기업 녀석들일지도 모른다. 전부 블랙 계열의 무난한 옷을 입고 있다. 적어도 무기를 든 사람은 보이지 않는다. 왜 나를 공격하는지는 알 수 없다.

어쨌든 내가 이길 가망은 일단 없었다. 지쳐 빠진 알코올 중독 중년이 이길 리 없다. 그래도 자세를 바로잡았다. 턱을 당기고 주먹을 쥐었다.

"한때 복싱 선수였나, 이 아저씨."

이렇게 말하더니 곧 그들이 나를 덮쳤다. 한 남자가 팔을 휘두르며 다가왔다. 완전히 초보였다. 펀치는 허리로 치는 것이라는 아주 기본적인 사항도 모른다. 나는 스웨잉*해 왼쪽 주먹을 짧게 내밀었다. 중요한 것은 왼쪽의 리드. 깔끔히 턱을 가격했다. 다음은 오른쪽. 배를 공격했다. 주먹이 꽂히자 앓는 소리가 들린다. 바로 몸을 비틀어 다음 남자의 왼쪽에서 페인트를 걸었다. 고꾸라진 남자의 사타구니를 무릎으로 올려 찼다. 남자는 소리 지르며 주저앉았다. 그의 팔을 붙잡아 비틀어 올린 다음 무릎으로 찍어 쳤다. 엉덩이뼈가 부러지는 소리가 들렸다. 그 순간 뒤에서 마지막 한 명이 돌진해 왔다. 나는 남자의 머리를 부둥켜안고 함께 쓰러졌다. 무언가 잘못되었음을 알아챈 것은 누군가에게 늑골을 걷어차였을 때였다. 이번에는 당했다. 숨이 멎었다. 바닥에 뒹굴면서 이제 끝이라고 생각했다. 실제로도 그랬다. 내장을 보호하기 위해 몸을 새우처럼 구부렸다. 곧 구두가 으르렁거리며 날아들어 왔다. 다들 천천히 태세를 정돈하고 나를 발

* 발은 그대로 두고 상체를 뒤로 젖히면서 상대편의 펀치를 피하는 동작.

로 차기 시작했다. 구두가 살에 처박히는 기분 나쁜 소리가 났다. 이미 나는 움직이지 않는 축구공과 다를 바 없다. 꽤 꼼꼼한 놈들이었다. 마치 내게서 성한 부분을 단 한 군데도 남기고 싶지 않다는 느낌이다. 발길질이 얼마 동안 계속되었는지 모른다. 점점 통증이 느껴지지 않았다. 입안이 피 맛으로 가득 찼다. 이러다가 죽을지도 모르겠다는 생각이 들었다. 나를 죽일 생각이 없다고 해도 이렇게 계속 맞다가는 곧 죽을지도 모른다. 그때 불현듯, '그만'이라는 소리가 들렸다. 내가 본 젊은 녀석들의 목소리가 아니라 50대 정도 되는 남자의 목소리였다. 머지않아 같은 목소리가 위에서 조용히 들려왔다.

"이건 경고입니다. 알겠습니까. 전부 잊으세요."

말투가 부드러운 것이 의외였다. 나는 간신히 목소리를 짜냈다.

"무얼 잊으라는 거요?"

"전부. 오늘 당신이 본 것 전부."

"내가 뭘 봤다는 건데? 난 아무것도 못 봤어."

"그럼 됐어. 당신은 오늘 아무것도 못 본 거야. 헛소문을 퍼뜨리면 다음에는 더 험한 꼴을 당하게 될 거야."

"그런 건가. 방식이 너무 식상하군."

"먼저 대답부터 하고 지껄이는 게 낫지 않겠나."

"알겠어. 아무것도 못 봤어."

"멍청하진 않은 것 같군. 일단 경고했다."

누군가가 나를 발로 찼다. 꽤 센 킥이었다. 내게 팔이 꺾인 남자일지도 모른다. 그 발이 집요하게 나를 찼다. 다른 누군가가 이를 말리는 듯하더니 점점 발소리가 멀어지는 것이 들렸다. 나는 그 상태로 꼼짝 않고 있었다. 콘크리트 냄새가 났다. 콘크리트의 냉기가 몸속으로 스며들어 왔다. 팔꿈치로 상반신을 버텼다. 천천히 힘을 주면서 몸을 절반 정도 일으켜 세웠다. 통증에 그대로 가만히 있었다. 한쪽 무릎을 세우고 팔로 반동을 일으켜 단숨에 일어났다. 바닥이 흔들렸다. 물론 내 몸이 흔들린 것이다. 비틀거리면서 가게로 돌아왔다. 수건을 찾을 새는 없어서 카운터에 있는 종이냅킨에 물을 적셔 이마에 얹었다. 방으로 돌아가려고 했으나 그대로 바닥에 쓰러지고 말았다. 의식이 저 멀리 어딘가로 사라지기 직전, 웃으며 생각했다. 오늘 하루 동안 충고와 경고를 둘 다 받았다. 폭발과 사망자를 보았다. 기묘한 하루였다. 여자아이의 말이 떠올랐다.

'술 따위 상관없는걸.'

아니, 상관있다. 나는 중얼거렸다. 저런 놈들에게 지고 말았단 말이다.

곧장 세계가 온통 새까매졌다.

4

간신히 눈을 뜨자 흐린 현실 세계로 돌아왔다. 어스레한 형광등 불빛이 보였다. 나는 천장을 향해 뻗어 있다. 큰 바퀴벌레 한 마리가 얼굴 옆을 기어갔다. 시선을 돌려 시계를 보았다. 오전 10시가 조금 넘었다. 적어도 생체 리듬은 망가지지 않았다. 나는 늘 이 시간에 일어난다. 비틀비틀 몸을 일으켰다. 몸이 낡은 솜이 된 것처럼 무거웠다. 그래도 일어나는 데는 성공했다. 테이블석 의자에 앉아 알몸인 채 몸의 움직임을 확인해보았다. 기계를 점검하는 것처럼 신중하게 몸을 움직여 보았다. 탈골도 없다. 내장도 아프긴 했지만 일단 기능은 하고 있는 것 같았다. 손바닥을 바라보았다. 떨린다. 이는 오히려 하루가 정상적으로 시작된다는 지표이기도 하다. 위스키 병을 끌어당겨 잔에 따라 한 모금 마셨다. 그러자 이번에는 통증과도 비슷한 허기가 몰려 왔다. 어제 아침부터 아무것도 먹지 않았던 것이다.

화장실에서 볼일을 보고 나서 거울을 보았다. 종이냅킨이 이마에 붙어 있다. 천천히 떼어낸 뒤 세수를 하자 상처투성이 얼굴이 거울에 비쳤다. 눈가는 시커먼 멍 자국으로 뒤덮여 있었다. 방에서 선글라스를 찾았다. 나는 20년쯤 전에 늘 선글라스를 쓰고 다녔었다. 그때 썼던 선글라스다. 내 수

중에 선글라스가 없을 일은 없다. 밖으로 나가 길가에 굴러다니는 폐점 표지판을 주워들어 문손잡이에 걸었다. 누군가가 지켜보고 있을지도 모르지만 일단 주변에는 보이지 않았다. 있다고 해도 별로 상관없다. 대낮에 성가신 일을 일으키려는 인간은 없을 것이다. 게다가 그들은 이미 경고의 임무를 충분히 완수하지 않았나.

오늘도 꽤 맑다. 시험 삼아 한번 걸어 본다. 극심한 고통이 두 종아리에 몰려왔지만 그것 말고는 걷는 데 아무 지장은 없었다. 아침 햇살 속을 천천히 걸으니 통증도 한결 나아지는 것 같았다. 일요일의 야스쿠니 대로는 한산했다. 자동차도 사람도 없다. 어제와 같은 아침 햇살일 테지만 어딘가 달라 보였다. 선글라스 때문이리라. 지하철 산초메역까지 걸어가 키오스크에서 조간신문을 2부 샀다. 근처 소고기 덮밥 가게에 들어가 소고기 덮밥과 맥주를 주문했다. 점원과 손님, 그 누구도 나를 주목하지 않는다. 나 같은 인간은 질리도록 봤을 테니 말이다.

신문을 펼쳤다. 큰 활자가 눈에 띈다. '신주쿠 폭발 사건, 사망자 18명, 부상자 47명. 주말의 공원, 대낮의 참사'. 1면에는 사망자의 얼굴 사진이 주소, 직업과 함께 실려 있다. 한 명이 아직 신원불명이었다. 나란히 실린 사진 중 가장 첫 번째에 내가 아는 얼굴이 있었다. 배에서 튀어나온 창자를 안고 있었던 남자였다. 사다 노보루(36). 화학회사 직원. 아는 얼굴이 하나 더 있었다. 그와는 짧은 대화를 나누었었다. 그 여자아이의 아버지였다. 미야사카 도루(48). 경찰청 경비부 공안 제1과장. 총경. 소제목 중 하나가 눈에 들어왔다. '사망자에 경찰청 간부, 과격파의 범행인가.' 사회면을 펼쳤다. 얼굴 사진은 없지만 부상자 이름이 수용병원별로 각각 분류되어 있다. 이름을 전부 훑어보았다. 미야사카 마유(6). 그 이름은 다른 이름들과 함께 동양 의과대학 부속병원 항목에 나열되어 있었다. 전치 3주. 주소는 공안과장과 같았다. 요코하마시 미도리구. 맥주를 더 시켰다. 10월에 마시는 몹시 차가운 맥주였지만 단숨에 한 잔을 다 마셨다. 방송용 전치 3주라면 아마 예후를 걱정할 정도는 아닐 것이다. 다만 정신적인 손상은 제외한 이야기다. 아버지를 잃은 마유의 바이올리니스트가 되는 꿈. 그 꿈에도 어떤 영향이 미칠지 모른다. 나도 부모님을 잃었던 때를 떠올렸다. 마유보다 두 살 많았을 때였다. 두 분 모두 반년 간격으로 연달아 병사하셨다. 그뿐이다. 그 외에는 아무것도 기억나지 않는다. 얼굴도 잊어버렸다. 마유는 아버지를 잃은 슬픔을 언제쯤 잊을 수 있을까.

신문 1면을 접어 기사를 쭉 훑어보았다.

경시청은 어제 오후, 신주쿠 경찰서에 형사부와 공안부

합동 '신주쿠 중앙공원 폭발 사건 특별수사본부'를 수립해 본격적인 조사에 돌입했다. 수사본부는 목격자 탐문에 전력을 기울이며 동시에 폭발물 분석을 서둘렀다. 사망자 명단에 경찰청 간부, 미야사카 도루 씨가 있었다는 것에 큰 충격을 받은 듯하다. 오후 5시부터 진행된 기자회견 발표에 따르면 회색의 대형 여행 가방이 소위 '나이아가라 연못'이라고 불리는 곳 근처에 있었던 것으로, 열 명이 넘는 목격자의 진술이 일치했다. 가장 빠른 시점으로는 오전 7시쯤 근처 호텔에 묵고 있던 영국인이 조깅 중 콘크리트 직경 약 50센티미터의 구멍에 가방이 있음을 확인. 폭발물이 그곳에 장시간 있었던 점에서 고의에 의한 폭파 범행으로 판단했다.

경찰청 간부가 사망했다는 점에서 과격파의 범행이라는 견해가 많으나, 경찰청 간부를 노린 것인지 아니면 무차별 테러인지에 대해서는 밝혀진 바 없다. 특정 개인을 노린 범행이라면 주거지 등을 대상으로 할 테고, 게다가 폭발물 설치 정황도 어딘가 부자연스럽다. 또 당초 도쿄 지검 특수부가 내사하고 있는 일련의 제네콘*의혹과 관련해, 지하철 공사 시설을 노린 범행이라는 견해도 일부 있었다. 하지만 같은 공사 구역을 도급받는 공동기업체(JV)를 구성하는 다섯

---

* 종합건설이라는 뜻으로, 종합적인 건설관리만 맡고 부분별 공사는 하청업자, 통상 건설회사 다섯 곳에 넘겨주어 공사를 진행하는 선진국형 건설형태를 의미한다.

개의 건설회사 대부분 아직 이름도 거론되지 않은 단계라, 범행의 표적이 될 이유로는 부족하다. 게다가 인근에 폭발물을 손쉽게 설치할 수 있는 곳이 있는데도 그 사실을 무시했다는 점에서 당국은 건설회사 관련 범행설에 부정적이다. 이러한 점에서 수사본부는 무차별 테러, 경찰청 간부 미야사카 씨를 노린 범행이라는 두 가지 측면에서 수사를 진행하고 있다. 특히 폭발이 시한식인지 원격조작 방식인지가 중요한 단서가 되기 때문에 유류품을 찾는 데 전력을 다하고 있다. 다만 과거 발생한 국내 테러 사건 중 원격조작에 의한 폭발 사례는 없다. 폭발물은 경찰청 과학경찰연구소가 분석 중이지만 화약 제조 관련 민간기업에도 자문을 한 듯하다. 이를 미루어 보면 폭발물은 기존에 과격파가 주로 제조, 사용한 적이 있는 요오드산염계 화약이나 다이너마이트와는 다른 것으로 판단된다. 전문가는 피해 상황으로 추측건대, 폭발물의 위력은 약 40킬로그램짜리 다이너마이트 4백 개 이상과 맞먹는다고 지적한다.

한 시간 동안 모든 기사를 꼼꼼히 읽었다. 기사 내용은 대부분 비슷했다. '화창한 주말, 급격한 변화. 어리석은 행동에 참을 수 없는 분노'라는 기사, '범인 검거에 전력. 경시총감, 이례적인 성명', '담당자를 애태우는 폭발 사건 수사. 유류품은 거의 소멸'이라는 기사가 있었 다. 헤드라인대로 뇌관이

나 기폭장치는 아직 발견되지 않았다는 취지의 기사였다. 사회면은 미야사카 도루라는 경찰청 공안과장에 주목하고 있었다. 경력을 보건대 그는 한 치의 오차도 없이 엘리트 코스를 밟아 왔다. 기사는 주로 그에 대한 주변 사람들의 이야기를 담았는데, 사망자를 향한 예의를 감안하고 들어도 그의 평판은 나쁘지 않았다. 경찰 같지 않은 부드러운 언행. 예의 바름. 내가 공원에서 받은 인상과 똑같다.

—딸과 사이가 좋은 분이셨어요. 아내분이 몇 년 전에 돌아가시고 나서부터 딸과 함께 산책하거나 외출하는 모습을 자주 봤어요. 다만 경찰분이라는 건 생각도 못 했어요.

이웃에 사는 주부가 말했다.

하긴 페이즐리 애스콧 타이를 맨 경찰은 상상하기 어렵다. 그런데 그가 왜 어제 신주쿠 공원에 있었는지는 알 수 없었다. 부상을 입은 그의 딸이 한 말도 기사화되지는 않았다.

기사에는 내가 만났던 갈색 머리 포교자에 관한 언급은 없었다. 병원에 이송된 중상자에 관한 언급도 거의 없다. 사회면은 주로 희생자 유족, 부상자들, 마침 공원에 있던 목격자의 이야기로 구성되어 있다. 도청 45층 전망대에 있던 관람객의 이야기도 있었다. 전망대 높이는 202미터였는데 그곳에서라면 공원 전체가 보일 테지만 손님들은 바닥이 강하게 흔들리자 지진인 줄 알고 전부 패닉에 빠졌다고 한다. 발 밑에서 발생한 사건을 눈치채고 공원이 있는 동쪽 창문으로 몰려든 것은 폭발 후 몇 분이 지난 뒤였다. 반대편에 있는 호텔의 고층에 있던 사람들도 마찬가지였다. 두 번째 신문의 기사까지 전부 읽고 나자 중요 포인트는 전부 숨겨져 있음을 알 수 있었다. 이는 경찰조직의 관습으로 그들의 입장에서는 당연한 처사다. 이 외에도 드러나지 않은 정보가 꽤 될 것이다. 기사는 지면에 비해 내용이 부실했다. 현재 당국이 정보관리에 애를 쓰고 있다는 뜻이다. 실제로 이런 형사사건에 관해서는 정부 발표보다 언론 보도가 더 빠른 경우는 거의 없다.

멍하니 생각하다가 점원이 나를 쳐다보고 있다는 것을 알아차렸다. 덮밥을 절반 정도 남긴 채 신문을 들고 자리에서 일어났다. 무거운 몸을 이끌고 어렵게 걸어 가게로 돌아왔다. 가게 문을 여는 순간 분명히 껐을 터인 형광등이 켜져 있는 것이 보였다.

손님이 나를 기다리고 있었다.

손님은 카운터석에 앉아 담배를 피우고 있었다. 나를 보자 일어섰는데 키가 나와 비슷했다. 내 키는 175센티미터다. 하지만 손님은 몸무게가 나의 절반도 안 될 것처럼 말랐다.

처음에는 남자아이인 줄 알았는데 여자아이였다. 머리는 숏커트에 블랙 탱크톱 셔츠와 블랙진을 입고 있었다. 나이는 20대 초반 정도로 보였다. 가게를 안 잠그고 나갔었나 잠깐 생각했지만 애초에 가게를 잠그는 습관 따윈 없다. 훔쳐 갈 것은 아무것도 없으니 말이다.

"다쳤어요?"

"어디선가 만난 적 있나."

내가 말했다.

그녀는 이 가게에 손님으로 온 적은 없다. 적어도 지금까지는.

"아니, 처음 보는 건데요."

그녀가 말했다.

"다쳤어요?"

"그래 보여?"

"네, 그래 보여요. 누구라도 알 수 있는 거 아니에요? 그렇게 썩은 사과 같은 얼굴을 하고 있는데. 싸우기라도 한 건가요?"

"뭐, 그런 셈이지. 그런데 넌 누구지?"

그녀는 팔짱을 끼고 나를 쳐다보더니 담배 연기를 천천히 한껏 뿜어냈다. 그것이 거대한 덩어리가 되어 내게 흘러와 안겼다. 그녀는 몸은 말랐지만 폐활량만큼은 대단했다.

"아저씨, 기쿠치 씨 맞죠? 기쿠치 도시히코. 지금은 시마 무라 게이스케라고도 하는 것 같지만."

나는 그녀를, 근 20년 동안 처음으로 내 본명을 입 밖으로 꺼낸 여자아이를 지긋이 바라보았다.

"요즘 여자애들은 질문에 질문으로 답하나? 넌 누군데?"

"마쓰시타 도코."

내가 손을 내밀었다.

"신분증 줘."

"흠, 아저씬 손님한테 늘 이렇게 무례해요?"

"지금은 폐점 중이니 넌 손님이 아니야. 침입자라고."

"신중하시네요. 얼빠진 얼굴을 하고 있는 것치고는."

쓴웃음을 지었다. 그녀는 그런 나를 보고 히죽 웃더니 가 방에서 살며시 무언가를 꺼냈다. 그러고는 내 손에 얹는다. 조치대학 학생증이었다. 이름은 그녀가 말한 그대로. 주소 는 시부야 우에하라. 1972년 1월생. 21세.

나는 학생증을 도코에게 돌려주었다.

"네가 사람을 잘못 본 거라면?"

"아니에요. 아저씨가 웃는 걸 보고 확실히 알았거든요. 완 전히 천하태평한 그 웃음. 정말 엄마 말이 딱 맞았네. 엄마가 말한 것보다 더 심한 천하태평."

"엄마?"

"엔도 유코. 결혼 전 성性이지만. 엔도는 공원의 '엔'자와 사당의 '도'자. 기억하시겠죠?"

도코를 다시 한번 말없이 쳐다보자 도코는 입을 비쭉거렸다.

"그렇게 쳐다보지 마세요. 남자들이 쳐다보는 것엔 익숙하긴 한데 그렇게 무심하게 쳐다보면 한 대 치고 싶어지거든요."

"네 엄마, 기억해."

나는 말했다.

"당연한 거 아니에요? 같이 살던 여자를 잊을 리가. 아니면 아저씨, 여자가 엄청 많았던 거예요?"

"아니, 동거한 건 그때 딱 한 번뿐이었어."

도코는 근처에 있는 재떨이에 담배를 비벼 껐다. 가는 손가락으로 숏호프*의 필터 주변을 깔끔하게 두 조각으로 접었다.

"엄마랑 아저씨가 같이 산 건 석 달뿐이었죠?"

"응, 맞아. 딱 석 달."

"선글라스 벗어 보세요."

"왜?"

"얼마나 다쳤는지 봐 줄게요."

* 일본 담배 브랜드명.

"괜찮아. 놔두면 저절로 나아. 이런 건 익숙해. 네가 남자들이 쳐다보는 것에 익숙한 만큼 익숙해."

"흠. 이런 도시에서 아저씨 같은 야생 타입은 멸종된 줄 알았는데."

"이런 도시라서 살아남은 거야. 바퀴벌레를 보면 알 수 있지."

"엄마는 아저씨가 몸만은 건장하다고 했었어요. 머리보다는 몸. 게다가 멋대로 지껄이는 게 장점이랬어요."

"나도 그렇게 생각해. 그런데 어떻게 이 가게를 아는 거지?"

"엄마가 알려 줬거든요."

순간 말을 잃었다. 유코가 이 장소를 알고 있었다⋯⋯ 잠시 후 내가 말했다.

"유코는 어떻게 여기를 알고 있었대?"

"차를 타고 야스쿠니 대로를 지나가는데 우연히 아저씨를 봤대요. 그래서 차를 세우고 뒤쫓았대요. 가게로 들어가는 걸 보고 고헤이라는 간판을 확인했고요. 조금 기다리니까 손님이 들락날락하기 시작해서 한 손님에게 바텐더 인상과 체격을 물었대요. 그렇게 아저씨가 여기 바텐더라는 걸 알게 된 거죠. 그 손님이 아저씨 이름도 스스럼없이 가르쳐 주더래요."

한숨을 쉬었다. 나는 일종의 암 환자나 마찬가지였다. 주변 사람들은 모든 걸 알고 있는데, 자기 혼자만 아무것도 모르는 암 환자 말이다.

"이상한 모녀군. 엄마가 딸에게 옛 남자 이야기를 하다니. 그래서 엄마는 요즘 어떻게 지내?"

"아저씨가 들고 있는 신문에 나와 있어요."

신문에 있던 폭발 사건의 부상자 명단을 떠올렸다. 그 이름은 어제, TV 자막에서 보았다. 44세.

"마쓰시타…… 마쓰시타 유코? 그게 그 유코란 말이야?"

도코는 놀란 듯이 나를 보았다.

"네. 부상자 이름을 잘도 기억하시네요."

"그냥 중상이라고만 나와 있었는데, 상태는 어때?"

"돌아가셨어요. 오늘 아침에."

침묵했다. 정적이 흘렀다. 바람이 불다가 뚝 그치는, 그런 정적이었다. 가게의 온도가 한순간에 혹 떨어지는 것처럼 느껴졌다. 나는 사람이 죽는 것에는 익숙했다. 하지만 그건 착각이었는지도 모른다. 카운터 뒤쪽으로 돌아섰다. 위스키 병을 집어 잔에 따르는데 병의 입구가 떨렸다. 병과 잔의 가장자리가 서로 부딪혀 달그락달그락 소리가 났다. 위스키를 마셨다. 평소와는 맛이 달랐다. 완전히 다른 무언가를 마시는 기분이었다. 위스키는 녹이 슨 듯한 맛을 남기고 배속 깊숙이 가라앉았다. 잔을 재차 입에 갖다 댔다. 이제 잔은 텅 비었다.

도코는 나를 관찰하듯 쳐다보다가 이윽고 입을 열었다.

"엄마 소식 때문에 손을 떠는 건 아닌 것 같네요."

"지병이야."

"알코올중독이 병이에요?"

어제 나도 똑같은 생각을 했던 게 떠올랐다. 두 잔째인 위스키를 잔에 따랐다.

"엄마가 돌아가셨는데도 넌 꽤 침착하네."

"돌아가신 지 여섯 시간 지났어요. 전 장례식이나 고별식 등을 알아보느라 정신이 없었어요. 얼마나 정신이 없던지 이게 망자를 빨리 잊게 해 주는 제도라는 걸 알게 될 정도였다니까요."

나는 시선을 떨구고 잔을 바라보았다. 그대로 가만히 있었다. 조금 지나자 도코의 목소리가 들려왔다.

"엄마가 말했었어요. 아저씨는 천하태평이어도 정신적인 충격에는 약한 타입이라고. 그래서 도망 다니는 거라고. 71년 사건은 벌써 시효가 지났는데도 말이에요."

"잠깐만."

나는 고개를 들었다.

"엄마가 막 돌아가신 와중에 넌 왜 여기 있는 거냐."

"좋은 질문이네요. 엄마가 돌아가셨다는 걸 아저씨한테 알려 주고 싶었으니까. 천하태평한 남자에게 꼭 전해야겠다고 생각했어요. 왜인지는 몰라도 꼭 그래야만 할 것 같았거든요."

"그뿐인가."

"알고 싶은 것도 있고요."

"그건 나도 마찬가지야. 그런데 시간이 없어. 사실 조만간 이 가게도 뺄 생각이었어. 경찰들이 찾아올 거야. 빠르면 오늘 안에 올지도 몰라."

"공안이 오는 건가요?"

도코가 물었다.

"아니, 이제 공안만 온다고 하기도 어려워."

이 문제에 대해서는 역에서 돌아오는 길에 계속 생각했다. 조간신문을 읽고 상황이 달라졌음을 파악했다. 18명이 죽었다. 아니 지금은 19명. 그중 한 명이 경찰청 사람이다. 경찰조직 전체에 해당하는 문제였다. 아사이가 말했었다. 그들은 기를 쓰고 달려들 것이라고. 이미 폭력단이 알고 있다. 폭력단이 알고 있는 이상, 곧 경찰들도 알게 된다. 지문을 입수해 현재의 나와 기쿠치 도시히코를 연결 짓는 것은 시간 문제였다. 그리 오래 걸리지 않을 것이다. 게다가 지금 새로운 사정이 더 생겼다. 엔도 유코가 나에 관해 알고 있었다는 점이다. 한 명이 안다는 건 실제로는 더 많은 사람이 알고 있다는 걸 뜻한다. 이 말이 맞는지 틀린지는 중요하지 않다. 이는 내가 전제로 삼아 생활해야 하는 철칙이었다. 실제로 눈앞에 있는 유코의 딸이 나에 대해 알고 있지 않은가.

"왜 경찰이 지금 온다는 거예요? 아저씨, 그 사건이랑 관련 있어요?"

"좋은 질문이야. 사실은 사건 당시, 현장 근처에 있었거든. 나는 사건과는 아무 상관이 없는데 어쨌든 근처에 지문을 남겼어. 지금은 자세히 말할 시간이 없어. 네 전화번호를 알려 줘."

"이제 어떻게 하실 건데요."

"넌 몰라도 돼. 거슬리게 하지 말아 줘. 알게 되면 너한테도 민폐를 끼칠 수 있으니. 난 그쪽 방면에는 전문가야."

"꽤 얼빠진 구석이 있는 전문가 같은데요."

"그건 인정할게."

분명히 반론의 여지는 없었다.

도코는 카운터에 있는 메모지를 집어 들려고 했다.

"쓰지 마."

강한 목소리로 말했다. 도코가 의아하다는 듯이 나를 쳐다보았다.

"아무것도 남기고 싶지 않아. 그냥 번호 불러 줘."

도코가 말한 전화번호를 기억한 후 나는 말했다.

"여기 들어와서 어디 만졌어?"

"지문 말하는 거예요?"

끄덕였다. 지문을 지우면 물론 부자연스러워지겠지만 그래도 도코의 지문이 남는 것보다는 나을 것이다. 경찰은 분명 이곳의 지문을 전부 감식하겠지만 엔도 유코의 딸이 여기에 손님으로 왔다는 것을 절대 알 수 없을 것이다.

"지문을 꼭 지워야 해요?"

"공안은 나에 관한 모든 것을 알고 있어. 나와 네 엄마의 관계도 알아. 괜한 의심을 받을 만한 요소는 전부 없애는 게 나아."

사건 규모를 생각해 보면, 이 가게에 온 적이 있는 손님 전원에게 경찰이 관계자 지문을 요청할 가능성도 있다. 역시 지워야 한다. 보드카 병을 기울여 보드카로 걸레를 적셨다. 알코올 효과는 지문을 지울 때도 발휘한다. 그걸로 도코가 말없이 가리키는 쪽을 전부 닦았다. 카운터 가장자리, 스툴의 등, 전등 스위치. 도코가 내 방의 문손잡이도 가리켰다.

나는 어이가 없어서 도코를 쳐다보았다.

"내 방까지 엿본 거야?"

"사상 최악의 공간을 본 것 같은 기분이에요. 저 방보다는 지옥이 더 나을지도."

62

나는 절레절레 고개를 흔들면서 문손잡이를 닦은 뒤, 마지막으로 담배꽁초를 주머니에 넣고 재떨이를 씻었다.

"다 끝났어. 병원에 안 가봐도 돼? 엄마 있는 곳에."

"엄마 시신은 사법해부 중이에요. 내일 아침까지는 끝난다는데, 사실 외할아버지가 막으려고 했었어요. 그래도 소용없었지만요. 저희 외할아버지가 누군지는 아시죠?"

그렇다. 엔도 마사에. 대장성* 출신으로 통상通産 장관과 다른 장관을 두세 자리쯤 했었다. 지금은 리버럴한 장로의 국회의원으로 세간에 알려져 있다. 그가 사는 집이 쇼토에 있다는 것은 안다. 도코가 사는 우에하라에서 가깝다. 그런데 그런 유코 아버지의 권력마저 아무 소용이 없었다니, 이 사건에 경찰조직이 얼마나 힘을 쓰고 있는지 상상이 갔다.

"유코의 상태는 어땠어? 얼마나 다쳤는지."

"내장 파열. 두 다리 절단."

도코는 사무적인 말투로 말했다.

"오늘 아침에 재수술을 해야 했는데, 몸이 견디질 못하셨어요."

나를 바라보는 도코의 눈에 갑자기 눈물이 차올랐다. 순식간에 그 눈물이 표면장력의 한계를 넘어 뺨을 타고 흘러내려 조용히 떨어졌다. 그대로 뚝 떨어졌다. 나는 말없이 그

---

* 한국의 재정경제부.

것을 바라보고 있었다. 엔도 유코. 유코도 이렇게 운 적이 있다. 단 한 번 이렇게 울었었다.

"……."

도코가 나를 바라보았다. 목소리는 다시 차분하게 돌아와 있었다.

"왜 엄마가 이런 일을 당해야 하는 거예요. 왜 그래야 하는 건지, 아저씨가 알려 줄래요?"

"나도 그 이유를 알고 싶어. 오늘 시간 괜찮아?"

"몇 시쯤에요?"

"가능하면 어두워지고 나서."

도코는 끄덕였다. 영상의 컷이 교체된 것처럼 눈물 자국은 어느새 싹 사라졌다. 회복이 빠른 건 도코의 능력 중 하나일 것이다. 도코는 숏 호프를 새로 꺼내 지포 라이터로 불을 붙였다.

"좋아요. 장례식은 내일이고, 조문객도 어차피 저랑은 아무 상관 없으니. 외할아버지 비서가 있어 주겠죠."

"조문객 말고 경찰도 상대해야 해. 비서는 그걸 못 할 거야."

도코는 고개를 갸웃거리며 나를 봤다.

"그러니까 어젯밤 병원에서 이미 형사들에게 질문을 많이 받았단 말이에요. 엄마가 혼수상태였는데도요. 엄마가 왜 공원에 갔는지, 약속이 있었던 건지, 다른 희생자 중에 아는 사람은 있는지 등등을 묻더라고요. 다 모르겠다고 하니까 짚이는 데는 없냐는 둥. 마지막으로 만난 건 언제라든가. 외할아버지는 안 계셨는데 저 정도라면 아마 외할아버지한테도 갔을 것 같아요. 그렇죠? 저한테는 집요하게 물어대긴 했는데, 뭐 현직의원 가족인 걸 그나마 배려한 것 같긴 했어요. 말투는 꽤 정중했거든요."

"넌 뭐라고 대답했는데?"

"아무것도 모른다고 했어요. 실제로 진짜 아무것도 모르니까. 물론 아저씨에 관해서는 말 안 했고요."

"마지막으로 만난 적이 언제냐는 말을 들은 걸 보니, 넌 혼자 사는가 봐?"

"네. 엄마 혼자 아오야마에서 사셨어요. 그래도 경찰이 저를 찾아온다는 거예요?"

"당연하지. 그게 경찰들 일이니까. 경찰들은 나름대로 능력이 뛰어나고 사명감도 충분해. 네 엄마는 피해자인 데다가 이젠 부상자가 아니야. 게다가 나와 연관이 있다는 것까지 경찰은 알고 있어. 아니면 곧 알아내겠지. 이 사건으로 경찰이 몇백 명을 찾아갈지 모르지만 네 엄마는 가장 흥미를 끌 만한 피해자일 거야. 특히 너를 주목하겠지. 너는 네 엄마와 무엇보다 가까웠던 사람이니. 게다가 현직 국회의원보다는 너한테 접근하는 게 더 쉬울 테고."

도코는 잠시 생각했다.

"혹시 괜찮으면 저희 집으로 오시는 건 어때요?"

"안 돼. 또 경찰이 찾아올 거야."

"아니에요. 경찰들은 아직 몰라요. 어제 경찰한테는 본가 주소를 말해놨거든요. 현재로서는 제가 어디 사는지 모를 걸요."

잠시 생각했다. 리스크가 작은 방법을 떠올렸다. 도코의 말대로라면 오늘 하루 정도는 괜찮을지도 모른다. 현시점에서 리스크가 전혀 없는 방법은 아무것도 없다.

"알았어. 7시에 가도 되겠어?"

도코는 미소를 지었다.

"위스키를 사 두는 게 좋을 것 같네요."

"그래 주면 고맙고."

솔직하게 말했다.

"그리고 네가 여기를 나가고 나서 해야 하는 일인데."

이 가게를 나간 뒤, 어떻게 행동해야 하는지 설명하자 도코는 연기를 뿜어내면서 한숨을 쉬었다.

"그렇게 바보 같은 짓까지 해야 해요?"

"내가 그런 바보 같은 짓을 안 해서 이 가게를 들킨 거잖아. 누가, 왜 그러는 건지는 모르겠지만 누군가 날 미행했어.

나도 참, 한심해. 이 생활에 너무 익숙해져서 방심했던 거지. 지금도 감시당하고 있을 수도 있어. 지나친 생각일 수도 있지만 조심해서 나쁠 건 없지. 게다가 네게 방금 설명한 것은 매뉴얼 요약판이야."

"아저씨를 미행한 건 형사가 아니었나 보네요. 그렇죠?"

"응. 형사였다면 벌써 끌려갔겠지. 그놈들은 어떤 이유라도 만들어 낼 수 있으니."

"알았어요. 바로 행동하는 게 좋을 것 같네요."

내가 끄덕이자 도코는 문을 잡은 채 뒤돌아보았다.

"위스키 중엔 뭘 좋아하세요?"

"아무거나 상관없어. 알코올만 들어 있으면 다 좋아."

도코가 다시 한번 미소를 지었다. 도코를 바라보는 남자들의 기분을 조금은 알 것 같았다. 도코는 담배를 입에 물더니 뒤도 돌아보지 않고 가게를 나갔다. 확실히 행동파였다.

15분을 기다렸다. 그동안 위스키를 더블로 천천히 마셨다. 손을 내려다보았다. 아직 떨림은 남아 있다. 유코에 대해 생각했다. 흐릿하게 유코의 얼굴이 떠오르다가 사라졌다. 20년도 더 전의 그 표정. 나는 고개를 저으며 방으로 들어왔다. 오래간만에 코트를 걸치고 시계를 찼다. 어젯밤 매상을 전부 주머니에 넣었다. 마지막으로 아직 개봉하지 않은 위스키 병을 봉투로 감싸 안고, 문손잡이를 걸레로 닦았다. 가게에서 나왔을 때는 1시가 조금 넘어서였다. 다시 여기로 돌아올 가능성은 작지만 그래도 열쇠로 문을 잠갔다.

주변은 둘러보지 않았다. 신주쿠산초메까지 걸어가 개찰구로 들어갔다. 막 홈에 들어온 신주쿠행 지하철에 탔다. 문이 닫히기 직전 문을 비집고 다시 내렸다. 곧바로 반대 방향에서 오는 마루노우치선에 올라탔다. 이케부쿠로에서 내려 서쪽 출구에 있는 백화점으로 들어갔다. 일요일의 백화점은 혼잡했다. 에스컬레이터로 6층까지 올라간 후, 눈여겨본 엘리베이터까지 빠른 걸음으로 움직였다. 다시 1층까지 내려가는 엘리베이터 안에는 쇼핑객들만 있는 것처럼 보였다. 아까 들어온 곳과는 다른 통로로 나가 우에노순환행 야마노테선을 탔다. 다음에 내린 도쿄역에서는 은행 ATM기에서 예금을 전부 인출했다. 12만 5천 엔. 내 전 재산이었다. 잠시 넓은 지하상가를 걸으며 시간을 때웠다. 위스키를 마시고 싶은 욕구를 참았다. 다시 한번 마루노우치선에 탄 뒤, 이번에는 아카사카미쓰케역에서 내렸다. 한조몬선의 나카타초로 연결되는 통로에는 사람이 별로 없었다. 처음으로 뒤를 돌아보았다. 중년 여자가 세 명, 예복을 입은 남자가 몇 명, 고등학생 같은 무리가 눈에 들어왔다. 그뿐이었다. 오모테산도까지 한조몬선으로 이동했다. 이렇게까지 신경 쓰지 않아도 될지 모른다. 하지만 내 안에서는 어느덧 20년 전의 습관이 되살아나고 있다.

역에서 나와 공중전화부스로 들어갔다. 딱히 기대는 하지 않았는데 번호 안내 서비스는 싱거울 정도로 간단히 번호를 가르쳐 주었다. 그 번호를 누르자 무뚝뚝한 남자의 목소리가 단답으로 들려왔다.

—교와 상사.

"아사이 씨 있나."

내가 말했다.

—당신, 누구냐.

남자가 말했다.

"시마무라."

—지금 사장님은 안 계신다.

"몇 시쯤 돌아오나."

—글쎄, 모르겠는데.

"그럼, 아사이 씨와 늘 붙어 다니는 젊은 녀석 바꿔 줘. 꽤 괜찮은 파란 정장 입고 다니는 젊은 녀석. 이름은 까먹었지만."

—파란 정장? 모치즈키 씨?

내가 던진 화살은 과녁을 빗나가지 않은 것 같다. 그는 항상 그런 정장을 입고 다니는가 보다.

"그래. 모치즈키."

―당신, 시마무라라고 했지. 어디 시마무라냐.

"고헤이의 시마무라라고 하면 알아. 중요한 용건이다."

무선전화가 움직이는 듯한 기색이 있었다. 연결음이 변하더니 웅성거리는 소리가 희미하게 들려왔다. 누군가가, '열 개 넣어 줘'라고 말하는 게 들렸다. '아웃'이라고 외치는 다른 목소리도 들렸다.

조금 지나자 파란 정장의 목소리가 들렸다. 그는 노성을 지르고 있었다.

―이쪽으로 가지고 오지 말라고 했잖아.

그러고 나서 같은 목소리가 수화기를 통해 내 귀로 들려왔다.

―어제 그 바텐더인가?

"그렇다. 아사이 씨와 이야기를 하고 싶어. 언제 돌아오나?"

―……네 놈은 손님 이름을 그렇게 막 부르나?

"이제 손님이 아니야. 오늘 가게를 접었거든."

모치즈키라는 남자는 말이 없었다. 그러다 그가 다시 입을 열었을 때 그의 목소리에서 의심이 묻어났다.

―이쪽에서 전화 걸게. 가게 말고 다른 데 있을 거라면 그쪽 전화번호라도 알려 줘.

"그쪽에서 나한테 연락할 방법은 없어. 6시쯤 다시 전화하겠어. 아사이 씨가 돌아오면 그렇게 전해주고."

그렇게 말하고는 수화기를 내려놓았다. 전화 카드를 잊지 말라는 경고음을 들으며 잠시 고민하다가 다시 카드를 집어넣어 번호 안내 서비스에 연결했다. 이번에도 어떤 남자가 무뚝뚝하게 받았다. 일요일인데도 근무하는 남자들이 무뚝뚝해지는 건 당연한 숙명일지도 모른다.

―「주간 선」 편집부입니다.

"데스크의 모리 씨 부탁드립니다."

―실례지만 누구시죠?

"시마무라라고 합니다."

이번에는 보류음이 들렸다. 모리와는 내가 내 가게의 손님이었을 때부터 알고 지낸 사이다. 모리는 지금도 내 가게 단골손님으로 대체로 화요일 밤에 온다. 가끔 월요일 늦게 오기도 하지만. 참고로 「주간 선」의 발행일은 목요일이다. 그는 내가 손님 이상으로 생각하는 손님 중 한 명이었다.

모리의 목소리가 들렸다.

―시마 씨. 웬일이야.

"지금 바빠?"

―응. 신주쿠 사건 때문에. 덕분에 오늘도 야근이야. 무슨 일인데?

"폭발 사건 후에, 뭔가 새로운 정보라도 들어온 것 있나?"

—뭐, 조금은. 오늘도 곧 신주쿠 경찰서에서 기자회견이 있어. 그놈들이 어디까지 발표할지가 관전 포인트야.

"「주간 선」에서도 누가 가?"

모리의 웃음소리가 들렸다.

—주간지가 왜 팔린다고 생각해? 기자 클럽*에 가입하지 않아서야. 정부 발표를 그대로 싣기만 하면 신문 구독자들은 아무도 주간지 따위는 안 사볼걸.

"그래도 기초적인 정보는 필요할 것 아냐."

—어차피 그런 정보는 곧 여기까지 흘러들어와. 그걸로 충분해. 우리는 부가가치만으로 승부하거든. 뭔가 그 사건에 대해서 알고 싶은 게 있는 거야?

"아니, 관심 없어. 사실 폭력단이랑 이런저런 일이 있거든. 혹시 조직 관계에 대해 잘 알아?"

—난 그쪽은 잘 몰라. 그런데 여기 잘 아는 사람이 있긴 해. 프리랜서긴 한데 지금 자리에 있어. 직접 통화해 볼래?

그러고 싶다고 답했다. 모리와는 이야기가 빨랐는데, 어쩌면 시간을 허비하고 싶지 않아서 그런 걸지도 모른다.

—저기, 마쓰다.

그를 부르는 모리의 목소리가 들렸다.

---

* 정부 부처나 경찰청, 기업 등의 출입처에 마련된 기자실에 출입하는 기자들이 만든 일본의 언론 단체. 기자 클럽은 소속 기자에게만 기자실 출입을 허용하며, 기자 클럽의 자체적인 승인이 있어야 가입할 수 있다.

―내 지인인데, 폭력단에 관해 뭔가 물어보고 싶은 게 있나 봐. 뭐든지 알려 줘.

―전화 바꿨습니다. 마쓰다 유이치입니다.

예의 바른 목소리가 풀네임으로 답했다.

"시마무라라고 합니다. 폭력단 관계에 대해 잘 안다고 들었는데요."

―아니에요. 그 정도까지는 아니고. 어떤 일이십니까?

"어떤 조직에 관해 알고 싶은 게 있어서요."

―어디 조직이요?

"신주쿠의 교와 상사."

―아, 거기라면 알고 있습니다. 가부키초에 사무실이 있는 신흥 조직이에요. 과거 폭대법이 시행되기 전에, 그쪽이 가장 빨리 주식회사로 탈바꿈했을걸요. 선견지명이 있는 거죠. 아사이라는 사람이 대표인데요, 꽤 뛰어나요. 그 업계에서 아주 호평이에요. 시노기*는 도산정리, 거기에 채권추심까지 그렇게 상황이 안 좋은 데도 경제 폭력단들은 예전과 별로 달라진 게 없죠. 그런데 아사이는 그들과 달리 법과 경제에 아주 밝은 것 같아요. 하는 짓이 남달랐다고 하네요. 일을 스마트하게 하는 것이 변호사 수준이라는 이야기도 있어요.

* 폭력단의 수입 또는 수입을 얻기 위한 수단을 일컫는 은어.

"아사이라는 남자의 전력을 알고 계시나요?"

―예전에 세이슈 연합 소속 에구치 조직에 있었다고 합니다. 아실지 모르겠는데 세이슈 연합은 폭대법이 지정한 광역폭력단 지정단체이고요.

"그렇다면 지금은 에구치 조직의 프론트 기업*인 건가요?"

―아뇨, 그렇지도 않은 것 같아요. 약간 특이한 경우랄까. 예전에 에구치 조직에서 두각을 드러냈는데, 뭔가 트러블이 생겨서 독립한 듯해요. 지금은 에구치 조직과는 아예 연을 끊은 것 같은데 그쪽 업계에서는 드문 경우죠.

나는 아웃, 이라고 수화기에서 들려온 목소리를 떠올렸다. 환금하라고 신호를 보내는 목소리다. 열 개는 1만 엔.

"교와 상사는 포커 게임 센터도 운영한다고 하던데요."

―네, 사무실 근처에 센터가 있어요. 하지만 그건 취미 같은 거랍니다. 가부키초에는 그런 센터가 수십 개나 있는데, 모기떼들 같아서 일일이 경찰이 손을 대진 않아요. 다만 지금부터는 조금 사정이 다를지도 모르겠네요.

"무슨 말이죠?"

마쓰다는 잠시 생각하는 듯했다.

―실례지만 시마무라 씨, 직업은 어떻게 되시나요?

* 폭력단의 구성원이 자금획득을 위해 경영하는 기업.

"바를 운영하고 있습니다. 건전한 가게예요. 모리 씨가 단골인 가게니까 딱히 자신은 없지만요."

마쓰다의 웃음소리가 들려왔다.

―교와 상사와 트러블이 있었나요?

"그런 셈입니다."

―뭐, 좋습니다. 다 말해드릴게요. 아사이는 구속될 수도 있어요. 그럼 시마무라 씨는 발 뻗고 잘 수도 있겠네요.

"왜죠?"

―이건 절대 아무한테도 말하지 말아 주세요. 뭐 우리 말고도 눈치챈 곳이 있겠지만.

마쓰다는 소리를 낮췄다.

―다만 다른 데서도 눈치를 챘어도 정식발표가 있을 때까지는 기사를 내지 않을지도요. 중앙공원 폭발 사건 쪽이 워낙 사건이 크니까 어디도 지금은 경찰의 비위를 거스르고 싶어 하지 않겠죠. 사실 본청 수사2과가 움직이고 있습니다. 도박게임 업자가 아카사카 경찰서의 방범 순경 부장급한테 뇌물을 주고 있다는 소문이 있어서요. 단속 정보를 미리 받는 대가로 말이에요. 그러니 신주쿠 경찰서를 포함해, 일이 커지기 전에 본청이 선수를 쳐서 관할이 손을 쓰게 할 가능성이 있습니다. 일단 시차를 두고 유사범을 만든 다음에, 아카사카 쪽은 얼버무리려는 뻔한 속셈인 거죠.

"신주쿠 경찰서는 지금 그럴 때가 아니잖아요."

—맞습니다. 그러니 중앙공원 폭발 사건이 해결되어 갈 때쯤 발표하든지, 아니면 중앙공원 사건이 잘 안 풀려서 막힐 때 발표하지 않을까요. 다만 시간이 없으니 타이밍을 고려해 보면 일주일 후쯤 되겠네요.

"그렇군요. 「주간 선」에는 꽤 유능한 스태프가 있군요."

내가 말했다.

웃는 소리가 들렸다.

—역시 손님을 상대하는 일을 하셔서 그런지 립서비스도 잘하시네요. 그들에 관해서 흥미로운 소식을 알게 되시면 저에게도 꼭 알려 주세요.

꼭 그렇게 하겠다고 말했다. 인사를 한 후, 모리에게 안부를 전해 달라고 한 뒤 전화를 끊었다.

공중전화부스에서 나오자 차가운 바람이 불었다. 오모테산도에서 하라주쿠 쪽으로 걸었다. 오늘 아침에 비하면 통증은 꽤 가라앉은 상태였다. 30분 정도 걸어 요요기 공원으로 들어갔다. 시계를 보니 4시 반이었다. 잔디 위에 누워 손바닥을 바라보았다. 벌써 손 떨림은 잠잠해졌다. 손가락 사이로 보이는 태양은 옅은 색으로 변해 점점 기울어지고 있다. 위스키 병을 따 잔에 따랐지만 이번에는 흘리지 않았다. 일요일이라 공원을 드나드는 사람이 많았지만 내게 주목하는 사람은 없었다. 위스키를 마시기 시작했다. 시간을 보내는 방법이라고는 이것밖에 모르니 나는 취미가 그리 다양하지 않은 편이라 할 수 있다. 평소와 똑같았다. 단지 어제까지와는 다른 것이 있다면 하나는 돌아갈 곳을 잃어버렸다는 것이다. 하지만 이건 크게 중요하지 않다. 알코올중독자가 잘 곳을 잃어버릴 일은 폭력단이 새끼손가락을 잃을 확률보다는 높을 것이다. 흐르는 물처럼 다다라야 할 곳에 다다랐을 뿐이다. 다른 하나는 엔도 유코의 소식을 들었다는 것이었다. 그리고 그때 그녀는 이미 죽은 뒤였다. 근 20년 동안 내가 그녀와 무엇보다 가까이 있던 건 어제 그 공원에서였다. 그때 연기 속에서 나는 유코를, 아니면 유코의 일부를 봤을지도 모른다. 혹은 유코의 목소리를 들었을지도 모른다. 솟아오르는 피 냄새를 맡으며 달렸던 그때. 어제 광경을 떠올려보려고 했다. 하지만 그 안에서 유코를 알아볼 수는 없었다. 그 목소리를 알아챌 수도 없었다. 유코는 20년이 넘는 세월 동안 어떻게 변해 있었을까. 유코의 표정을 떠올려보려고 했지만 잘 되지 않았다. 조금씩 색깔이 바뀌며 저물어가는 태양을 물끄러미 바라볼 뿐이었다.

해가 지고 어두워졌지만 계속 그대로 있었다. 그러다 정신을 차려보니 주변에는 커플들뿐이었다. 공기도 꽤 차가워졌다. 시계를 보니 저녁 6시가 넘어 일어나 걷기 시작했

다. 공원을 따라 야마테도리를 향해 걸어갔다. 야마테도리
를 지나면 우에하라까지는 금방이다.

　도중에 공중전화부스에 들어갔다. 번호를 누르자 내가
말하기도 전에 목소리가 들렸다.

　─여어, 알코올중독자. 가게 접었다면서.

　아사이의 목소리였다.

　"당신 충고는 옳았어."

　─알아.

　"안다고?"

　─응, 경찰의 움직임이 그렇게 빠를 거라고는 생각 못 했
어. 그래도 자네도 그놈들을 몹시 애먹였다지? 복싱에 소질
이 있나 봐. 한 명은 팔이 부러졌다는데.

　"에구치 조직 누구한테서 들었나."

　정적이 흘렀다. 지금은 어떤 소리도 들리지 않았다. 마침
내 아사이의 목소리가 들려왔다. 무언가를 즐기고 있는 듯
한 목소리였다.

　─어째서 그런 것까지 알지?

　"당신이 말했잖아. 중소기업이 살아남기 위해서는 정보
가 필요하다고. 나 같은 영세한 개인에게도 정보가 필요할
때가 있거든."

　─흠. 예상한 대로다. 자넨 역시 보통이 아니야.

아사이가 중얼거렸다.

"난 삶에 찌든 알코올중독자일 뿐이야. 하나 묻고 싶은 게 있어."

─뭔데.

"에구치 조직 사람이 무슨 이야기 도중에 내 이름을 말했지?"

─그걸 말해 주면 나한테 뭔가 메리트라도 있는 건가.

"아니, 전혀."

웃음소리가 들렸다.

─이봐, 이쪽 업계에도 룰이 있단 말이야. 하나를 받으면 하나를 준다. 열이면 열. 먼 옛날에는 이 룰을 인의仁義라고 했고.

"컴퓨터를 상대로 하는 포카에서는 그럴 수 없지 않아?"

아사이는 또 낮은 목소리로 웃었다.

─감이 좋군. 우리 쪽 젊은 녀석이 수화기를 들고 걸었다는 건 들었어.

"게임 센터에 가게 손님과 같이 한 번 간 적이 있어. 나는 하루 치 매출만 날렸는데 일행은 세 달 치 생활비를 몽땅 잃었지."

─그런 일도 있는 거지. 어쨌든 자네 질문에는 답하기 어려워.

"어제는 내게 충고해 줬잖아."

―어젠 나도 가끔 변덕을 부릴 때가 있으니 그런 거였고. 핫도그 때문일지도 모르지. 그건 정말 프로다웠거든. 난 프로가 일하는 모습을 보는 걸 좋아해. 그치만 나도 매일 변덕을 부리지는 않는다고.

조금 생각하다가 말했다.

"알겠어. 그럼 다른 방법을 찾아보지."

―어떤 방법이지?

"당신은 고집이 센 것 같지만 모치즈키라는 똘마니라면 나도 상대할 수 있을지도."

―어이, 그런 말투는 별로 기분 좋지 않아. 나는 차별적인 표현을 아주 싫어해. 똘마니라니.

"그런가. 미안. 그럼 조수라고 정정하지. 어쨌든 다른 방법을 찾아보겠네."

내가 말했다.

―그러는 게 좋겠어.

"하나 충고해도 되나."

―자네라면, 하라고 하겠지. 무슨 충고인가.

"그쪽도 잠시 가게를 닫는 게 좋을 거야."

말이 없었다. 마침내 아사이가 말했다.

―이유는?

"말 못 해. 말하지 않기로 약속했거든."

또 침묵.

—아카사카랑 관련된 건가.

나는 답하지 않았다.

—저기, 시마무라.

아사이의 목소리가 조금 변했다.

—아까 내게 질문하면서 지금 그 패를 꺼내 쓸 수 있었을 텐데. 내게도 조금은 정보가 들어왔거든. 그런데 왜 그 패를 쓰지 않은 거지?

"난 당신들 업계의 룰은 몰라. 다만 어젯밤에 당신이 내게 호의로 충고해 준 것 같아서."

다시 한번 잠시 정적이 흘렀다.

—지금, 어디 있나.

"도내 어딘가."

—오늘은 가게로 안 가나.

"응. 그런데 그게 왜 궁금하지?"

—조금 얼굴이 보고 싶어졌거든.

"난 딱히 그럴 기분이 아니야."

—내일 아침은 어디에 있나.

"왜 그렇게 끈질기게 구는데."

—자네 질문에 답하고 싶어졌다고 한다면?"

잠시 생각하다가 답했다.

―알겠어. 그럼 내일 오전 중에 내 쪽에서 연락할게."

아사이는 번호를 불렀다.

―내 휴대폰 번호야. 전화는 이쪽으로 걸어줘."

알겠다고 답한 뒤 수화기를 내려놓았다. 공중전화부스를 나와 이노카시라 거리로 가니 10월의 바람이 더욱 차가웠다. 코트 자락을 펄럭이며 살을 에는 듯한 바람이 불었다. 바람을 타고 구겨진 종잇조각 하나가 발밑으로 굴러들어왔다. 나는 선글라스를 벗어 코트 주머니에 넣었다.

5

저녁 7시 10분 전, 그 아파트 앞에 섰다. 아파트는 5층 건물로 베이지색 타일로 되어 있었다. 상상과는 다르게 1인 가구용이 아니라 패밀리 타입이었다. 올려다보니 어느 집에서나 불빛이 새어 나와 발코니 난간의 그림자가 비쳤다. 주변을 멀리 빙 돌아 걸어 들어갔다. 조용한 주택가로 수상한 사람은 눈에 띄지 않고 의심스러운 자동차도 없다. 사복 경찰 같은 사람도 없다.

산뜻하게 만들어진 계단을 3층까지 올라갔다. 복도에는

문 여섯 개가 나란히 있다. 두 개의 문에 마쓰시타 도코라는 풀네임이 쓰여 있었다. 인터폰을 누르자 곧 문이 열리고 도코가 얼굴을 내밀었다. 화장기가 없는 것은 낮과 같았지만 옷차림은 달랐다. 심플한 흰 원피스. 심플한 만큼 도코는 우아해 보였다. 어째서인지 흰색은 중성적이고 냉랭한 인상을 부각했지만 그런데도 우아해 보였다. 내가 젊은 남자였다면 꽃을 사 오지 않은 것을 후회했을지도 모른다.

도코는 몇 번이나 놀러 온 적 있는 친구를 맞이하는 것처럼 매우 자연스럽게 내 가슴을 쿡쿡 찔렀다.

"알코올중독자도 시간은 정확히 지키는군요."

나는 그렇다고 중얼거리며 스니커즈를 벗어들었다.

도코는 앞장서서 대수롭지 않게 집 안으로 들어갔다. 그녀는 나를 거실로 안내했다. 그녀의 집은 깔끔하며 불필요한 장식은 전혀 없었다. 여자아이가 사는 곳이라고 하기에는, 그녀의 패션처럼 지나치게 심플하다는 생각이 들 정도였다. 벽 끝에는 책을 꽂아 둔 커다란 책장이 두 개 있다. 책은 전부 하드커버였다. 거기에 TV와 일체형 오디오, 테이블과 의자 세트. 책상에는 컴퓨터가 한 대 있었다. 그뿐이었다. 방을 가로질러 가 창문을 열었다. 발코니에 서서 주변을 둘러본 뒤, 들고 온 스니커즈를 그곳에 둔 채 집 안으로 돌아왔다. 문이 열려도 밖에서 안이 바로 보이지 않는 것을 확인한 뒤, 위스키 병을 들고 아메리칸 스타일 목조로 만든 소파에 앉았다.

내 움직임을 말없이 쫓던 도코는 위스키 한 병과 유리잔 하나를 가져와 유리 테이블 위에 두었다. 천천히 맞은편에 앉으며 맵시 있는 긴 다리를 꼬았다.

"집 좋네."

내가 말했다.

"외할아버지는 돈이 많으시니까요."

도코는 쌀쌀맞게 말했다.

"여긴 외할아버지 집이에요. 마지막으로 관료 자산이 공개되고 그 이후에 생긴 집이니까 공표는 안 되어 있어요. 전세입자고요. 그건 그렇고, 방금 뉴스 봤어요."

"네 엄마에 관한 게 나왔어?"

도코는 끄덕였다.

"국회의원의 장녀가 사망했다고. 그런데 그것보다 더 큰 뉴스가 있었어요. 아저씨에 관한 거예요."

놀라지는 않았지만 예상보다 진행이 빠르다. 물론 내 지문은 감식했을 것이다. 지문쯤이야 컴퓨터로 몇 분 만에 식별하는 시대다. 그 단계까지 아무리 시간이 걸린다 해도 벌써 하루 이상이 지났다. 아마 어제 감식했을 것이다. 그렇다고 해도 발표 타이밍이 너무 빠르다. 이 상황에서는 하나밖에 떠오르지 않는다. 경찰이 내 가게를 벌써 수색한 것이다. 현재의 나와 기쿠치 도시히코가 동일인물이라는 점이 벌써 밝혀졌다.

위스키를 잔에 따르면서 물었다.

"뭐라고 나왔는데?"

도고는 숏호프를 꺼내 불을 붙였다. 그러고는 시계를 보더니 리모컨 스위치를 눌렀다. 마침 저녁 7시 NHK 뉴스가 시작하는 참이었다. 정치 뉴스보다 먼저 그 뉴스가 흘러나왔다.

—어제 오후, 신주쿠 중앙공원에서 발생한 폭발 사건에 의한 사망자 중 신원불명자가 한 명 있었습니다만 그 사람의 신원이 판명되었습니다. 구와노 마코토 씨(45세)입니다.

나는 위스키를 마시려다가 순간 멈췄다.

구와노 씨는 전前 도쿄대생으로 1971년 4월, 시부야구 도미가야에서 발생한 자동차 폭발 사건으로 살인죄, 폭발물 단속 벌칙 위반 등의 용의로 지명수배 중이었습니다. 이 폭발 사건으로 경찰관 한 명이 사망했습니다. 용의 가운데 형사소송법상 가장 무거운 살인죄의 시효는 15년이지만 구와노 씨의 경우, 해외 도주에 따른 중단 기간이 있어서 시효의 완성 여부에 대해서는 아직 모릅니다. 구와노 씨의 행적이 마지막으로 확인된 것은 1975년 10월, 프랑스에 있는 파리

대학에 재학할 때입니다. 그때 ICPO, 국제 형사 경찰 기구의 협력으로 소재를 파악했지만 그는 일본과 프랑스 합동 수사진의 추궁을 피해 도망쳤다고 합니다. 언제 귀국했는지는 불분명. 이번 사건에서 신원을 판명하는 데 시간이 걸린 것은 피해자의 사체가 폭발 중심지에 있어 여기저기 흩어져 있었기 때문입니다. 하지만 사체에서 나온 지문을 대조함으로써 신원이 판명되었습니다. 따라서 수사본부는 구와노 씨가 피해자일 가능성과 함께, 여러 형태로 그가 사건에 얽혀 있을 가능성까지 고려하게 되면서 사건은 복잡한 양상을 띠게 되었습니다. 게다가 사건 현장인 중앙공원 내 폭발 지점 근처에서 구와노 씨와 같은 살인죄 등의 공범 용의로 지명수배된, 당시 도쿄대생이었던 A용의자(44세)의 지문도 발견되었습니다. A용의자의 경우, 출국 기록은 없으며, 당시 용의에 관해서는 이미 시효가 끝난 상태입니다. 구와노 씨, A용의자는 둘 다 과격파로 어느 분파에도 속하지 않고 활동했었습니다. 경찰은 이번 폭발이 71년 사건과 유사점이 많은 것으로 보아 그 연관성을 추적하는 한편, A 전前 용의자가 사건에 대해 자세히 알 것이라고 판단해 중요 참고인으로서 그의 행방을 쫓고 있습니다. 뉴스는 71년 사건을 재현하며 해설하기 시작했다.

나는 이미 듣고 있지 않았다. 얼어붙어 있었다. 잠시 서 있다가 겨우 시선을 떨어뜨려 손에 든 위스키를 바라보았다. 흑갈색 표면이 작은 물결을 일으키며 흔들린다. 손이 떨린다. 알코올이 부족해서가 아니다. 구와노가 죽었다. 사체에서 나온 지문과 대조했다고 아나운서가 말했다. 그런가, 구와노가 죽은 건가. 맥없는 마지막이었다. 22년간의 마지막을 이런 식으로 장식하는 건가. 구와노와 헤어지고 난 후의 시간. 그 시간이 쾅 소리를 내며 뚜껑을 닫았다. 다시 열릴 일은 없다. 공안의 낌새가 느껴질 때마다 직업과 주소를 바꿨던 세월. 22년. 그 시간이 내 몸에서 떨어져 나가 어떤 덩어리가 되어 눈앞에 있는 듯한 느낌. 시작이 있고 끝이 있다. 하지만 입구와 출구는 이미 잃어버렸다. 22년은 아무짝에도 쓸모없는 시간 덩어리에 불과했다. 그건 분명히 눈앞에서 알코올의 바다를 유유히 떠돌며 흔들리고 있었다.

"A용의자."

도코가 노래하듯이 말했다.

"유명인이 된 기분이 어때요?"

눈앞에 있는 덩어리가 녹아 사라져 천천히 현실로 돌아왔다. 하지만 이전과 똑같은 현실로 돌아온 것은 아니다. 지금 이 현실에는 구와노가 없다. 정신을 차려야 한다. 우연이 지나치다는 생각이 들었다. 농담처럼 과하다. 구와노 마코토. 엔도 유코. 현장에서 가까운 곳에 있던 나. 유코는 나와 함께

87

살았던, 유일한 사람이었다. 그리고 구와노.

도코가 TV를 껐다. 다시 고요해졌다.

나는 한숨을 쉬었다. 22년 동안 내 안에 숨어 있던 한숨이 한꺼번에 터져 나와 고요함 속으로 녹아 들어갔다.

"그런 기분 아니야. 본명도 아니고 사진도 안 나왔잖아."

간신히 내가 말했다.

"현재로서는 그렇죠. 그런데 조간지는 다를걸요. 분명히 본명도 들먹이고 얼굴 사진도 실리지 않을까요?"

"근 20년 넘게 난 사진을 찍은 적이 없어."

"아저씨를 아는 사람은 많잖아요. 몽타주를 만들겠죠. 경찰이 백 명쯤 불러내서 어떻게든 만들지 않을까요. 학생 때 사진도 찾아낼 거고."

"아마도 그러겠지. 넌 내가 이번 사건과 얽혀 있을 거라고는 생각 안 해?"

도코는 고개를 저었다.

"전 그런 단세포가 아니에요. 아저씨 방을 엿봤잖아요. 폭탄 따위 만들 수 있는 상태도 아니고 그럴 동기도 없어요. 만약 있다고 한다면 약 20년 동안 우리 엄마에게 계속 미련이 남아서 대형 폭탄으로 살인을 저지른 것 정도겠죠? 그런데 그런 건 정상적인 인간이라면 떠올리지도 못해요. 아저씨는 약간 독특하고 천하태평이어도 지문에는 신중했거든요.

범행 현장에 지문을 남길 정도로 초보적인 실수를 했다고
보기 어려워요. 그러니 아저씨가 이번 사건과 무관하다는
것 정도는 누구나 알 수 있어요. 경찰도 아마 같은 생각일 거
예요. 중요 참고인이라고 말하긴 해도요."

도코는 담배 연기를 뿜어 날려 보낸 뒤, 다시 시선을 나에
게 향했다.

"출두할 거예요?"

"아니, 안 해."

"왜요? 이번 사건과 무관한 거면 단지 참고인일 뿐이잖아
요. 예전 사건은 벌써 시효도 끝났고. 엄마는 그 사건은 분명
히 사고였다고 하셨지만요."

"물론 예전 사건으로 기소할 순 없어. 임의 동행이라는 명
목으로 며칠 동안 경찰에 붙잡혀 있을 뿐이지."

"그 정도는 참을 수 있지 않아요? 왜 출두 안 하세요?"

"별로 내키지 않아."

"경찰은 '국가권력의 폭력장치'라서?"

"지금은 딱히 그런 느낌도 아니야. 그냥 싫어서 그런 것
같아."

도코가 어이없다는 듯이 입을 벌리고 나를 말똥말똥 쳐다
보았다.

"아저씨, 약간 머리가 어떻게 된 거 아니에요?"

"난 22년 동안 같은 생활을 해 왔어. 내가 살아온 시간의 절반을 그렇게 보냈는데 이제 와서 습관을 바꿀 마음은 없다고."

도코는 말없이 나를 쳐다보다가 잠시 후 입을 열었다.

"제가 말했잖아요. 아저씨 같은 종족은 멸종했다고."

나는 유리잔에 담긴 위스키를 마시며 말했다.

"엄마가 왜 그런 일을 당했는지 알고 싶다고 말한 건 너잖아. 석연치가 않다니까. 아무리 생각해도 우연한 요소가 너무 많아. 거의 하늘에서 떨어지는 운석에 맞는 정도의 우연이야. 나도 그 이유를 알고 싶어. 경찰이나 언론을 통해서가 아니라 직접."

"이제 전 마음 정리는 다 됐어요."

도코는 잠시 눈을 내리깔다가 고개를 들었다. 표정에서 희미한 미소가 번지고 있다.

"아저씨, 정말 최후의 희귀종이네. 이 시대랑은 어딘가 안 맞아. 지금 세기말이라는 걸 알긴 아세요?"

"알아. 내가 시대에 뒤처진 인간이라는 것 정도는 나도 안다고. 그래도 어쩔 수 없어. 그런 건 안 변해. 알코올중독에서 못 벗어나는 거랑 똑같지, 뭐."

도코는 여전히 미소를 머금고 있다. 그러고는 차분한 목소리로 말했다.

"그럼, 이번 사건에 관해 자세히 설명해 주세요."

조금 생각했다. 도코에게 말해 줄 이유가 있는지 없는지를. 있다. 나는 도코의 사망한 모친과 관련 있는 사람이다. 유코의 사망 소식을 알려 준 것은 도코였다. 사망 후 반나절도 지나지 않았는데도 내게 소식을 전해주러 왔다. 나는 알겠다며 고개를 끄덕인 후 이야기하기 시작했다. 당시 공원에 내가 있던 것과 그 이유, 그리고 내가 본 폭발 현장에 관해 말했다. 아사이라는 이상한 야쿠자에 관해서도 말했다. 그 후 정체를 알 수 없는 패거리들에게 습격당한 것도. 어제 일인데도 옛날이야기를 하는 것 같은 기분이 들었다. 전부 말한 건 아니지만 대부분 정직하게 말했다.

이야기를 마치자 도코는 잠시 생각에 잠겼다. 그러더니 말을 툭 뱉었다.

"엄마를 포함해서 세 사람의 우연."

내가 끄덕였다.

"넌 구와노 이름도 알고 있나."

"엄마한테 들은 적이 있어요."

"언제부터 너와 네 엄마 사이에서 우리 이야기가 나온 건데?"

"아저씨가 어디 사는지 엄마가 알고 있었다고 말했었잖아요. 그게 정확히 2년 전쯤이었으려나. 그때도 늦가을이었으니. 그때부터 아저씨 이야기가 나오기 시작했어요. 우린 일주일에 한 번 정도 통화하는 사이였는데 친구처럼 이것저 것 다 말했어요. 바보 같은 남자들에 대해 잡담하면서 어쩌 다가 아저씨 이야기가 나왔어요. 그런데 일단 아저씨 이야 기가 나오기 시작하면 그 이야기가 걷잡을 수 없이 커져서 도저히 멈출 수가 없는 거예요. 내용은 주로 아저씨와 엄마 가 함께 살던 때의 일. 딱 3개월간의 이야기였는데. 어쨌든 엄마한테 아저씨는 바보 같은 남자의 대표 선수 격이었나 봐요. 지금은 엄마의 기분을 왠지 알 것 같지만. 엄마 이야기 는 뭐, 어느 정도 매력적이었던 시대의 노래 같은 것이었어 요. 철 지난 유행가 같은 것 말이에요."

쓴웃음이 나왔다. 유코다운 이야기였다. 도코의 말투에 서도 그녀가 유코의 진한 피를 이어받았다는 것을 느낄 수 있었다.

"그런데 왜 유코가 네게 그런 이야기를 했을까."

내가 말했다.

"엄마한테는 약간 엉뚱한 구석이 있잖아요. 아저씨도 잘 알 텐데."

"알긴 알지. 그래도 일반적인 모녀 관계라고 보긴 어렵지 않나."

도코는 날카로운 시선으로 나를 쳐다보았다.

"일반적일 필요가 있나요?"

"아니, 없어."

"그런데 아저씨는 전부 말해 주진 않네요."

"전부 말한 건데."

"세 사람의 관계와 71년 사건."

"71년 사건은 뉴스에서 들었잖아."

"정말로 뉴스에서 말한 그대로예요? 그럴 것 같지 않은데요. 게다가 구와노 씨도 포함해서 다들 도대체 무슨 관계였어요?"

"넌 모르는 게 나아."

"무슨 말이에요?"

대드는 듯한 목소리였다.

"저한테도 이야기를 들을 권리가 있다고요. 전 아저씨 말대로 바보처럼 백화점을 배회한 다음에야 집으로 돌아갔어요. 게다가 저도 지금은 언론에 꽤 시달리고 있다고요. 그 사건으로 사망한 현직 국회의원 딸의 딸이라는 이유로 말이에요. 저급한 놈들에겐 재밌거리겠죠. 아까 본가에서 나오는데 벌써 카메라를 들쳐 멘 파파라치들이 쫙 깔려 있었어요. 형사들도 또 찾아왔고. 시간이 없으니 내일 오라고 하니까 일단은 물러났지만요. 외할아버지가 없었으면 형사들도 분명 완전히 다르게 대했을걸요. 그리고 이 집으로 올 때도 조심하려고 일부러 택시를 타고 시부야에 있는 백화점에 갔어요. 전 오늘 온종일 미행을 따돌리는 법만 배운 것 같은 기분이 들 정도라고요. 장례식이나 고별식에서의 제 얼굴이 방송에도 나오겠죠. 어쩌면 와이드 쇼에도 나올지 몰라요. 정말 힘들다고요."

"네 심정은 이해해."

내가 말했다. 그 외에는 달리 할 말이 없었다. 반론의 여지도 없고 어떻게 할 방법도 없다.

"그럼 이야기 정도는 해 줄 수 있잖아요."

도코는 예리한 칼처럼 번뜩이는 눈빛으로 나를 쳐다보았다. 그러더니 또 새 담배에 불을 붙였다. 지포 라이터는 언제나 큰 소리를 낸다. 왜인지, 그런 생각이 들었다.

"담배 좀 줘."

도코는 조금 놀란 것처럼 나를 다시 보았다.

"아저씨, 담배 피워요?"

"알코올중독인 걸 깨달았을 때 끊었어. 간이냐 폐냐 둘 중 하나를 선택해야겠다는 생각이 들었거든. 무모하다고 비웃을지 모르겠지만. 그런데 지금은 좀 피우고 싶네."

도코는 차분하게 숏호프와 라이터를 테이블 위에 올려두었다. 한 개비를 꺼내 불을 붙였다. 괴로웠다. 몇 년 만에 들이켜는 연기가 폐 속에서 천천히 부풀어 올랐다가 다시 오므라들었다.

"하나, 묻고 싶은 게 있어."

"뭐죠?"

"네 아빠는 어떻게 되었어?"

"돌아가셨어요. 제가 열다섯 살 때 사고로. 아빠는 엄마보다 다섯 살 연상이었어요. 외무성 관료였는데, 돌아가신 무렵에는 미국 영사관에 계셨어요. 교통사고로 돌아가신 후 엄마는 귀국했고요. 그래도 예전 성으로는 돌아가지 않으셨어요. 그렇다기보다는 예전 성을 싫어하셨다고 할까. 엄마는 성 같은 것엔 별로 신경 쓰지 않으셨는데, 엔도라는 성은 싫으셨던 것 같아요. 결국 지금까지 제가 엄마에게 들은 이야기는 아빠에 관한 것보다 아저씨에 관한 게 더 많았어요. 제가 그걸 지적하면, 아빠에 대해서는 어차피 잘 알잖아, 라고 하셨죠. 무슨 말인지 알겠어요? 아빠가 돌아가셨을 때, 저는 열다섯 살이었어요. 예민할 때잖아요. 아무리 성인이 되었다 해도 듣는 쪽이 되어 보면 삐뚤어질 수밖에 없어요. 보통은 딸한테 그런 이야기를 하지 않잖아요. 상식적이지 않아요. 아빠한테 너무 잔혹한 것 아니에요?"

"그래."

잠시 우리 사이에 침묵이 내려왔다. 그러다 내가 먼저 입을 열었다.

"유코는 내가 어디 사는지 알았잖아. 그런데 왜 직접 말을 걸지 않았을까."

"와, 그 정도로 둔감하시구나. 천하태평한 거랑 둔감한 건 다르다고 생각했었는데, 아저씨한테는 두 성향이 사이좋게 공존하는 것 같네. 그러니까 엄마는 죽을 때까지 아저씨를 사랑한 거예요."

도코가 한 말을 잠시 음미했지만 잘 이해가 가지 않았다.

"잘 모르겠는데."

"자존심 문제예요. 여자의 자존심은 수많은 형태로 티가 난다고요. 몰라요?"

나는 모른다고 답했다.

이번에는 도코가 한숨을 내쉬었다.

"이제 됐어요. 그것보다 세 사람의 관계와 71년 사건에 대해 말해 주세요. 아저씨가 본, 아저씨 자신의 이야기를 듣고 싶어요. 언론을 통해서가 아니라요."

잠깐 생각했다. 도코에게 그것을 알 정당한 권리가 있을까. 있다. 도코의 아버지와 도코에게 진 빚을 갚아야겠다는 생각이 들었다. 그게 아니었으면 다른 판단을 했을지도 모른다.

"알겠어. 조금 길어질 텐데, 괜찮아?"

"물론. 자세히 알고 싶어요."

어디서부터 이야기를 시작해야 할지 망설여졌다.

"60년대 말, 대학투쟁의 시대가 있었어. 그건 너도 알겠지."

"대강은요. 엄마한테 들은 적이 있어요. 그렇다고 많이 아는 건 아니고. 옛날이야기. 이제 전설이 된 시대의 이야기잖아요. 아저씨 세대 사람들이 마치 자신들만의 특권인 것처럼 케케묵은 후일담을 말하는 것 정도는 알아요."

또 쓴웃음이 나왔다. 하지만 도코의 말이 맞을지도 모른다. 도코 또래에게 그 시대는 공룡이 살던 시대와 다를 게 없을 것이다. 지금에 와서는 나마저도 그때가 마치 신비로운 전설의 시대처럼 느껴지기도 한다. 도코에게 그건 우리 세대가 가진 불손한 향수에 불과할지도 모른다. 그 부분에 대해서는 잘 모르겠다. 나는 그저 삶에 찌든 중년의 알코올중독자일 뿐이니까. 그 시대는 빛바랜 사진 같은 것이다. 어딘가에서 쭉 잠들어 있던 것, 그것을 꺼내고 싶었던 적은 없었다. 그런데 지금, 두 명의 죽은 이들이 마음을 뒤흔들고 있다. 확실히 그 빛바랜 시대에 우리가 태어난 것 같다는 생각도 든다.

"1969년도의 일이야."

6

그날 밤, 혼자 옥상에 있었다. 살을 엘 정도로 추운 밤공기의 반대편에는 선명하게 깜박이는 불빛들이 모여 있었다. 시부야의 불빛이었다. 지극히 가까워 보이기도 하는 그 광경을 계속 바라보았다. 고요했다. 가끔 날아오는 돌이 벽에 부딪히는 둔탁한 소리만 들릴 뿐이다. 투석기投石機도 4층 건물의 옥상까지는 돌을 날려 보내지 못한다. 그 소리 외에는 내 노랫소리만 들릴 뿐이었다. 더 골든 컵스The Golden Cups의 '긴 머리 소녀'. 그때쯤 유행하던 그룹사운드의 명곡이다. 그 곡을 한가롭게 흥얼거리고 있는데, 음치네, 라고 어이없다는 듯한 목소리가 뒤에서 들려왔다. 돌아보니 아노락* 차림의 유코가 하얀 입김을 뿜으며 다가오고 있었다.

유코를 보고 아무 생각 없이 물었다.

"전체 집회는 어떻게 됐어?"

"아직 하고 있어. 난 지쳐서 먼저 나왔고. 구와노가 남아 있으니까 나중에 구와노한테 들으면 되지."

"흠. 그런데 하나 물어봐도 돼?"

"뭐를?"

"나, 음치야?"

---

* 후드가 달린 상의.

"넌 모르겠어?"

"응. 모르겠는데."

유코는 안타깝다는 듯이 고개를 저었다.

"확실히 말하겠는데 넌 치명적인 음치야. 그런데도 잘도 노래 부르네. 야스다 강당을 점령당한 지 얼마 안 됐는데 그 것도 그렇게 약해빠진 노래를 부르다니. 넌 지금 상황이 어 떤지 생각해 보긴 했니?"

"인터내셔널이나 바르샤바 노동가를 부르면 괜찮고?"

"으휴, 바보."

"난 그룹사운드를 좋아해. 비틀스보다 좋아. 옥스The OX 의 '스완의 눈물'도 부를 수 있다고. 한번 불러 볼까."

유코는 마치 벌레를 보듯이 나를 보더니 실제로 이렇게 말했다.

"네 감수성은 벌레보다 못하네."

그러면서 유코는 난간 위에 팔꿈치를 걸쳤다. 우리는 한 동안 아무 말 없이 시부야의 불빛을 바라보았다.

"있잖아, 뭔가 불합리하다는 생각 안 들어?"

유코가 말했다.

"뭐가?"

"우리는 여기서 이러고 있고 또 야스다 강당에서는 모두 가 그렇게 애를 쓰며 농성을 했는데도 세상은 조금도 변하지 않잖아."

"그야 뭐, 시부야 도겐자카에 있는 호텔은 사람들로 꽉 찼겠지."

평소였다면 유코는 아마 내 말에 반기를 들고 달려들었을 것이다. 하지만 이번에는 어떤 반박도 하지 않았다. 예상과는 다른 반응에 유코를 쳐다보았다. 역시 충격을 받은 것일 테다. 여기에 틀어박혀 있는 모두가 전부 똑같은 충격을 받았다. 1월 19일. 그날 밤, 혼고 캠퍼스에서 야스다 강당이 점령당했다는 뉴스를 라디오에서 들었다.

당시 우리는 고마바 캠퍼스에 있는 제8본관에서 농성 생활을 하고 있었다. 제8본관은 혼고 캠퍼스 내 야스다 강당과 같은 포지션으로, 이른바 교양학부를 상징했다. 여기에 도쿄대 전공투의 교양부대, 고마바 공동투쟁 소속 70명 정도가 15일부터 틀어박혀 농성 중이다. 우리 반에서는 세 명이 남았다. 구와노 마코토, 엔도 유코, 그리고 나. 모 정당의 청년 조직인 M동맹이 전국적으로 조직한 부대를 동원해 캠퍼스를 제압했고, 이렇게 우리는 외부와 완벽히 차단되었다. 그들의 기치는 무기한 스트라이크 해제와 우리 전공투를 배제하는 것이었으며, 들리는 말에 따르면 2천 명이나 동원되었다고 한다.

이곳에 남은 우리, 프랑스어반 세 명의 조합은 꽤 독특했다. 우리 사이에서는 구와노가 리더 격이었다. 그의 특징은 우선 치밀한 두뇌에 있었다. 고마바 공동투쟁의 이론적 중추가 주목하는 사람 중 한 명이기도 했다. 그런데도 한편으로 그에게는 몽상가 같은 기질도 있었다. 구와노의 말투는 항상 차분했다. 그러나 그에게 반론할 수 있는 사람은 많지 않았다. 설득력이 있는 것과는 조금 달랐는데, 구와노가 차분히 말하면 그게 무슨 내용이든지 논리적으로 납득하기 전에 그 핵심이 머릿속으로 쓱 스며들어온다. 마치 메마른 사막이 부드러운 비를 받아들이는 것처럼. 뭐, 대강 그런 사람이었다. 그리고 엔도 유코. 그녀는 일종의 파멸형이라고 해도 될 정도로 과격하다. 유하게 말하면, 지나치게 극단적인 정신적 전위랄까. 유코는 그런 분위기를 풍기는 여학생으로 1학년 때 이미 극단에서 활동하고 있었다. 나도 티켓을 강매당해 연극을 보러 간 적이 있는데 솔직히 말하면 그렇게 심한 연극은 본 적이 없다. 줄거리는 기억나지 않지만 유코가 파란 페인트 통에 담근 사과를 관객석으로 던지는 장면이 떠오른다. 사과는 내 이마를 정통으로 맞췄다. 나중에 불평하자 유코는 이렇게 말했다.

'너, 행운이었던 거잖아. 잠깐일지라도 무미건조한 일상에서 벗어날 수 있는 기회를 얻은 거 아냐?'

그러나 그 주장은 전혀 와 닿지 않았다. 유코가 남자였다면 아마 때려눕혔을 것이다. 이런 나라고 할 것 같으면 여기에 가장 어울리지 않는 존재였다. 전공투에 참가하는 사람들 대부분은 이상과 의지의 계단을 착실히 오르고 있었다. 하지만 나는 그런 자세와는 거리가 멀었다. 나는 단순한 육체파에 지나지 않는다고 모두들 인정했으며 나와 토론하려는 사람마저 없었다. 유코에게 이런 말을 들은 적이 있다.

'네 머리는 어쩜 그렇게 가볍니. 왜 그렇게 평범한 멍청이처럼 구는 거야.'

이러한 유코의 비판이 나를 단적으로 표현하고 있다는 생각도 든다.

그건 그렇다 치고 제8본관 이야기를 해보자. 우리가 8본이라고 부르던 4층 건물을 둘러싸고 그 무렵 M 동맹과 우리사이에 미묘한 균형이 성립되어 있었다. 1층은 그들이 독점한 구역이었다. 주위를 둘러싼 그들은 의자와 책상으로 정교한 터널을 만들어 자신들만의 구역을 형성했다. 2층은 우리가 책상 바리케이드로 만든 완충지대. 따라서 우리는 3층과 4층에서만 농성 생활을 하고 있었다. 그들이 빈번하게 돌을 던지는 바람에 우리가 있는 두 층의 유리창은 완전히 깔끔하게 사라져 있었다. 이런 탓에 우리에게는 살을 에는 듯한 겨울바람을 맞으며 투석의 사각지대인 마룻바닥에서 자는 습관이 생겼다. 그들은 그것만으로는 성이 차지 않았는지, 매일 밤 집요하게 드럼통을 두드리고 1층에서 살충제를 대량으로 피워댔다. 우스갯소리로 들릴지 모르지만 그게 우리를 잠들지 못하게 하는 효과적인 수단이라고 진지하게 생각하는 것 같았다. 게다가 그들은 전기와 가스, 더 나아가 수도까지 차단했다. 모든 밸브는 그들의 구역인 1층에 있었다. 우리는 그들이 현명한 선택을 했다고 생각할 수밖에 없었다. 전기와 가스는 둘째 치고, 물이 없으면 아무것도 할 수 없다. 이 문제는 농성을 시작한 다음 날, 고마바 공동투쟁의 최대 논의 거리가 되었다. 누군가가 그들의 구역인 1층으로 내려가 급수 밸브를 열어야 했다. 구와노와의 사이에서 그 이야기가 나왔을 때 나는 우리 둘이서 하자고 말했다. 구와노는 바로 고개를 끄덕였다. 결국 우리는 1층으로 내려가 M동맹 녀석들에게 들키지 않고 밸브를 여는 데 성공했다. 그들이 눈치채고 또다시 수도를 차단했을 때, 우리는 이미 모든 도구를 총동원해 물을 충분히 확보한 뒤였다.

"있잖아."

유코의 말에 생각에 잠겨 있던 나는 정신을 차렸다.

"우리, 철저히 항전하려나. 아니면 철수?"

"내가 알 리가 없잖아. 집회에서는 뭐라고 했어?"

"내가 나오기 전까지는 계속 논쟁 중이었어."

"흠. 넌 어느 쪽이 좋은데?"

"난 철저히 항전하는 쪽. 의학부 처분 문제 때부터 여기도 벌써 1년 정도 투쟁해 왔잖아. 지금 백기를 들고 싶진 않아. 기쿠치는?"

"난 어느 쪽이든 상관없어. 뭐 결정은 구와노한테 맡기면 되고."

"나, 생각해 봤는데, 너 말이야, 극심한 허무주의자 아니면 어지간히 멍청한 바보, 도대체 둘 중 어느 쪽이야?"

"몰라. 난 천성이 이렇다고."

"쭉 이상하다고 생각했어."

"뭐가?"

"너, 어째서 구와노랑 친한 거야?"

"음, 나도 잘 모르겠어."

"그러고 보니 구와노랑 너랑 1층에 내려가서 급수 밸브를 열었잖아."

"응."

"M 놈들한테 붙잡혀서 린치를 당할 거라고는 생각 안 해 봤어?"

"해봤지. 그러니 대낮에 내려간 거야. 대낮에는 일반 학생들의 눈도 있으니 그놈들한테 붙잡혀도 팔다리 하나 정도 부러지고 말겠지."

"후."

유코는 한숨을 내쉬었다.

"무모하다고 해야 할지, 천하태평이라고 해야 할지."

돌이 날아들어 왔다. 우리의 그림자가 보였나 보다. 날아온 돌이 바로 아래 벽에 부딪히는 소리가 조용한 밤에 울려 퍼졌다. 소리를 들어보니 아마 주먹만 한 돌일 것이다. 연이어서 고함 소리가 거듭 들려왔다.

"어이, 우리는 지금부터 따뜻한 밥을 지을 거야."

"트로츠키주의자들은 밥 문제에 대해서는 어떻게 생각하나."

지방에서 동원된 외인부대일 것이다. 말투에 명랑한 사투리가 섞여 있다. 그들이 보내는 야유에는 음식에 관한 게 많았다. M을 포함해 외부 사람들은 농성 부대가 극심한 식량부족에 시달리고 있다고 생각하는 것 같았다. 식량을 보급해 온 고바마 공동투쟁의 외부 데모 부대가 제3기동대에게 해산당하고, 체포자도 생겼다는 걸 나중에야 알았다. 야스다 강당의 공방에 가려져 있지만, 교양학부 전공투 농성에서 물과 식량부족 등 환경 악화가 우려된다는 신문 기사도 나중에 읽었다. 그러나 실제로 우리는 굶주리지 않았다. 아직 3일 치 식량이 남아 있었다. 농성에 들어가기 전 생협을 급습해 인스턴트 라면을 대량으로 확보한 것이다.

"저놈들, 아직도 저런 시덥잖은 소릴 하다니. 돌이나 던질까."

"하지 마. 무기가 아까워. M 중에 한 명을 확실히 죽일 거라면 또 모를까."

그런 이야기를 하고 있는데, 검은 헬멧을 쓴 작은 그림자가 옥상에 불쑥 나타났다. 구와노였다. 우리는 며칠이나 씻지 못해 전부 꾀죄죄했다. 구와노의 코트도 이미 때가 탔다. 그런데도 왜인지 그의 주변에는 더러움을 거부하는 듯한 분위기가 의연히 감돈다. 구와노는 그런 남자였다.

구와노가 우리를 알아채고 말을 걸어왔다.

"뭐야 너네. 여기 있었어? 전체 집회에 왔으면 좋았을걸."

"네게 결론만 듣는 게 더 쉽거든."

내가 말했다.

"그래서 방침은 정해졌어?"

유코가 끼어들었다.

"아직 결정은 못 했어."

구와노가 고개를 저었다.

"국면이 꽤 복잡해져서. 대충 말하면 두 방향을 논의했어. 하나는 철저히 항전하는 쪽. 심정적으로 야스다 강당에 동조하고 싶은 사람이 많으니까. 단지 그 경우에도 스무 명 정도 특별행동대만은 남는 식이 될 것 같아."

"왜?"

"M과의 대결에서 8본은 일단 계속 버틸 수 있을 거야. 하지만 철저하게 놈들에게 항전하면 철수 권고를 내린 대학 당국이 지금 밖에서 대기하고 있는 제3기동대를 도입할 거야. 그게 아니더라도 지금은 정부가 독자적으로 판단해 개입할 가능성도 있어. 그러면 혼고 캠퍼스가 파멸한 이상, 전공투 지도부는 전부 붕괴되겠지. 그러니 지도부를 포함해 일부를 밖으로 내보내고, 남은 진용으로 철저히 항전하는 것. 이게 한 방법이야. 다른 하나는 전면 철수. 지금 여기 있는 부대를 대중 운동의 중추로 전부 보존해, 향후 투쟁 기반을 보장하는 방향. 지금은 의견이 완전히 갈리고 있어."

"분파들은?"

"평소처럼 그쪽도 완전히 갈리고 있어. 그래도 최종적으로 헤게모니는 전부 우리 무당파無党派에 맡기는 분위기긴 해."

"걔들이 정말로 그런 융통성을 발휘하려나."

"그럴 거라 생각해. 원래 고마바에서는 분파 색을 띠면 지는 거라는 분위기가 있잖아. 특히 중대 국면에서는 어쩔 수 없이 그런 판단을 할 수밖에 없지 않을까. 게다가 조교 전공투의 S 씨가 논리적으로 몹시 치밀하게 컨트롤하고 있어."

"그래서 구와노. 네 의견은 뭐야?"

"물론 전면 철수야."

"이유는?"

유코가 물었다.

구와노가 유코를 보며 계속 말했다.

"특별행동대를 남긴다면 나는 남을 거야. 일부를 남기고 나가는 쪽에 끼고 싶진 않아. 지도부를 그대로 보존한다는 발상도 맘에 안 들어. 그렇게 될 경우, 중상자가 분명 몇 명이나 생기겠지. 그건 정말 싫어. 오늘 낮에 혼고 캠퍼스에서 사망자가 나왔다는 오보, 있었지? 그때 깨달았어. 동료나 정부, 심지어 M에서도 사망자나 부상자가 나오는 건 이제 정말 못 견디겠어."

"구와노, 어떻게 된 거 아냐? 나약한 휴머니스트로 전락하다니. 살충제 때문에 머리가 어떻게 된 거 아냐?"

유코가 말했다.

구와노는 미소 지었다.

"그 살충제, 저놈들은 정말 효과가 있다고 생각하는 걸까."

"효과가 없지도 않은 것 같은데."

내가 끼어들었다.

"2층 통로를 망 볼 때 난 정말 질렸어. 먼 옛날로 거슬러 올라가면 우리가 생물학적으로 바퀴벌레와도 연결되어 있었다는 걸 잘 알 수 있었지."

구와노는 한 번 더 희미하게 웃었다. 그러고는 '지쳤어'라고 말했다. 추운지 손을 맞비비더니 주변을 둘러보는 것처럼 고개를 들었다. 그 시선이 시부야에 깜빡이는 불빛을 향했다. 밤공기 속에서 그의 옆얼굴이 부풀어 오르고 있었다.

"와아."

구와노가 중얼거렸다.

"거리의 불빛이 참 예쁘네. 작년 12월부터 쭉 여기 처박혀 있었는데도 이렇게 예쁜 줄 전혀 몰랐어."

다음 날 20일. 입시 중단을 공식적으로 최종결정했다는 뉴스가 라디오에서 흘러나왔다. 전면 철수라는 방침이 확정된 것은 그 후 열린 전체 집회에서였다.

21일 오후, 우리는 제8본관을 나왔다. 무기는 남겨 두고, 유코 등 여학생들을 가운데에 넣고 그 주변에 스크럼을 짜 캠퍼스 밖으로 나가기 시작했다. 그러자 즉시 M 동맹이 공격해 왔다. 그들은 예상보다 수가 적었다. 2백 명도 되지 않았다. 일반 학생이 다니는 대낮에는 외인부대도 모습을 숨긴다. 나는 집중적으로 얻어맞고 발로 차였다. 내게 피해를 당한 M 쪽 사람이 꽤 많아서였다. 그 이유였다. 게다가 나는 가장 뒤쪽에 있었다. 다행히 그들은 이미 각목을 태워 버린 상태였다. 정부가 개입할 경우, 흉기준비집합죄에 적용될까 봐 두려웠기 때문이다. 맨손으로만 때려야 하는 게 분했을 것이다. 그때 구와노가 내 뒤로 쓱 돌아 들어오는 것이 보였다.

'기쿠치, 아마 너는 집중 공격을 받을 거야. 그러니 그 절반은 내가 맞아 주도록 하지.'

철수하기 전에 구와노는 그렇게 선포했다. 구와노가 약속을 지킨 것이다. 서로 눈이 마주쳤다. 구와노도 그들에게 맞으면서 왠지 기쁜 것처럼 내게 윙크를 했다.

며칠 뒤 우리는 반격을 시작했다. 고마바 캠퍼스에서 궐기 집회를 재개해, M 동맹과 계속해서 충돌했다. 몇 번이나 충돌했는데 그때마다 동원되는 인원이 감소했다. 이런 식으로 하루하루가 흘렀다. 머지않아 학교 당국은 기말시험을 레포트로 진행한다는 뜻을 밝혔다. 무기한 스트라이크는 조금씩 무너지고 있었고 우리는 점점 말을 잃었다.

3월에는 교토까지 원정 여행을 갔다. 교토대학의 입시를 중단시키기 위해 150명 정도의 응원부대가 결성되었던 것이다. 유코는 참가하지 않았다. 교토대학의 구마노 기숙사와 도시샤의 학관에서 다 같이 자고, 햐쿠만벤白万遍에서 화염병을 던지고, 기동대와 충돌하고 그리고 패주했다. 교토대 입시는 무사히 실시되었다.

도쿄로 돌아와야 하는 날, 구와노와 나는 교토에 남았다.

그날 밤 둘이서 신쿄고쿠新京極를 걷다가 오코노미야키를 먹었다. 구와노는 홋카이도 출신이라 오코노미야키를 굽는 데 익숙하지 않아 내가 구웠다. 그가 내 손놀림을 보더니 감탄했다. 나는 오사카에 있는 삼촌 밑에서 고등학교까지 다녔기 때문에 오코노미야키라면 이미 몇천 장이나 구워 봤다. 우리는 관동과 관서 지방의 미각을 이러쿵저러쿵 비교하며 불판의 열에 손을 녹이고 있었다. 그때 구와노가 뜬금없이 말했다.

"기쿠치. 난 이제 그만두려고."

정말 아무렇지 않은 말투라 말뜻을 파악하는 데 잠시 시간이 걸렸다. 하지만 전혀 예상하지 못했던 것도 아니다.

"그렇구나."

나는 이렇게만 말했다.

"흐름이 바뀌었어. 무슨 일이든 흐름이 바뀔 때가 있잖아. 아무래도 그럴 때가 온 것 같아."

구와노가 조용히 말했다.

"그래?"

오코노미야키를 획 뒤집었다.

"지금까지 도대체 무엇에 맞서 싸웠던 걸까. 넌 어떻게 생각해?"

"대학 당국, 국가권력, 그리고 M과 당. 뭐, 교과서적으로 말하면 그런 것들."

"정말 그런가. 난 이제 잘 모르겠어."

"자세히 말해 봐."

다 구운 오코노미야키에 소스를 바르고 김 가루를 뿌린 뒤 구와노에게 먹어보라고 권했다. 구와노는 끄덕였다.

"우리 중 일부는 자기부정론*까지 나아갔잖아? 난 거기 엔 동의할 수 없겠더라. 생각해 봤는데, 우리가 상대하던 건 더 거대한 것, 그러니까 권력이나 스탈린주의를 초월하는 것 같더라고. 체제 문제도 아니고 물론 이데올로기도 아니 야. 그건 이 세계의 악의인 거야. 이 세계가 존재하기 위해 꼭 필요한 악의 말이야. 공기 같은 것이랄까. 그 정체를 알 수 없는 것은 우리가 무슨 짓을 해도 조금도 타격을 받지 않 고 여전히 살아남아 있지. 앞으로도 쭉 살아남을 거야. 그 앞 에서 자기부정 따위 완전히 무력하기만 해. 아무 의미가 없 어. 결국 우리는 게임을 했던 게 아닐까. 그것도 무너뜨릴까, 무너질까, 승패를 결정하는 게임도 아니야. 처음부터 질 것 을 알고 있는데도, 그래도 뭐, 한번 해보자는 결심으로 시작 하는 게임이라고. 하지만 이 세상에 불가결한 악의가 우리 를 둘러싸고 있고, 또 그게 타격도 받지 않는다면 우리는 아

---

* 일본 신좌파의 정치사상 중 하나로 학생운동에 임하는 자신도 학생이라는 신분으로 사 회적 약자를 억압하고 있는 것이 아니냐는 문제를 제기한다. 자기부정론자들은 스스로 학생의 입장을 부정함으로써 사회적 약자와 연대해야 한다는 기치를 내건다.

무것도 할 수 있는 게 없잖아. 그런 생각이 들었어. 이런 생각이 들기 시작하면 개인적으로 아무것도 할 수 없게 돼. 그런 상태야. 간단히 말하면 난 이제 무너졌어."

"숙명론 같은 건가. 지나치게 추상적이야."

내가 말했다.

"네 말이 맞아."

구와노가 답했다.

"지쳤다는 한마디 말로 정리해도 될 것 같네."

"아마도. 하지만 퇴폐라고 하는 게 어울릴지도 몰라."

"결국 게임 끝이라는 건가."

"맞아. 게임 끝이야. 기쿠치, 넌 어떻게 생각하는지 모르겠지만."

"난 너와 함께할 거야."

그 후 우리는 볶음국수를 추가로 주문해 말없이 먹었다. 투쟁에 관해 나눈 우리의 대화는 그게 마지막이었다. 양념이 타는 냄새와 침묵만이 우리를 에워싸고 있었다.

게임 끝.

구와노와 나는 유급당했다. 복학 여부를 고민하다가 학교를 그만두고 일을 하기 시작했다. 대학투쟁은 이성을 잃고 당파의 주도권 투쟁이 격렬해졌다고 들었다. 구와노도 나도 예전 동료들 앞에는 전혀 모습을 드러내지 않았다. 학교의 누구와도 만나지 않았고 유코와도 연락이 끊겼다.

구와노는 시부야에 있는 의류 제조회사 직영점에서 점원 일을 구했다. 나는 이케부쿠로 근처에 있는 작은 빵 공장에서 일하기 시작했다. 매일 아침 5시에 출근해 밀가루에 이스트균을 배합한 반죽을 믹서에 넣는다. 반죽이 덩어리처럼 바뀌면 그것을 철제 트레이에 나눈다. 그 몇십 개의 트레이가 컨베이어에 실려 거대한 오븐을 천천히 한 바퀴 돌면 식빵이 완성된다. 석면 장갑을 끼고 트레이를 꺼내고 빵을 분류해 나무 상자에 넣는다. 그 후 트럭으로 몇몇 초등학교 급식실에 배달했다. 일은 보통 오후 2시에 끝났다.

그 후의 시간은 언제부턴가 복싱 체육관에서 보내게 되었다. 출퇴근길에 있는 체육관을 슬쩍 눈여겨보다가 관심이 생긴 것이 그 계기였다. 트레이닝을 시작해 한 달 정도 지났을 때쯤, 체육관 관장이 내게 꽤 센스가 있다며 프로 테스트를 받아 보라고 했다.

구와노와는 가끔 만났다. 구와노의 아파트는 고마고메에 있었는데 한 달에 두세 번 정도는 항상 그가 내 집으로 왔다. 우리는 만날 때마다 종잡을 수 없는 것들을 떠들어댔다. '매장에서 영업 부서로 돌아왔어. 지금 직장에 자리 잡을지도 몰라.' 구와노는 그런 이야기를 했다. 우리는 둘 다 고졸 자격으로 일하고 있었다. 그래도 구와노는 회사에서 일을 잘한다는 평가를 받는 듯했다.

엔도 유코가 내 집으로 온 건 그런 생활이 1년 정도 계속될 무렵이었다.

시이나마치에 있는 내 아파트는 다다미 네 장 크기였다. 역에서 도보 20분 정도로 월세가 저렴하다. 정말 찌는 듯하게 더운 밤이었다. 누군가 문을 두드렸다. 신문 배달인가 싶어 문을 열었는데 유코가 서 있었다. 여행 가방 하나가 그녀 옆에 있었다. 1년 넘게 보지 못했는데도 그녀는 어제 막 헤어진 사람처럼 산뜻하게 말했다.

"여기서 잠시만 지내게 해 줄래?"

"왜?"

"갈 곳이 없어."

"알았어."

나는 이유는 묻지도 않고 간단히 답했다.

이렇게 해서 우리의 동거가 시작되었다. 여전히 유코는 내 천하태평함에 대해 몹시 신랄했다. 내가 복싱 프로테스트에 합격했다고 했을 때는 '그게 네 유일한 장점을 살리는 길일지도 몰라'라고 했다. 유코는 집안일에는 전혀 관심을 보이지 않았다. 밥을 차리는 것도 나였고 청소와 세탁도 내가 했다. 유코는 당연하다는 듯이 내가 일하는 모습을 말없

115

이 바라보고만 있었다. 유코가 유일하게 집중했던 건 오직 독서뿐이었다. 유코는 내 책장에서 꺼낸 책을 반복해서 읽었다. 내가 가진 책은 많지 않았다. 그것도 특정 분야의 책, 전부 60년대에 출간된 시집과 단가집이었다. 현대 시와 현대 단가. 그게 당시 나와 잘 어울린다고 생각해 조금씩 사 모으고 있었다. 유코가 책을 읽고 있을 때 말을 걸면 유코는 '방해하지 마'라고 했다. 어떤 날은 '네가 이런 책을 갖고 있을 줄이야 꿈에도 생각 못 했어. 네 두뇌는 어느 정도 정상적으로 돌아가기도 하나 보네'라고 말하기도 했다. 유코가 내게 내린 단 하나의 평가였다. 그런 그녀가 왜, 내가 있는 곳에 찾아왔는지는 알 수 없었다. 유코는 대학에는 자퇴서를 냈다고 말했다. 유코의 아버지가 대장성 사무차관을 거쳐 도호쿠에 있는 어느 현에서 국회의원으로 출마한다는 이야기는 신문에서 읽었다.

어쩌면 유코가 대학투쟁에 가담한 것이 보수적인 선거구에 출마한 아버지에게는 불리하게 작용할지도 모른다. 그 시대에도 우리는 유코 아버지의 정치적 성향을 알고는 있었다. 하지만 전공투 사람 중 그런 걸 문제 삼는 사람은 아무도 없었다. 나와 함께 살기 시작한 후에도 둘 사이에서 그런 이야기는 나오지 않았다. 따라서 유코의 가정사에 대해 나는 전혀 알지 못한다. 그렇다고 해서 우리 사이가 삭막했던 건 또 아니다. 우리는 자주 수다를 떨었다. 유코가 단순히 자신이 읽은 책 이야기를 해 주는 것이 아니라 젊은 남녀들이라면 누구나 이야기할 만한 것에 관해 떠들었다. 유코와 나의 공통된 취미는 영화 감상이었다. 우리는 토요일 밤마다 이케부쿠로에 있는 영화관에 심야 영화를 보러 갔다. 언제나 도에이*의 다섯 편짜리 야쿠자 영화를 상영하고 있었다. 그 당시에는 쓰루타 고지, 다카쿠라 겐, 후지 준코가 스크린의 고정 출연자였다. 이 지점에서 나는 유코가 예전과 달라졌음을 알아차릴 수 있었다. 유코가 연극을 했을 무렵에는 고다르 외에는 영화도 아니라고 단언한 적이 몇 번이나 있었기 때문이다.

유코가 내 아파트에 온 이후에도 가끔 구와노가 놀러 왔다. 구와노는 유코가 내 아파트에서 같이 살게 된 것을 매우 자연스럽게 받아들였다. '와, 정말 오랜만이네.' 그렇게 말할 뿐 아무것도 묻지 않았다. 유코도 오랜만이라며 같은 대답을 할 뿐이었다. 구와노가 놀러 오면 유코는 맥주를 꺼내 들고 우리 사이에 끼어 함께 수다를 떨었다. 옛날에는 전혀 술을 마시지 못했던 구와노도 이제 아주 맛있겠다는 듯이 맥주잔을 기울였다.

'영업이란 쉬운 게 아니야. 지금은 일 때문에 어쩔 수 없이

---

* 일본 미디어 관련 기업. 주요 영화로 야쿠자 형사 시리즈가 있다.

마셔야 해.'

그 무렵에는 반대로 내가 맥주를 마시지 않게 되었다. 그다지 무리를 한 건 아니지만 체중 관리를 하고 있었기 때문이다. 라이트급. 61~62킬로그램. 평소에도 그것보다 4킬로그램 이상은 넘지 않도록 조심했다. 우리는 함께 투쟁했던 시절에 대해서는 이야기하지 않았다.

우리 사이에서 자주 화제에 오른 건 내 복싱 선수 생활이었다. 유코가 오고 난 직후, 나는 처음으로 4회전 경기를 치렀다. 그때 구와노와 유코가 고라쿠엔 홀*을 찾아왔다. 험상궂게 생긴 몇 안 되는 관객들 속에서 유코 혼자 크게 눈에 띄었다. 유코는 경기장에 오기 전까지는 정말 관심이 없어 보였는데, 막상 경기장에서는 과격한 연극배우였던 옛 모습으로 확실히 돌변했다. 유코는 당시 살벌했던 관전석에서 겁도 먹지 않고 소리를 질러댔다. 시합 중에는 세컨드**의 목소리보다 유코의 목소리가 더 잘 들렸다.

'죽여!'

유코의 그런 새된 목소리가 내 귓가에까지 계속 들려왔다. 대전 상대는 이미 3전 2승의 경험이 있는 파이터였다. 나와 같은 타입이다. 시합은 비교적 간단히 끝났다. 초반 탐색

---

* 도쿄에 있는 경기장.
** 복싱에서 선수의 시중을 드는 사람.

하다가 내 리드 펀치가 상대의 얼굴을 강타했고, 직후 오른쪽 쇼트 펀치가 상대의 하복부를 가격했다. 스스로도 감탄할 만큼 깔끔한 콤비네이션이었다. 상대는 다운되었다가 다시 일어섰으나 오른쪽에서 한 번 더 복부에 공격이 들어오자 완전히 뻗어 버렸다. 1라운드 2분 10초 KO승. 시합이 끝났을 때 관장과 트레이너는 전혀 상처를 입지 않은 내 얼굴을 보고 기쁨을 감추지 못했다. 이 체육관에서 2년 만에 데뷔전을 빛낸 신인이 나온 것이다. 트레이너가 말했다.

'그건 그렇고 너, 여자 친구, 무시무시하더라.'

"시합을 대여섯 번 치르고 나름의 성적을 올리면 6회전 경기에 진출할 수 있을 거야."

내가 구와노에게 말했다.

"세계 챔피언이 되면 어떡할 거냐. 예전에 도쿄대 투쟁에 가담했던 게 까발려지잖아."

구와노가 농담하듯 말하자 나는 웃었다.

"무슨 말 하는 거야. 겨우 4회전 경기 중 1회만 했을 뿐이잖아. 세계전이라니 우리 같은 작은 체육관에서는 꿈같은 소리야. 세계전까지 나가게 될 때쯤이면 난 아마 할아버지가 다 되어 있을걸."

"그래도 프로가 된 이상, 불가능한 것도 아니야. 넌 분명 할 수 있을 거야."

뜻밖에도 유코가 내 옆에 서서 그렇게 말했다.

"그런데 유코의 응원 소리는 정말 무시무시하네. 진짜 타이틀 매치라도 나가면 그땐 어떻게 하려고 그래? 고라쿠엔에서 시합했을 때 링보다 유코를 보는 관객이 더 많았다는 건 알아? 죽여! 라고 고함쳤을 땐 옆에 있던 야쿠자 형님이 놀라서 입을 벌리고 유코를 봤다니까. 어찌나 입을 벌리던지 난 그 형님의 금니까지 봤어."

구와노의 말에 우리는 웃음을 터뜨렸다. 학생 시절에는 결코 이렇게 웃지 않았을 법한 큰 소리로 한참을 웃었다.

그 무렵, 작은아버지가 돌아가셨다. 유일한 핏줄인 작은 아버지는 어릴 적 부모를 잃은 나의 은인이었다. 오사카에서 작은 보험회사 대리점을 혼자 경영하시면서 나를 고등학교까지 키워 준 분이다. 친밀한 관계가 지속되었다고는 말할 수 없어도 그래도 은인이었다. 가끔 연락은 했다. 성실히 학교를 다니고 있다. 아르바이트로 충분히 용돈을 벌고 있으니 돈 걱정은 안 하셔도 된다. 나는 이렇게 말했었다. 장례식에 참석했을 때 작은어머니에게서 자동차를 한 대 받았다.

"우리가 쓰던 건데, 이제 필요 없어. 유품이라고 생각하고 받아주지 않으렴?"

이 자동차는 내가 대학에 입학해 상경했을 때, 분명히 열

살은 되었을 것이다. 나는 감사히 받겠다고 대답했다. 장례식이 끝나고 그 자동차를 타고 도쿄로 돌아왔다.

그 자동차를 타고 돌아온 나를 보고 유코가 눈을 동그랗게 떴다.

"와, 이렇게 낡은 차가 아직까지 굴러가나 보네."

그렇게 말하면서 웃으며 덧붙였다.

"맘에 들어, 이 자동차. 디자인도 심플하고 뭔가 충견이 떠올라."

내가 받은 인상도 똑같았다. 그건 이 나라 자동차 산업의 여명기를 나타내는 조촐한 기념비였다. 천CC 엔진, 그리고 타이어와 핸들이 있다. 그런데 그게 다였다. 디자인이라고 할 만한 것도 없다. 커다란 차체에 작은 운전석이 실려 있다. 그것뿐이다. 라디오는 달려 있지만 그 외에 다른 옵션은 전혀 없었다. 빛나던 옛 시절이 그대로 형태가 된 것 같은 디자인이었다.

평일에는 빵 공장에 갈 때 트레이닝을 할 겸 뛰어서 출근했기 때문에 주말에는 굳이 트레이닝을 하지 않아도 되었다. 따라서 우리는 일요일에 주로 드라이브를 했다. 유코는 이런 드라이브도 마음에 들어 했던 것 같다. 가끔은 구와노도 함께 갔다. 물론 차량에 문제가 꽤 있었다. 타이어는 몹시 닳아 있는 상태였고, 브레이크가 헐거운 것도 신경 쓰였다.

하지만 수리할 생각은 없었다. 수리비도 없을뿐더러 부품을 교체할 거라면 전체를 아예 싹 바꿔야 할 정도였기 때문이다.

딱 한 번, 유코와 멀리 드라이브를 나간 적이 있다. 가을이었다. 우리는 하코네까지 당일치기로 드라이브를 했다. 단풍이 산줄기를 물들였고 아시노코 호수에 그 빛깔이 반사되고 있었다. 우리는 공원 벤치에 앉아 호수를 바라보았다. 고원의 공기는 부드러운 데다가 지극히 맑고 투명했다. 따뜻한 가을 햇살이 우리를 감싸 안았다. 유코가 내 어깨에 머리를 기댔다. 바람이 불자 유코의 머리카락이 살랑살랑 내 뺨을 어루만졌다. 간지러웠다. 그렇다고 말하려고 유코를 바라보았다가 이내 입을 다물었다. 유코가 울고 있었기 때문이다. 눈물을 뚝뚝 흘리고 있었다. 처음 보는 유코의 눈물이었다. 그러다 조용히 체념하는 듯이 잠잠해졌다. 눈앞에 있는 유코의 목덜미는 섬세했다. 우리는 오랫동안 그대로 말없이 앉아 있었다.

유코가 내 아파트에서 사라진 건 그 후 며칠도 되지 않았을 무렵이었다. 어느 날, 체육관에서 돌아오니 테이블 위에 메모가 한 장, 놓여 있었다.

'잘 있어, 챔피언.'

그 외엔 아무것도 쓰여 있지 않았다. 당연한 일이 일어난 것이다. 나는 그렇게 생각했다. 무언가 자연스러운 흐름에 따라 종점에 다다른 것이다. 돌아갈 곳을 다시 찾은 것일 테다. 계절에 따라 돌고 도는 바람처럼. 우리가 겪은 대학투쟁처럼. 나는 체육관 훈련에 더욱 매진했다. 한 달 정도 지나 두 번째 4회전이 있었고 나는 또 이겼다. 3라운드 KO승. 게다가 3개월 뒤 경기에서도 큰 점수 차이로 이겼다. 체육관에서는 나를 주목하기 시작했다.

'신인왕을 노려도 되겠어.'

관장은 꽤 들떠 있었다.

구와노는 변함없이 내 아파트에 찾아왔다. 그는 유코가 내 아파트에 온 것에 놀라지 않은 것처럼 다시 나간 것에도 놀라지 않았다. 구와노는 이에 관해서는 말을 꺼내지 않았고 나도 마찬가지였다. 내가 시합이 있을 때면 그는 항상 나를 응원해 주러 왔다. 그 무렵 4회전 남자 경기를 보러 오는 관객은 결코 고상한 사람들이 아니어서 구와노는 그 안에서 꽤 이질적인 분위기를 풍겼다. 하지만 본인은 별로 신경 쓰지 않는 듯했다. 게다가 놀랍게도 구와노 역시 '죽여!'라고 소리칠 정도가 되었다. 트레이너가 '그 귀여운 아가씨는 어쨌어?'라고 묻자 나는 '차였어요'라고 답했다. 그는 '분한 마음은 링 위에서 다 털어 버려'라고 말했다.

"주임으로 승진했어."

어느 날, 내 아파트를 찾아온 구와노가 말했다.

"잘됐네."

내가 말했다. 중도에 입사해 벌써 승진하다니, 역시 구와노답다.

"빵 공장은 어때?"

"월급은 어느 정도 올랐어."

"복싱으로는 먹고살 수 없나?"

구와노가 말했다.

구와노는 그런 사정에는 지나치게 어두웠다. 나는 웃으며 답했다.

"세계 톱이 되지 않는 이상, 먹고살 수 없어. 일본 랭킹 톱 선수들도 투잡을 뛴다고."

내가 이렇게 말하자 그는 잠시 생각하다가 마침내 입을 열었다.

"있잖아, 기쿠치. 우리 아직 학교에 적籍이 남아 있다는 거 알아?"

나는 조금 놀랐다. 진작 제적당한 줄 알았기 때문이다.

"우리 둘 다 휴학 처리된 것 같아. 돌아가고 싶으면 복학할 수 있대."

시부야에서 오랜만에 만난 옛 동기가 알려 줬다고 했다. 나는 관심 없다고 답했다.

"넌 어떻게 하고 싶은데?"

구와노는 잠시 뜸을 들이더니 이렇게 답했다.

"사실 유학 갈까 생각 중이야. 돈을 조금 모으고 나니까 그런 생각이 들더라. 고등학교 졸업장이 있으면 받아줄 곳이 있을 거야."

"괜찮은 생각 같은데. 그래서 어디로 가려고?"

"프랑스. 그전에 해야 할 일이 있어."

구와노가 말했다.

"뭔데?"

"곧 말해 줄게."

구와노는 속삭이듯 말했다.

나는 매일 똑같은 일상을 보내고 있었다. 공장과 체육관, 집. 이 일과를 반복했다. 취미라고 할 만한 건 일요일에 하는 드라이브뿐이었다. 자동차는 점점 확실히 낡아 갔다. 노상 주차를 한 탓에 차체는 눈에 띄게 녹슬었고 브레이크는 더더욱 헐거워지다 그새 완전히 고장 났다. 그래도 수리를 맡기진 않았다. 핸드 브레이크가 남아 있었기 때문이다. 이 자동차의 핸드 브레이크는 T자형 로드를 당기는 방식인 구식 모델이었다. 주행 중에는 핸드 브레이크의 힘이 너무 셌지만 이를 조절하는 요령은 금방 터득할 수 있었다. 여유 있게 힘을 주다가 막판에 힘껏 당기면 되었다. 나는 이 낡아빠진 자동차로 혼자 몇 번이나 하코네까지 드라이브를 했다. 짧게나마 아시노코 호수를 바라보기 위해서였다. 그곳에는 유코와 보낸 석 달 동안의 추억이, 가을날의 희미한 그림자처럼 어른거리고 있었다.

그렇게 반년이 지났다. 나는 동일본지구 신인왕 토너먼트의 첫 시합을 나갔다. 3라운드 KO승이었다. 그때까지의 성적은 6전 무패였다. 그중 KO승은 다섯 번.

어느 봄, 토요일 밤, 구와노에게 전화가 와 복도에 있는 공용전화로 통화했다. 구와노가 전화를 한다는 건 드문 일이었다. 그는 내 집에 올 때도 늘 아무 연락도 없이 불쑥 찾아왔다. 구와노는 내 집의 열쇠도 갖고 있었다.

"모레, 프랑스로 떠나."

갑자기 구와노가 그렇게 말했다.

의외라는 생각은 들지 않았다. 구와노가 처음 유학 이야기를 꺼냈을 때부터 언젠가 이런 식으로 연락이 올 거라는 걸 예감했다.

"급하네."

내가 말했다.

"그래서 말인데, 부탁이 있어."

"배웅은 갈게. 공장 일은 쉬면 돼."

"그런 게 아니야."

구와노는 약간 머뭇거렸다.

"내일, 너 쉬는 날이니까 나 자동차 좀 태워 주라."

의외였다. 구와노는 요코와는 달리 드라이브에 관심이 없을뿐더러 운전도 못 한다.

"송별회는 우리 집에서 하면 되지 않아? 드라이브하면 난 술도 못 마시잖아."

"돌아와서 마시면 되지. 아직 다음 감량까지 시간은 있지?"

"응."

내가 말했다. 신인왕전의 다음 시합은 한 달 후로 예정되어 있었다.

"어디까지 갈 건데?"

내가 물었다.

"음, 후지산 기슭. 울창한 숲이 보고 싶어."

나는 웃었다.

"너무 아날로그 감성 아냐? 마지막으로 보는 일본 풍경이 후지산이라니. 네 상상력도 꽤 식상해졌네."

구와노도 웃음으로 답했다.

"그런가. 인간은 점점 식상해지는 운명에 처해 있다고."

다음 날 새벽 5시, 구와노가 찾아왔다. 나는 평소대로 새벽 4시에 일어나 있었다. 하루 일과인 가벼운 런닝을 마치고 인스턴트 커피를 마시고 있을 때였다. 문을 열고 선 구와노는 낡고 큰 보스턴백 하나를 들고 있었다.

"그건 뭐야?"

"쓰레기."

구와노가 말했다.

"쓰레기?"

"응. 내가 만든 쓰레기야. 이걸 버리러 가고 싶어. 그리고 이 나라에서의 생활을 전부 청산하는 거고."

나는 잠시 생각하고 나서 말했다.

"후지산까지 쓰레기를 버리러 간다고? 일단 커피라도 마실래?"

"응"

구와노는 끄덕이고는 다다미 위에 아빠 다리를 하고 앉았다. 그러고는 아무 말 없이 커피를 휘저었다.

"그래서 프랑스 어디로 가는 거야?"

"소르본, 누벨. 파리 제3대학."

"뭘 공부할 건데?"

"아직 못 정했어. 일단 학기가 시작하기 전까지 프랑스어 회화부터 다시 공부할까 해. 일찍 떠나려고."

"그래, 확실히 넌 의류회사 영업사원보다는 학생이나 학자가 더 잘 어울려."

구와노는 고개를 갸웃거리며 웃었다.

"그럼 넌 목표가 뭐야?"

"현재로서는 복싱 선수? 복싱, 정말 재밌거든."

"너는 강하니까 재밌는 거야. 이제 응원하러도 못 가겠네."

구와노는 재밌다고 한 내 말의 의미를 다르게 이해하는 듯했다. 상대를 때린 느낌이 주먹에 전해질 때, 상대의 땀이 빛에 반짝반짝 비치면서 흩뿌려진다. 그 응축된 시간은 링 위에 서 본 사람만이 알 수 있다. 나는 굳이 설명하지 않고 웃기만 했다.

"세계전 타이틀 매치에 나갈 때 응원하러 오면 돼."

"난 네 말 농담이라고 생각 안 해. 기쿠치, 너라면 진짜로 할 수 있어."

진지한 표정이었다.

"정말 할 수 있을까."

나는 일어섰다.

"슬슬 가자."

구와노도 끄덕이며 일어섰다.

5시 반이었다. 근처에 주차된 자동차까지 걸어갔다. 구와노는 보스턴백을 조심스럽게 들고 이동했다. 내가 뒷문을 열자 구와노는 뒷좌석에 백을 둔 뒤 안정감 있게 잘 실렸는지 확인했다.

"어떤 루트로 가 볼까."

"그건 네게 맡길 게. 어차피 난 주행도로는 잘 모르니까."

조수석에 앉은 구와노가 말했다.

아침에는 시동이 잘 걸리지 않는다. 배터리도 교환해야 한다. 이 자동차가 앞으로 얼마나 더 달릴 수 있을지 걱정되었다. 앞으로 몇 개월뿐이라는 건 분명했다. 그래도 겨우 시동이 걸려 천천히 야마테도리로 들어섰다. 시부야까지 가서 도메이 고속도로에 진입할 생각이었다. 차도는 비어 있었다. 일요일 치고는 이른 시간에 나온 것이다. 속도는 나지 않았지만 자동차는 수월하게 달리기 시작했다. 구와노는 계속 말이 없었다. 그가 처음으로 입을 연 건 고슈가도를 막 지날 때쯤이었다.

"난 운전을 못 해서 그러니 건방지게 들리면 미안한데."

구와노가 진지하게 말을 꺼냈다.

"너 보통 사람들과는 좀 다르게 운전하는 것 같은데?"

"아, 맞아. 브레이크가 고장 났거든."

"브레이크가 고장 났다고?"

빨간불에 걸렸다. 나는 핸드 브레이크를 잡아당겼다.

"잘 멈추긴 해. 이건 주차용 브레이크고. 풋 브레이크가 고장 났어."

구와노는 무슨 말인지 곰곰이 생각했다.

"그러니까 브레이크에는 주행용과 주차용이 있는데, 주행용이 고장 났다?"

"맞아. 딱 그 말이야."

"돌아가자."

"왜."

"위험하잖아."

"괜찮아. 이미 반년이나 이렇게 운전했는데?"

"돌아가야 해. 무조건."

구와노는 평소와는 다르게 고집을 부렸다. 내가 반박하려 하자 대형 트럭이 옆 차선에서 속도를 올려 끼어들었다. 핸드 브레이크를 힘껏 잡아당겼다. 그러자마자 갑자기 브레이크에 저항이 없어졌다. 내 왼손을 바라보니 T자형 브레이크 핸들이 내 손바닥 안에 있었다. 그 앞에서 끊어진 스프링이 찔끔찔끔 흔들리고 있다. 순간 구와노의 표정이 새파래졌다.

"네 말이 맞았어."

내가 말했다.

"브레이크가 빠졌어. 브레이크 두 종류 전부 고장 났네. 이제 이 자동차를 멈출 방법은 없어. 적어도 얌전하게는 못 멈춰."

구와노가 나를 바라보았다. 무표정으로도 보이는 표정은 차분하게 변하고 있다. 즉시 냉정을 되찾은 것이다.

"뒷좌석에 실은 보스턴백에 뭐가 들었는지 알아?"

"쓰레기 아냐?"

"사실 폭탄이 들어 있어."

구와노는 차분하게 말했다.

구와노를 힐끗 쳐다보았다.

"엄청난 쓰레기네."

"왠지 예상한 것 같은데?"

"그야 뭐, 뭔가 위험한 거라고는 생각했어. 널 보면 그 정도는 알 수 있거든. 네가 만든 거야?"

"이제 어쩌지?"

구와노는 직접적인 대답은 하지 않고 그렇게 말했다. 여전히 침착한 목소리였다. 그는 위기에 처하면 오히려 마음을 굳게 먹는다. 그의 그런 성격은 대학투쟁 시절 몇 번이나 본 적이 있었다.

액셀에서 발을 뗐다. 4단 변속 기어를 위에서부터 하나씩 내렸다. 오다큐선을 넘어가는 육교가 보이기 시작했다.

"어딘가에 부딪쳐서 멈출 수밖에 없어. 폭탄은 충격으로 폭발해?"

내가 말했다.

"아마, 아닐 거야. 그런데 확실하진 않아."

"알았어."

수도 도로에서 오른쪽으로 꺾었다. 빨간불이었지만 멈출수 없었다. 직진 차가 경적을 울리며 우리 옆을 미끄러지듯지나갔다.

"고마바랑 가까워."

구와노가 말했다.

그 말대로였다. 그 시점에서 행운이 있었다고 한다면 내가 그 주변 지리에 밝다는 사실뿐이었다. 잠시 달리다가 대중목욕탕이 있는 사거리에서 좌회전했다. 자동차도 사람도보이지 않는다. 기어는 이미 최대로 낮춘 상태였다. 속도도10킬로미터 정도까지 떨어져 있다. 탄력이 있는 곳에 부딪치면 아마 큰 충격 없이 멈출 수 있을 것이다. 두 갈래로 나뉜 도로에서 다시 왼쪽으로 꺾었다. 이 방향에는 대낮에도사람들이 잘 다니지 않는 넓은 도로가 이어져 있다. 나는 큰소리로 외쳤다.

"이다음은 언덕길이야. 끝까지 올라가서 속도가 가장 많이 떨어졌을 때 가로수에 박을 거야. 문을 열어 놔. 부딪히면바로 뛰쳐나가야 하니까."

구와노가 끄덕였다.

폭탄의 위력을 들어볼까 하다가 그만두었다. 구와노가 만든 것이다. 품질은 최고라고 생각할 수밖에 없다.

오르막길에 접어들었다. 도로 한가운데를 달렸다. 그때 왼쪽 언덕길에서 아이가 탄 자전거가 빠른 속도로 거의 날아오다시피 했다. 이대로라면 충돌은 피할 수 없다. 속도를 더는 낮출 수 없었다. 부딪히기 직전 핸들을 오른쪽으로 최대한 꺾어 힘껏 액셀을 밟았다. 겨우 자전거는 비켜 갔지만 오른쪽에는 돌담이 있었고 자동차는 그 돌담에 충돌했다.

바로 뛰어내렸다. 구와노도 반대쪽으로 굴러떨어진 것 같았다.

폭발은 없었다.

"도망쳐! 기쿠치. 불 났어!"

구와노가 외치는 소리가 들렸다. 자동차 뒷부분, 가솔린 탱크 근처에서 불길이 오르고 있었다. 나는 달렸다. 다른 방향으로 구와노가 달려가는 것이 보였다. 그때 자전거가 내려오던 언덕길에서 트레이닝복 차림의 남자가 달려왔다.

"가까이 가지 마!"

구와노의 고함이 또다시 들렸다. 남자가 멈춰서 있었다.

"폭발한다고! 다가가지 마!"

반사적으로 바닥에 엎드려 고개만 들었다. 불길은 놀랄 만큼 빠르게 번졌다. 자동차는 이미 솟아오르는 불길에 뒤

덮여 있었다. 구와노가 또 한 번 달려가는 것이 보였다. 구와노가 달려가는 쪽에 한 남자아이가 자전거에 기대어 멍하니 서 있었다. 구와노는 그 아이 쪽으로 몸을 던져 아이를 감싸듯 바닥에 엎드렸다. 구와노가 다시 소리쳤다.

"폭발한다고! 도망쳐!"

트레이닝복 차림의 남자는 계속 서 있었다. 불을 꺼야겠다고 생각하는지도 모른다. 그는 당황한 것처럼 자동차를 바라보며 구와노가 있는 쪽을 보았다.

꽝음이 울려 퍼졌다.

그 후의 기억은 단편적으로만 남아 있다. 남자아이의 어리둥절한 표정. 잠시 후 곧장 터져 나오는 울음소리. 주변에 자욱한 흰 연기. 코를 찌르는 강한 산酸 냄새. 팔에서부터 피를 흘리고 있는 구와노. 그리고 흩뿌려진 살점. 피.

정신을 차리자 나와 구와노는 고마바 캠퍼스 안을 달리고 있었다. 언젠가 8본에서 철수할 때 지났던 후문을 통해 캠퍼스로 들어가 달리고 있었다. 우리는 그대로 캠퍼스를 빠져나와 이노카시라선에 탔다. 시부야에는 아직 경찰은 없었다. 곧 야마노테선으로 갈아탔다. 신주쿠에서 내리고 나서는 내가 앞장서서 걸었다. 구와노는 말없이 나를 따라 왔다. 우리는 24시간 영업을 하는, 지하에 있는 어두운 재즈 카페에 들어갔다. 한쪽 구석 자리에 앉고 나서야 구와노의 상처를 확인할 수 있었다.

"괜찮아. 별거 아니야."

구와노가 말했다.

자동차 파편이 스쳤을 것이다. 스웨터가 찢겨나간 두 팔에서 피가 흐르고 있었다. 금속 조각도 박혀 있었다. 그러나 동맥에는 손상이 없는 듯했다. 내가 금속 조각을 빼내자 피가 더욱더 쏟아졌다. 병원에 가야 할지 말아야 할지 모르는 상태에서 그의 팔을 손수건으로 꽉 묶었다.

"왜 폭탄을 만든 거야?"

내가 숨죽여 물었다.

구와노는 오랫동안 말이 없었다. 가게 안에는 손님이 몇 명 있었다. 그들은 스피커에서 흘러나오는 오네트 콜먼*의 색소폰에 집중하고 있었다. 골든 서클인가, 라고 생각했다.

"왜 폭탄을 만들었냐고 묻잖아."

내가 다시 말했다.

"『혁명 당번』이라고 알아?"

구와노가 몸을 숙인 채 말했다.

"알아. 폭탄의 경전 같은 거잖아. 공안이 서점에 있다가 그걸 사는 사람을 전부 체크한다는 소문도 들었어. 와세다의 기사라기 서점에만 있는 거 아니야?"

---

* 미국의 재즈 색소폰 연주자이자 작곡가.

내가 그렇게 말했을 때, 나는 구와노가 아무것도 듣고 있지 않다는 것을 깨달았다. 그는 마치 혼잣말을 하듯 떠들어 대기 시작했다. 폭탄 제작법을 설명하기 시작한 것이다.

"내용은 교과서라고 하기엔 부실해. 난 그 책에 나와 있는 것보다 더 괜찮은 폭탄을 만들고 싶었어. 단지 만들어 보고 싶었을 뿐이지 실제로 터뜨릴 생각은 없었어. 화학을 기초부터, 그니까 화학식부터 공부하면서 알게 된 건데 염소산나트륨만 있으면 폭탄은 간단히 만들 수 있어. 그 염소산나트륨은 제초제에 들어 있고. 아무 시장에서나 파는 제초제 말이야. 그 제초제 이름이 특이한데, 쿠사토루*라는 거야. 제초제 쿠사토루. 어때, 재밌지 않아? 거기에 설탕, 숯, 유황, 인을 섞어. 이 비율을 맞추는 게 어려운데 나는 꽤 잘 섞었어. 깃털로 조심히 섞었는데도 몸이 떨리더라. 그래도 그것보다 더 어려운 건 뇌관이야. 그건……."

구와노의 입에서 무거운 액체가 흘러나오는 것처럼 목소리가 흘러나오고 있었다. 마치 오네트 콜먼과 연주하는 것처럼 이야기는 계속되었다. 그의 뺨을 때렸다. 그러자 구와노는 이제야 정신이 든 것처럼 내 얼굴을 쳐다보았다.

구와노가 조용히 중얼거렸다.

"사람을 죽이고 말았네."

* 제초제 제품명.

137

7

"그게 71년 사건이에요?"

도코가 말했다.

"그래."

"그래서 구와노 아저씨는 결국 프랑스에 갔어요?"

나는 끄덕였다.

"다음 날 예약 항공편으로 출발했어."

"용케도 안 붙잡혔네요."

"그땐 지금이랑 달라서 지문을 감식하는 데도 오래 걸렸어. 나와 구와노는 68년 데모로 검거당한 적이 있거든. 공무집행방해죄로. 2박 3일뿐이었지만 그때 열 손가락 전부 지문을 채취당했어. 하지만 당국이 사고 현장에 남은 지문과 대조하는 데 며칠은 걸릴 거라고 생각했지. 실제로도 그랬고."

도코는 한숨을 쉬었다.

"그렇게 죽은 사람이 우연히 경찰이었다는 말?"

"맞아. 스물다섯 살짜리 경찰이었어. 나중에 신문에서 읽었는데 유도 4단이라나. 트레이닝 겸 매일 아침 달렸대. 나와 똑같은 습관이 있었던 거지. 경찰이 아니었다면 자동차가 불길에 타오르는 걸 보고 도망쳤을 텐데."

재떨이에 담배꽁초가 수북이 쌓여 있었지만 도코는 새로운 숏호프에 또 불을 붙였다.

"우발사고였네요. 그러니 자수했으면 가벼운 형으로 끝났을 것을. 기소당해도 아저씨 쪽은 기껏해야 도로교통법 위반 아니에요? 무죄, 아니면 최악의 경우라고 해도 집행유예일 텐데. 폭탄에 대해서는 몰랐을 테니까요. 구와노 아저씨도 살인죄가 아니라 중과실치사 아닌가."

"아마도 그랬겠지. 그건 예상했어. 우리는 그 후 온종일 신주쿠 카페를 몇 군데나 돌아다니면서 보냈어. 어떻게 해야 하는지 생각하면서. 그런데 구와노가 갈피를 못 잡더라고. 냉정한 판단을 하는 데 시간이 필요했지. 그래서 내가 예정대로 일단 출발하라고 설득했어. 출두할 마음이 생기면 해외에 있는 어느 대사관에라도 가면 되니까. 그럼 그때, 구와노와 서로 맞춰서 나는 여기서 경찰에 출두하기로 했어."

"그런데 구와노 아저씨가 그렇게 하지 않았구나."

내가 끄덕였다.

"구와노 아저씨를 원망하진 않았나요?"

위스키를 컵에 따르려고 했는데 가져온 위스키 병은 이미 비었다. 도코가 꺼내 온 새로운 병을 땄다.

"내게도 사고의 책임은 어느 정도 있어. 게다가 구와노는 즉시 남자아이를 구했잖아. 그 남자아이는 멍하니 서 있기만 했어. 구와노가 아이를 덮쳐 함께 바닥에 엎드리지 않았다면 그 아이는 죽거나 크게 다쳤을 거야. 그때 나는 꼼짝도 할 수 없었는데. 그런 구와노를 어찌 원망할 수 있겠어?"

도코는 자리에서 일어나 창문을 열었다. 그러더니 뒤돌아 말했다.

"아저씨 이야기에는 교훈이 있네요."

"무슨?"

"자동차 브레이크가 잘 작동하면 감상적으로 되지 않는다."

내가 웃었다.

"그 말이 딱 맞아."

완전히 그 말대로였다.

도코가 연 창문으로 집 안을 가득히 채웠던 담배 연기가 빠져나가고 신선하고 찬 공기가 흘러 들어왔다.

"구와노 아저씨는 용케 안 붙잡혔네요."

"그때는 해외수사가 지금처럼 발달하지 않았거든. 적군파*의 움직임에 경찰이 주목하기 시작한 건 그 이후였어. 한 해 전에 요도호 납치사건**이 발생해, 온 나라가 어찌할 바를 몰랐을 정도였고. 다른 독립 당파가 폭탄 투쟁을 본격적

---

* 1969년 설립된 일본의 신좌파 조직.
** 1970년 3월 일본 적군파 요원들이 항공기를 납치해 북한에 망명한 사건.

으로 시작한 것도 그 해 후반이었지. 신주쿠 크리스마스 트리 사건*도 같은 해 12월에 발생했어. 게다가 구와노가 산 항공권은 런던행이라 경찰도 인터폴을 통해서는 추적하지 못했던 것 같아."

"그동안 아저씨는 뭘 했어요?"

"이것저것. 뭐 약간 험한 곳에서도 일했었어."

"잘도 도망쳐 오셨네요."

"현재로서는."

"그런데 또 주목받게 되셨군요."

"그러게. 그리고 이건 너도 알아 두는 게 좋을 것 같아 하는 말인데, 공안은 구와노와 내 과거를 전부 다 알고 있어. 그러니 엔도 유코와 나의 관계도 알 거야."

"엄마는 돌아가셨잖아요. 그래도 아저씨는 계속 도망 다닐 거예요?"

도코가 말했다.

"글쎄. 다만 이제 쫓기는 게 아니라 쫓는 쪽이 될 생각이야. 유코와 구와노를 죽인 놈을 찾아낼 거야."

도코는 나를 쳐다봤다. 동물원에서 신기한 동물을 처음 보는 아이처럼 나를 바라보고 있었다.

"어떻게 하면 그런 말도 안 되는 생각이 떠오르는 거죠?"

* 1971년 크리스마스 이브에 신주쿠에서 발생한 폭탄테러 사건.

"구와노는 단 한 명뿐인 내 친구였어. 유코는 나와 함께 살았던 유일한 여자였고."

도코는 나를 쳐다보더니 말했다.

"왠지 저도 마시고 싶어졌어요."

"마셔도 돼."

도코는 자리에서 일어나 유리잔 하나를 정말로 가져왔다. 위스키를 찰랑찰랑 따르고 나서 입에 가져댔다. 나처럼 스트레이트로 마셨지만, 한 번에 조금씩, 그러나 끝없이 마시는 나와는 달리 도코가 한 모금 마시자 꽤 많은 양이 줄었다.

"경찰한테 맡겨야겠다는 생각은 안 하세요? 아저씨 혼자서 뭘 할 수 있겠어요."

"나도 몰라. 그래도 해봐야겠다는 생각이 들어."

"아저씨가 대학투쟁을 시작했던 때처럼요? 시작도 하기 전에 질 것을 다 아는 게임을 하시겠다고요?"

"그럴지도 몰라."

나도 유리잔에 위스키를 따랐다. 그리고 입을 열었다.

"이제 내가 질문할 차례야. 왜 유코가, 네 엄마가 어제 그 공원에 있었는지 알아?"

도코는 유리잔에 또 입을 가져다댔다. 위스키 양이 더욱 줄었다. 유코가 술을 마시는 장면이 머릿속에 떠올랐다.

유코는 맥주 한 잔 정도밖에 마시지 못했다. 게다가 술을 마시면 얼굴이 바로 빨개졌다.

"경찰한테 전혀 짐작이 안 간다고 했다는 이야기는 벌써 했고. 그런데 아저씨 이야기를 듣고 나서 깨달았어요. 엄마는 아저씨랑 만나고 싶었던 거예요. 엄마는 아저씨가 사는 곳을 알고 있었으니, 아저씨의 습관도 알고 있지 않았을까요?"

그 점에 대해서는 나도 생각했다. 유코가 내 습관을 알았을 수도 있다. 그 무렵 나는 확실히 부주의했다.

"그럼 왜 내 가게로 직접 오지 않았지?"

"우연히 다시 만난 것처럼 하고 싶었겠죠."

"2년도 더 전에 나를 발견했다면서. 그렇게 시간이 흘렀는데?"

"아까 말했잖아요. 여자의 자존심이라고요. 뭐 다른 이유가 있었을지도 모르지만요."

"유코가 예전의 나에 관해 말했었다고 했잖아. 그럼 최근의 나에 관해 말한 적도 있었어?"

도코는 고개를 저었다.

"아뇨. 그런 적은 없었어요. 죄다 옛날이야기뿐. 무언가 액션을 취해야겠다는 말은 한 번도 들어 본 적이 없어요."

"유코와 마지막으로 대화한 건 언제쯤이었는데?"

"마치 형사처럼 물으시네요. 뭐, 괜찮아요. 사흘 전 목요일에 엄마한테서 전화가 왔었어요. 우린 친구 같다고 했잖아요. 특별한 용건은 없었는데 꽤 자주 그렇게 통화했어요. 제가 전화를 하기도 했고요. 대화 주제는 주로 연립정권의 행방. 엄마가 어떤 견해를 갖고 있었는지, 관심 있으세요?"

"아니, 없어. 그 외에 다른 얘긴 안 했어?"

"아저씨 이야기도 나왔어요."

"뭐지?"

"저, 모델 아르바이트 하거든요. 선라이즈 프로덕션이라고 아세요?"

"아니, 몰라."

"모델 업계에서는 비교적 큰 회사예요. 제가 소속된 프로덕션인데 지금은 예능 쪽에도 진출하려고 해요. 거기서 저를 발탁했죠. 밴드를 만들어 보컬로 팔아보려는 속셈이죠. 딱 잘라 거절했지만요. 그런 이야기를 했어요. 재능이 없는데 무리하고 싶지 않다는 둥. 그렇게 음악적 재능 이야기가 나왔을 때 엄마가 말했어요. 그 방면에서 지독하게 형편없는 사람을 한 명 안다고요. 그게 아저씨예요. 옛날에 함께 살았던 남자만큼 끔찍한 음치는 아마 없을 거래요."

한숨을 쉬었다.

"그것 말고는?"

144

"그게 다예요. 아저씨 이야기는 그런 식으로 다른 얘기 중에 갑자기 끼어드는 경우가 많았어요. 그러니까 엄마 머릿속에는 늘 아저씨와 아저씨에 얽힌 기억이 있던 거죠. 딱 그거예요."

도코와 유코 사이에서 나왔던 내 이야기에 대해 계속 물었다. 계속 물은 건 나인데도 오히려 내 쪽이 기억의 미로 속으로 더욱 빠져들 뿐이었다. 심야 영화를 보러 영화관에 갈 때 들고 간 술의 종류까지 유코는 자기 딸에게 말했다. 도코와 이야기하면서 알게 된 건 많지 않다. 분명한 건 유코가 우리 관계에 대해 말한 것은 전부 일상적이며 사소한 디테일 뿐이라는 점이다. 유코가 무슨 생각을 했는지, 그 전체 윤곽은 알 수 없었다. 도코도 그 점을 인정했다.

질문을 바꿨다.

"네 엄마는 무슨 일을 했어?"

"통역사무소 대표. 엄마가 사는 아오야마 근처에 회사가 있어요. 엄마는 외국어를 몇 개나 능숙하게 할 수 있으셔서 국제회의나 심포지엄 동시통역, 중요한 비즈니스 통역도 하셨어요. 생긴 지 얼마 안 된 사무소지만 꽤 잘 됐던 것 같아요."

"네 아빠는 외무성 관료였던 거고."

"엄마는 아빠와 선 봐서 만났어요. 아저씨와 헤어지고 나서 바로요. 정치가 집안의 딸과 관료의 선이라니, 흔한 패턴이지만요. 그래도 엄마 같은 사람이 왜 그 선 자리를 받아들였는지, 아세요?"

고개를 저었다.

"전 이제 알 것 같은 기분이에요."

"뭔데?"

"아저씨 때문이에요."

"나 때문이라고?"

"엄마가 왜 아저씨를 떠났는지 알 것 같아요. 아저씨한테는 다른 사람이 들어갈 틈이 없어요. 이 세상에서 가장 좁은 곳에 아저씨 혼자 틀어박혀 있다니까요. 다른 사람은 다가갈 수 없도록요. 엄마는 그걸 알고 절망한 거고요."

잠깐만, 이라고 내가 말하려고 할 때 전화가 울렸다. 유리잔을 손에 든 채로 도코는 옆에 있는 무선전화를 들었다.

"네……."

말없이 듣고만 있었다. 도코가 눈살을 찌푸렸다.

"그럼 12시쯤 돌아가니까 그때도 괜찮으면 오라고 전해 주시겠어요?"

잠시 기다리고 있었다. 상대방이 또 이야기를 시작한 듯하다. 도코가 마지막으로 알겠다고 하며 전화를 끊더니 한숨을 푹 쉬었다.

"외할아버지예요. 경찰이 어떻게든 저를 만나고 싶다고 했대요. 경시청 수사1과 형사. 그분 진짜 집요하네요. 12시에는 본가에 가야 할 것 같아요."

"알겠어. 나는 이만 물러날게."

나는 자리에서 일어났다.

놀란 것처럼 도코가 나를 봤다.

"왜요? 아직 10시 조금 넘었는데요. 본가까지 차로 10분이면 가요."

"아마 엔도 유코와 내 관계를 경찰이 떠올렸을 거야. 게다가 네가 여기 있는 것도 알고 있고."

"여긴 경찰이 모른다고 했잖아요. 외할아버지가 알려 줬을 리도 없어요. 외할아버지는 경찰을 별로 안 좋아하시거든요. 뭐, 국회의원이시긴 하지만요."

"나도 신문을 보면 그 정도는 추측할 수 있어. 발언 내용만 봐도 그런 성향쯤은 알아. 그러니 네 할아버지가 자기들을 별로 안 좋아한다는 것 정도는 당연히 경찰도 알겠지. 그런데 경찰도 바보는 아니야. 네가 혼자 산다는 것쯤은 알고 있을걸. 그럴 때 그들이 뭘 하는 줄 알아? 조용히 조사한다고. 이미 여기 주소를 알아냈을 수도 있어."

"전 희생자 유족이에요."

"경찰한테 딱히 협력적인 태도를 보이진 않았잖아? 네가 나와 접촉한 것까진 아직 파악하지 못한 것 같지만 경찰들이란 주변을 전부 샅샅이 조사하지 않으면 만족을 못 해. 그게 그놈들의 습성이야. 특히 비협력적인 사람의 주변은 더 조사하려 들 거야."

침묵이 짧게 이어졌지만 도코는 곧 입을 열었다.

"경찰을 너무 과대평가하는 거 아니에요?"

"그럴지도 몰라. 그래도 최악의 상황을 가정하는 게 최선이니까."

"아저씨, 어디로 가실 건데요? 이제 그 가게로는 못 돌아가시잖아요."

"내 걱정은 안 해도 돼. 이제부터 경찰한테 내 얘기 해도 돼. 어떤 식으로 말할지는 네게 맡길 테지만 내가 약간 협박조였다는 듯한 뉘앙스로 말하는 게 좋을 거야."

"왜 그렇게 해야 하죠?"

"나는 경찰에 쫓기고 있잖아. 나와 접촉한 것만으로도 네게도 의혹이 생겨. 넌 나보다 경찰 측에 있어야 해."

도코는 화난 듯한 눈으로 나를 쏘아보았다. 그 눈에 광채가 있었다. 몇 번이나 본 적이 있는 눈빛이다. 유코가 나를 호되게 비판할 때, 항상 떠올랐던 도전적인 광채가 지금, 그녀의 딸인 도코의 눈에서 빛나고 있었다.

"농담하는 거 아니시죠? 아저씨는 제게 명령할 입장이 못 돼요. 저는 제 맘대로 행동할 거예요."

도코가 딱딱하게 말했다.

나는 쓴웃음을 지었다. 순간, 젊었을 때의 유코가 눈앞에 있다는 착각이 들었다. 자리에서 일어나 발코니에서 스니커즈를 들고 돌아왔다.

"부탁이 하나 있어."

"뭔데요?"

"넌 유코의 집에 가겠지? 유품 정리든 뭐든 하러."

"물론이죠. 저밖에 할 사람이 없어요."

"뭔가 단서가 될 만한 것, 일기나 수첩이나 뭐든지 괜찮으니 어제 그 시간, 그 공원에 유코가 있었던 이유 같은 걸 발견하면 나한테도 알려 줘."

"알겠어요. 경찰한테 말할지 말지는 제쳐두고. 내일 장례식 전까지 찾아볼게요. 그런데 아저씨한텐 어떻게 연락해요?"

문까지 걸어간 뒤 말했다.

"내가 전화할게."

도코는 서서 나를 바라보고 있었다. 도코와 나의 눈높이는 같았다. 도코가 하이힐을 신으면 대부분의 남자는 내려다보게 될 것이다.

"있잖아요, 저, 결심했어요."

149

"뭘 결심해?"

"아저씨한테 협력할게요. 아저씨의 그 바보 같은 게임에 저도 참가할래요."

"안 하는 게 좋을 텐데."

"왜요?"

"아마추어가 끼어들면 더 골치 아파질 수도 있거든."

또다시 그 눈에 분노가 타오르는 것을 보았다.

"뭐예요. 엄마가 아저씨 집에 갔을 때는 군말 없이 동거인으로 받아줬었잖아요. 반대도 안 하고요. 그 딸이 그것보다 더 간단한 걸 하겠다고 하는데도, 파트너가 되어 준다고 호의로 말하고 있는데도 안 되는 거예요?"

"너무 비약이 심한 거 아냐?"

"아저씨한테 그런 말 할 자격이 있나. 아저씨 혼자서 대충 행동하는 것보다 저랑 같이 움직이는 게 의심받지 않을 것 같은데요."

한숨이 새어 나왔다. 어쨌든 나는 유코의 피가 흐르는 사람에게는 말로는 이길 수 없는 운명인가 보다. 도코의 말에는 확실히 일리가 있다.

"알았어. 도움이 필요하면 연락할게. 무엇보다 내일은 최대한 네 엄마의 집을 잘 살펴봐 줬으면 해. 프라이버시를 침해하지 않는 범위에서."

"무슨 속 편한 소리 하는 거예요. 프라이버시를 침해하지 않으면 아무것도 못 알아내거든요."

"네 말이 맞네."

내가 답했다. 확실히 맞는 말이었다.

도코는 안으로 들어갔다 나오더니 백화점 쇼핑백을 내게 건넸다.

"이건 뭐야?"

"선물."

무게와 촉감으로 알아차렸다. 안에는 위스키 두 병이 들어 있었다. 나는 고맙다고 말하고 스니커즈를 신었다.

문을 반 정도 열었을 때, 도코가 또렷한 목소리로 말했다.

"아저씨 얘기를 듣고도 아직 모르는 게 있는데요."

"뭔데?"

"구와노 아저씨는 왜 폭탄을 만들었대요?"

고개를 저었다.

"나도 몰라. 22년 내내 몰랐어."

도코가 나를 지긋이 쳐다봤다.

"그래서 아저씨는 지금 어디서 머무를 건데요?"

"숙박비 정도는 있어. 어디든 찾아봐야지."

"여기서 지내도 괜찮아요."

"이미 여긴 너무 위험해. 사양할게."

도코는 여전히 나를 쳐다보고 있었다.

"하나 더 알려 주세요."

"뭔데?"

"아저씨는 정말로 비틀스보다 그 허섭한 그룹사운드가 뛰어나다고 생각해요?"

"뛰어난지 아닌지는 몰라. 비틀스의 처참한 아류라는 것 정도는 알지만. 그래도 난 그 시절의 그룹사운드가 지금도 좋아."

그 상태로 문이 닫혔다. 기가 막힌다는 듯한 도코의 표정이 문 저편에서 사라졌다. 계단을 내려오면서 거짓말 하나 했네, 라고 생각했다. 지금 내가 머무를 수 있는 곳은 어디에도 없다. 적어도 유료 숙박시설 중에는 없다. 어디든 경찰이 연락해 올 것이다. 선택지의 리스크를 생각하면서 차가운 바람 속을 걸었다. 한적한 주택지의 어두운 곳만 골라 걸었다. 내 상상력은 볼품없다. 결론은 하나밖에 떠오르지 않았다.

요요기 우에하라에서 오다큐선을 타면 신주쿠까지 15분도 걸리지 않을 것이다.

8

신주쿠역 서쪽 출구에는 아직 많은 회사원이 지나다니고 있었다. 밤 11시였다. 얼굴이 붉게 물든 사람들이 많다. 여기로 오는 길에 경찰은 보이지 않았다. 평소와 전혀 다르지 않은 광경이었다. 무엇보다 한 시간 정도 더 지나면 인적은 끊긴다. 불황은 시간에 따른 풍경을 변화시킨다. 중앙공원 근처까지 걸어가면 그 주변도 여느 때와는 분위기가 다를 것이다. 다만 그 이유는 따로 있다. 현장검증이 진행 중일 것이기 때문이다. 사건이 발생한 지 아직 하루 반밖에 지나지 않았다.

공원으로 이어지는 왼쪽 통로를 걸었다. 골판지 집들이 늘어서 있는 곳 한가운데, 단단한 사각형으로 조립된 작은 집 앞이었다.

"다쓰."

답이 없다. 한 번 더 불렀다.

옆에 있는 골판지 판이 열리더니 멋진 턱수염을 기른 얼굴이 나타났다. 그는 눈을 비비면서 느릿한 말투로 말했다.

"어랏, 시마 씨잖아. 어쩐 일이야? 이 시간에."

다쓰가 내 얼굴을 유심히 쳐다보더니 말했다.

"이런. 얼굴 상태가 심각하네."

153

잊고 있었다. 도코가 내 상처에 대해서는 말하지 않았기 때문이다. 마지막으로 거울을 본 건 어제 아침이었다.

"사소한 트러블이 있었어. 그건 그렇고, 경찰 왔었어?"

"응. 사복 경찰이 두 번이나 왔었어. 그놈들 무슨 생각을 하는 건지. 평화주의자에 청렴한 우리한테 불꽃 따위 폭발 시키는 취미가 있다거나 그럴 돈이 있다고 생각하는 건지."

"그들한테도 사정이 있겠지. 그래서 언제 언제 왔어?"

"어제 한밤중에 한 번 오고, 오늘 점심 지나서 또 왔어. 어제 수상한 사람 못 봤냐며, 완전히 똑같은 패턴으로 묻던데. 나 빼고 수상한 사람은 한 명도 못 봤다고 하니까 화를 내더라니까, 그놈들. 농담도 안 통해."

점심 지나서라니, 중얼거리며 생각했다. 경찰이 다시 찾아온다고 해도 아직 어느 정도 여유는 있을 것이다.

"그런데, 다쓰. 혹시 신입이 들어갈 자리는 있나?"

다쓰는 짧게 휘파람을 불었다.

"뭐야, 시마 씨. 여기서 지내고 싶어?"

"응."

"일, 잘렸어?"

"그런 셈이야. 골판지 집 동료로 받아줄 수 있어?"

"글쎄, 여긴 신입이 오는 걸 그리 반기지 않아. 제멋대로 집들 끄트머리에 볼품없게 잠자리를 만들곤 하는데, 이곳

룰을 모르니까 꽤 문제를 일으키거든."

"그럼 나도 안 되는 건가."

다쓰는 빙긋 웃었다.

"아니, 시마 씨는 특별 케이스야. 아주 환영해. 여기에 내 결정에 불만을 터뜨릴 녀석들은 없어."

"그럼, 미안하지만 골판지를 어디서 구하는지랑 집은 어떻게 만드는지 좀 알려 줘."

"그럴 필요 없어. 옆집이 비었거든."

"뭐야, 겐 씨?"

"응. 요새 사흘째 안 보이더라고."

"무슨 일 있나?"

"음, 사라지기 전에 뭔가 좋은 일을 찾았다는 말을 하긴 했는데."

"현장 일은 그 나이엔 무리일 텐데. 무슨 일이려나."

"몰라. 말 안 하더라고. 그래도 별로 걱정할 거 없겠지. 뭐, 좋은 쪽으로 생각해야지. 요즘 별로 춥지도 않았고. 아, 오늘은 빼고. 오늘은 진짜 춥네."

다쓰는 집에서 기어 나왔다. 그러고는 재차 확인하듯, 아, 정말 춥네, 라고 한 번 더 말했다. 몇 걸음 걸어가 옆에 있는 골판지 집의 문을 열며 내게 웃었다.

"겐 씨가 돌아오면 그때 시마 씨가 새집을 만들어 드려.

시마 씨가 세입자라면 불만 없으실 거야. 단속은 5일 전에 있었으니 한동안은 잠잠할 테고."

나는 도코가 준 쇼핑백에서 위스키 한 병을 꺼냈다.

"이야, 고급이잖아. 이거."

"기분이다. 자, 받아."

"그럼 지금부터 환영회인 건가."

"미안한데 지금 좀 피곤해서 쉬어야겠어."

다쓰는 서양인들처럼 어깨를 으쓱했다.

"그럼 어쩔 수 없지. 좋은 꿈 꿔. 다음에 봐."

다쓰는 쿨하게 자신의 골판지 집으로 돌아갔다. 집착하지 않는다. 캐묻지도 않는다. 그게 다쓰의 성격인지 아니면 이 구역의 룰인지는 잘 몰랐다. 나는 작은 골판지 집으로 파고들어 갔다.

문을 닫으니 사방이 침침해졌지만 곧 이 어둠에 적응했다. 집은 꽤 튼튼했다. 골판지 판은 비닐 끈으로 묶여 있었고, 모서리는 나무젓가락으로 고정되어 있었다. 다쓰는 5일 전에 단속이 있었다고 했다. 도에서 월 2회 실시하는 골판지 집 철거 단속을 뜻한다. 아침에 와서 주인이 없으면 짐까지 몽땅 들고 가 버린다. 결국 이 집은 보름짜리 목숨인 셈인데도 몹시 잘 지어져 있었다. 이 집을 만든 노인 겐 씨는 벌써 나이가 예순을 넘었다. 그 얼굴이 떠올랐다. 고지식한 노인의 얼굴. 현장 일을 오래 해서인지 몸 여기저기가 성하진 않다. 늙을 때까지 성실하게 살아온 것에 대한 보상이 고작 이런 것이었다.

골판지 집 사람들과 알게 된 것은 여름이었다. 일요일 밤, 찌는 듯이 더운 집을 나와 서쪽 출구 통로를 걷고 있는데, 만취한 술꾼이 떠들어대고 있는 게 보였다.

"뭐야, 이 백수들, 더럽게 이런 집이나 짓고 말이야."

나도 알코올중독자였지만 저런 술꾼처럼 취한 적은 없다. 길바닥에 멈춰 서서 그 장면을 지켜보았다. 그러고 있는데 갑자기 그 술꾼이 골판지 집에 오줌을 누기 시작했다. 그러자 한 노인이 그에게 항의하고 다른 젊은 남자가 술꾼을 때리기 시작했다.

그러나 그 젊은 남자는 어이없게 튕겨 나갔다. 한 번 더 달려들었지만 마찬가지로 내동댕이쳐진 채 끝났다. 그 모습을 본 나는 술꾼에게 다가가 그를 때려눕혔다. 배를 때려서 그런지 술꾼은 그대로 쓰러져 아직 따끈한 자신의 소변에 토를 해대기 시작했다. 젊은 남자가 그 술꾼을 발로 한 번 찼다. 그러고는 여유 있는 말투로 그의 귀에 속삭였다.

"네가 더 더럽지 않아? 백수라는 말은 맘에 안 들어. 이제부터 스트릿 피플이라고 불러."

꽤 정확한 발음으로 그렇게 말했다. 그 젊은 남자가 다쓰였고 노인이 겐 씨였다. 그 후 우리는 마주치면 짧은 대화를 나누는 사이가 되었다. 아마 그들은 내게서 같은 종족의 냄새를 맡았을 것이다.

냄새로 말할 것 같으면, 굉장히 고약했다. 겐 씨는 골판지 두 장으로 만든 바닥에 돗자리를 깔고 그 위에 담요를 몇 겹 깔고 있었다. 그 냄새다. 꽤 강한 냄새가 났다. 도코가 준 위스키 한 병을 꺼내 뚜껑에 따라 마시기 시작했다. 그러는 동안 조금씩 적응했다. 냄새보다 추위가 강하게 밀려 왔다. 담요를 뒤집어쓰고 위스키를 마시고 있는데도 냉기가 느껴졌다. 오싹한 한기가 온몸에 스며들었다. 이 서쪽 출구는 바람에 노출되지 않고 빌딩 후면에 있어서 더 따뜻하다고 들었다. 아직 10월 말이기도 하다. 그런데도 이 정도로 사무치게 춥다. 노숙자들은 대부분 나보다 윗세대고 다쓰 같은 케이스가 의외일 것이다. 그들은 이제부터 다가올 겨울을 어떻게 보낼까. 대학 시절, 농성했을 때가 떠올랐다. 그때는 추위가 전혀 문제 되지 않았다. 당시 스무 살이었는데 지금은 어느새 나이를 먹었다. 골판지와 돗자리, 수건을 뚫고 콘크리트 바닥에서 냉기가 올라와 피부를 지나 몸속까지 스며든다. 저항할 힘이 없었다. 나도 그만큼 나이를 먹은 것이다.

발소리가 들렸다. 많은 사람의 발소리. 움직이지 않고 가

만히 귀를 기울이다가 어디에 있는지 깨달았다. 천장을 열어젖히자 빛이 들어 왔다. 시계를 보니 아침 9시 전이었다. 부도심으로 출근하는 회사원들이 기둥 너머로 끊임없이 이어지고 있다.

골판지 집 안을 둘러보았다. 어젯밤에는 알아채지 못했지만 칫솔과 수건, 속옷 몇 장이 있었고, 골판지를 말아 만든 베개 옆에 문고본이 몇 권 있었다. 요코미조 세이시의『팔묘촌』이었다. 골판지 집을 기어 나왔다. 몸 마디마디가 쑤셨지만 어제 아침에 느꼈던 고통과는 또 다른 느낌이었다.

"잘 잤어?"

다쓰가 웃으며 서 있었다.

"여기, 식사."

다쓰가 내게 도시락을 건네주었다.

"이거 뭐야?"

"어젯밤에 편의점 쓰레기통에서 주웠어. 유통기한은 반나절 정도밖에 안 지나서 괜찮아. 유통기한이 지난 도시락은 폐기한다는 매뉴얼은 우리를 위해 있는 것 같다니까."

그런 이야기는 들어본 적이 있다. 요즘 같은 소비사회에서 탄생한 신종 먹이사슬이다. 이 구조가 주변에 혜택을 뿌리기도 한다고 들어본 적이 있다.

"우리 집에서 먹는 게 어때?"

나는 고개를 끄덕이며 발걸음을 옮겼다.

다쓰의 집도 천장은 뚫려 있었지만 소지품은 내가 머무르고 있는 노인의 집보다 훨씬 풍부했다. 라디오 카세트에 콜먼의 스토브까지 있다. 거기에 골판지 한 귀퉁이에 도시락이 하나 더 있었다. 다쓰는 이 주변에서 최고참이다. 음식을 조달할 수 있는 영역을 확실히 확보하고 있는 게 분명하다.

다쓰와 나란히 앉아 도시락을 먹기 시작했다. 나는 손이 떨려 젓가락질을 잘하지 못했다. 밥알이 주르르 흘렀다. 그의 시선이 내 손목을 향했지만 아무 말도 하지 않았다. 그러더니 라디오 카세트의 스위치를 눌렀다. J-WAVE*인 것 같다. 모르는 음악이 작게 흘러나오기 시작했다. DJ가 영어로 무언가를 말했다. 그걸 듣고 다쓰는 킥킥 웃었다.

"뭐야, 다쓰. 영어 할 줄 알아?"

"조금. 옛날에 잠깐 외국에 있던 적이 있거든. 시마 씨는?"

"완전 꽝이야."

"그렇구나. 겉보기엔 좀 엘리트 같은데."

그런 이야기를 하고 있는데 노인 한 명이 불쑥 나타났다. 은발이 어깨까지 내려와 있다. 헤밍웨이가 여든 살까지 살았다면 이런 모습이었겠지, 라는 생각이 절로 드는 풍채의

---

* 일본의 FM방송국.

노인이었다. 노인은 하드커버 원서를 한 권 안고 있다. 그가 다쓰에게 예의 바른 말투로 말을 걸었다.

"혹시 음식 남은 거 없소?"

"뭐야, 박사님이시네. 어제 수확 없었어요?"

노인은 느릿느릿 고개를 끄덕였다.

"이 주변도 요새 혼란스러워지기 시작했소. 매일 가는 펍 레스토랑의 쓰레기장에 어젠 자물쇠가 채워져 있었다니까. 누군가가 난폭하게 뒤지고 다니는 것 같군요. 플라스틱 쓰레기통 뚜껑도 닫지 않고 여기저기 어질러서 걱정하고 있었는데, 역시나 가게 쪽에서 대책을 마련한 것 같고."

"그래서 신입이 들어오는 걸 싫어하는 거야."

다쓰가 내 쪽을 향해 그렇게 말한 뒤, 남아 있는 도시락을 노인에게 건넸다.

"이건 내가 빌린 걸로 해 주겠소?"

노인이 예의 바르게 말을 보탰다.

"안 그러셔도 돼요."

노인은 한 번 더 정중히 고개를 숙이더니 돌아갔다. 발걸음이 불안하게 비틀거렸다. 나는 그의 뒷모습을 계속 바라보면서 물었다.

"저 사람, 누구야?"

"여기서 가장 엘리트. 반년 정도 전부터 여기 있는데, 늘 원서를 읽고 있더라. 영어인데도 나도 이해 못 하는 어려운 책 말이야. 그래서 모두 그를 박사라고 불러."

"의사야?"

다쓰가 나를 얼핏 쳐다봤다.

"몰라. 왜?"

"『법의학의 임상적 연구』라는 책을 갖고 있더라고."

다쓰가 눈을 동그랗게 떴다.

"와, 영어 잘 아네. 난 그거 못 읽었거든. 포렌식 쥬리스 프루덴스? 그런 단어 알아?"

"많이 까먹긴 했는데 읽고 쓰는 건 조금 할 줄 알아. 리스닝과 스피킹은 아예 못 하고. 당신들 세대와는 다르다고. 그런데 내 집주인 말인데, 겐 씨는 정말 괜찮은 걸까?"

다쓰는 미간을 찌푸렸다.

"그러게. 사실 나도 조금 걱정이 되긴 했어. 그 나이에 현장에서 불러 줬을 것 같지도 않고. 게다가 어젯밤은 진짜 추웠잖아."

"밥은 제대로 챙겨 먹고 있으려나."

"글쎄, 내가 나눠 주긴 했었는데. 겐 씨, 요즘 꽤 약해져서. 그래도 뭐, 하루 정도는 기다려 보자. 안 돌아오면 찾으러 가도 좋고. 어차피 우에노에서 야마타니, 오오쿠보 주변을 어슬렁거리고 있을걸. 바로 찾을 수 있을 거야."

162

나는 신입이다. 이의를 제기할 자격이 없다.

"있잖아, 다쓰. 이 주변에 씻을 데 없어?"

"그건 왜?"

"사실 오늘 약속이 있어서. 5일 동안 목욕도 못 했거든. 면도도 못 했고."

다쓰는 단칼에 없다고 말했다.

"여기에 씻고 싶어 하는 사람은 별로 없어. 있다고 해도 모두 중앙공원 수돗물로 씻어. 그게 지금은 봉쇄되었잖아. 앞으로 1박 2일은 안 될 거야. 그래도 시마 씨 몸 상태라면 아직 백화점엔 들어갈 수 있으니까 백화점 화장실에 젖은 수건을 가지고 들어가서 몸을 닦으면 돼. 지하철역 화장실은 좀 더 더러워지면 가."

"그렇구나. 그럼 백화점을 이용해야겠네."

내가 말했다.

신주쿠역까지 걸었다. 도중에 제복 경찰 두 명을 지나쳤지만 아무도 내게 주목하지 않았다. 내가 이 동네 풍경의 일부라도 되는 것처럼. 현재로서 내 선택이 잘 기능하고 있다는 뜻이다. 언제까지 계속될지는 몰라도 말이다.

JR 매표소 앞에 공중전화가 스무 대 정도 늘어서 있다. 그중 맨 끝 공중전화부스에서 기억하는 번호를 눌렀다.

—어이, 도쿄대생. 기분은 어때?

목소리가 들려왔다.

주변을 둘러보았다. 두 칸 떨어진 부스에서 회사원이 옆으로 나란히 서서 수화기에 대고 높은 소리로 말하고 있다. 그에게서 등을 돌렸다.

"그럭저럭. 그래도 졸업은 못 했어. 재적이라고. 그런데 어떻게 알았지?"

—어딘가에서 무언가가 발생해. 그와 동시에 다른 공간에서 무언가가 발생하고. 이 두 가지 일에 기묘한 부분이 있다고 한다면, 그럴 때는 대체로 그 두 사건이 연결되기 마련이지.

아사이의 목소리가 쾌활하게 울렸다.

"과연. 그게 당신 인생관인가."

—경험치야. 뭐 그게 다는 아니지만. 자네, 아직 조간 안 읽었나. 최근에 뉴스를 본 게 언제야?

"어젯밤. 7시 NHK 뉴스."

식당 근처에서 봤을 거라고 아사이는 생각하겠지.

—아, 나도 봤어. 6시 반 민영방송으로 처음. 자네와 전화하고 난 직후였어. 기자회견 현장 발표라니. 그때도 일단 확실하다고는 생각했지. 난 매일 아침에 신문 아홉 종을 훑어본다니까. 「닛케이유통」부터 「일간공업」까지 다 읽어.

"난 아직 못 읽었는데, 뭔가 나왔어?"

―조간신문 마감 전에 경찰이 생각을 바꾼 것 같아. 모든 전국지에 자네가 지명수배 중이라고 나와 있어. 시효가 끝난 그 사건 때문이 아니야. 신규 용의자라며 본명도 나왔어.

"무슨 용의로?"

―협박.

"협박?"

―어디서 누군가한테 죽일 거라고 협박하지 않았어? 폭발 직후, 정신없을 때.

갈색 머리 포교자의 얼굴이 떠올랐다. 여자아이를 맡길 때 나는 반 이상은 얼이 나가 있었다. 그래도 내가 한 말을 잊을 정도는 아니었는 듯하다.

'만약 이 아이에게 무슨 일이라도 생기면 넌 죽어……'

나는 분명히 이렇게 말했다.

"정말 그랬었네."

―이제 자넨 전 용의자가 아니라 기쿠치 도시히코야. 경찰이 언론에 던져주는 서비스라고 하면 되려나. 언론이 자네 실명을 규제하지 않아도 될 대의명분을 만들어 준 셈이지.

"아니면 공개수사를 한다는 말일지도."

―그럴 수도. 그래도 협박은 징역 2년 이하인 가벼운 죄

165

잖아. 이런 걸로 지명수배라니. 정부도 꼴사나운 수법을 쓰려나 봐. 너무 허술해서 눈물이 날 정도야. 이 나라가 도대체 어디로 굴러가는 건지.

"몰라. 평론가한테나 물어봐. 얼굴 사진은 나왔어?"

—응, 나왔어. 학생 시절 사진 같아. 경찰한테 찍힌 것치고는 잘 나왔던데. 아직 걱정할 정도는 아니지 않아? 그 사진을 보고 지금의 자네를 떠올릴 녀석은 별로 없잖아.

"알았어. 그건 그렇고 어제랑 생각이 바뀌었나? 내 질문에 답해 준다고 했었잖아."

잠시 뜸을 들이더니 아사이가 조용히 말했다.

—날 뼛속까지 정직한 인간이라고 말하려는 건 아닌데, 난 일단 내뱉은 약속은 꼭 지키는 편이야.

"미안."

나는 미안한 마음에 사과했다.

—전화로 말하기는 좀 그래. 어디서 만나자고.

"공원이 좋겠지."

그러자 아사이가 깜짝 놀란 듯한 목소리로 말했다.

—어이, 제정신이야? 경찰은 자네 습관을 다 안다고. 날씨가 좋을 때는 대낮부터 공원에서 술 마신다면서? 오늘도 날씨가 좋잖아. 도쿄에 있는 공원엔 전부 경찰이 쫙 깔렸을 거야. 내기해도 좋아. 수사회의에서 그들이 생각해 내는, 기

를 쓰고 달려드는 방법은 죄다 그런 것들이라고. 그네 하나라도 있는 곳엔 분명히 경찰이 맴돌 거야.

"지금, 당신 옆엔 아무도 없어?"

내가 물었다.

─응. 나 혼자야.

"도쿄에 있는 공원은 아냐. 야마시타 공원이야. 요코하마에 있는 야마시타 공원."

바로 웃는 소리가 들려왔다.

─하하. 본청을 피해서 가나가와현 관할 지역으로 가자는 건가? 자네도 경찰 내부 사정에는 빠삭한 것 같군."

경시청과 가나가와현 경찰의 관계는 딱히 친밀하다고 하기 어렵다. 일반적으로 상상하는 것 이상으로 그들에게 지방 행정의 장벽은 높다. 이 사정은 아사이도 알고 있다. 그는 이 방면에서도 전문가였다. 나 역시 오랫동안 여러 가지 단편적인 정보를 쌓아와서 그 정도는 알고 있었다.

"그 정도는 예상할 수 있어."

─흠. 역시 제법이야.

몇 시에 보면 되겠냐고 아사이가 묻자 2시라고 답했다.

─야마시타 공원 어디? 거기 꽤 넓잖아.

"히카와마루* 옆."

—시골 촌뜨기들이 모이는 곳이잖아. 좀 더 괜찮은 곳은 없나?

"몰라. 요코하마는 잘 몰라."

그러고는 덧붙였다.

"부탁이 있는데, 혼자 왔으면 해. 동행 없이 혼자서. 그리고 이 일에 대해선 누구에게도 말하지 말아 줘. 모치즈키한테도."

—뭔가 의심스러운 거라도 있는 거야?

"아니, 주의에 주의를 거듭하고 싶을 뿐이야."

—알았어. 그럼 그때 봐.

수화기를 내려놓은 뒤 골판지 집으로 돌아갔다. 다쓰는 보이지 않았다. 라디오 카세트와 풍로는 그대로였다. 다쓰의 물건에 손을 대는 사람은 아무도 없을 것이다. 저 멀리서 박사라는 노인이 골판지 집에 혼자 앉아 독서에 열중하는 모습이 보였다. 나는 위스키 병을 꺼냈다. 오늘 첫 잔이었다. 문득 시선을 내려뜨렸다. 책 커버가 벗겨진 문고본이 눈에 들어왔다. 책을 집어 드니 그 사이에서 노란색 전단지가 한 장 떨어졌다.

---

* 1930년부터 1961년까지 요코하마에서 시애틀까지 운행한 정기선으로 현재 야마시타 공원에 계류되어 있다.

전단지를 주워 물끄러미 바라보았다. 그 얇은 종이는 큼지막한 헤드라인 한 줄로 독자에게 호소하고 있었다.

신에 대해 이야기하지 않겠습니까?

9

시나가와에서 게이힌도호쿠선으로 갈아탔다. 전철에는 사람이 별로 없었다. 자리에 앉아 신문을 읽었다. 신주쿠역 쓰레기통에서 주운 것이다. 수도권 신문 여섯 종을 전부 모았다. 위스키와 함께 종이봉투에 넣어 놓고 하나씩 꺼내 1면의 헤드라인을 읽었다.

'신주쿠 중앙공원 폭발 사건. 깊어지는 수수께끼, 자동차 폭탄 사건 용의자와의 관련성은?'

사회면은 71년 사건의 개요와 내 지명수배를 톱뉴스로 다루고 있었다. 사실과는 다른 부분이 많다. 뭐, 다 그런 거겠지. 구와노와 내 프로필도 있었다. 신상을 공개한다는 당국의 판단이 모든 신문에서 드러났다. 그중 한 신문만이 갈색 머리 포교자를 취재하는 데 성공했다. 본명이 아닌 A 씨라고 되어 있다. 경찰에 아무것도 말하지 말라고 해서 그런지 그는 자신이 협박을 받은 사실에 대해서만 말했다. 그 신문은 협박이라는 다소 가벼운 범죄 용의로 나를 지명수배한 것에 의문을 제기하고 있었다. 게다가 학생 시절의 사진이 똑똑히 실려 있다. 아사이의 말대로 잘 나온 사진이었다.

그리고 하나 더, 비교적 작은 기사가 있었다. 일요일에는 석간신문이 없어서 오늘 조간신문에 실린 기사다. 새로운 사망자의 이름. 엔도 유코에 관한 기사가 실려 있었다. 이 비열한 사건을 조속히 해결하기를 바란다는, 유코의 아버지가 한 말도 나와 있다. 유코의 사진도 실려 있다. 20년이 넘는 세월이 지났어도 유코의 외모는 거의 변하지 않았다. 나는 전철이 역에 들어오기 전까지도 신문에 실린 작은 사진을 계속 바라보았다.

사쿠라기초역에서 내려 도코에게 전화를 걸었지만 받지 않았다. 유코의 집에 갔을지도 모른다. 아니면 유코의 시신을 맞으러 갔을 수도 있다. 나는 걷기 시작했다. 찬 바람이 불었지만 햇볕이 드는 곳은 따뜻했다. 추위와 따뜻함 사이를 걸었다. 때때로 멈춰 서서 위스키를 마셨다. 도코가 준 위스키는 병이 거의 비어 있었다. 아침을 여는 기운이 서서히 감돌기 시작했다.

야마시타 공원에 들어간 것은 오후 1시가 지나서였다. 공원 반대쪽을 걸어 중앙 입구 근처까지 갔을 때, 누군가 '시마무라'라고 부르는 소리가 들렸다. 식은땀이 흘렀다. 말을 건 것은 도로변에서 소시지를 베어먹고 있는 남자였다. 그가 히죽히죽 웃었다. 아사이였다. 나는 놀란 채 그를 다시 보았다. 풍채가 어제 본 것과는 완전히 달랐기 때문이다. 어두운 정장에 레지멘탈 타이*. 흰 셔츠. 소시지를 들고 있는 모습이 지적이고 능력 있는 비즈니스맨으로 보인다. 상사나 은행에서 근무하는 비즈니스맨 말이다. 그 모습으로 마루노우치**를 걸어도 전혀 위화감이 없을 것이다.

아사이는 나에게 날씨 이야기를 하는 듯한 말투로 말했다.

"시마무라라고 부르는 게 낫겠지. 아니면 기쿠치라고 부를까?"

"시마무라라고 불러. 그런데 빨리 왔군."

"예상대로야. 어차피 자넨 빨리 와서 이 주변을 체크할 거라고 생각했거든."

나는 한숨을 쉬었다.

"당신이 경찰이 아니라 정말 다행이야."

「주간 선」의 마쓰다가 한 말이 떠올랐다.

'아사이라는 사람이 대표인데요. 꽤 뛰어나요. 사람 심리와 행동 패턴을 아주 잘 읽고요.'

---

* 영국의 전통적인 연대기 줄무늬를 모티프로 한 넥타이.
** 유명 기업들의 본사가 밀집되어 있는 도쿄 비즈니스 거리이자 상업지구.

아사이는 다시 한번 히죽 웃고는 다 베어먹은 소시지의 막대를 던졌다.

"아직도 히카와마루까지 갈 생각인가. 그쪽은 촌놈들이 기념사진 찍으러나 가는 곳이야. 배경에 찍히고 싶어?"

"그럼 따로 아는 데라도 있나?"

아사이는 말없이 앞장서서 걷다가 곧 옆에 있는 호텔로 들어갔다. 나는 거절하지도 못했다. 나비넥타이의 호텔맨이 위아래로 쳐다보며 은근히 무시하듯 맞이했지만 이런 대접에는 익숙했다.

"여긴 어디야?"

"저기 있는 호텔의 신관 타워야."

"이런 데가 있는지도 몰랐네."

"재작년에 생겼어. 여기도 요즘엔 젊은 사람들로 시끌벅적해졌어. 시대가 변해서인지 주말에는 결혼식 때문에 난리야. 그래도 평일 오후의 호텔은 나쁘지 않지. 휴일에는 더욱 좋고."

아사이는 1층에 있는 라운지까지 곧장 걸어갔고 나는 그를 뒤따랐다. 흰 블라우스와 검정 스커트를 입은 직원이 우리를 창가 자리로 안내했다.

"방을 잡을까 했는데 오늘은 필적을 남기기 싫어서. 게다가 여기에선 낮에도 위스키를 마실 수 있거든."

아사이는 자신의 말대로 주문을 받으러 온 직원에게 발렌타인 17년산을 더블로 두 잔 주문했다.

"나는 미즈와리*, 이쪽은 스트레이트로."

"아사이, 당신도 일인칭으로 와타시, 라는 말을 쓸 때가 있군**."

직원이 가고 난 뒤 내가 말했다.

"그 단어가 자네의 전매특허가 아니잖아. 나는 때와 장소, 대화 상대를 고려한 것뿐이야. 어쨌든 여기 조용하고 좋지 않아?"

아사이가 쓴웃음을 지었다.

"술을 마실 수 있는 곳이라니 정말 맘에 들어."

"그럴 줄 알았어. 자네 우선순위는 술일 거라고. 그래도 부탁인데 여기서 그 봉투에 든 술까진 마시지는 말아 줘."

"알았어."

나는 말했다.

아사이는 주머니에서 담배를 꺼냈다. 라크***였다. 던힐 라이터로 불을 붙여 능숙하게 연기를 내뿜었다. 무언가가 마음에 걸렸지만 잘 모르겠다. 주변을 둘러보니 상담商談을 하고 있는 중년 남자 세 명이 맞은편 자리에 있었다. 손님은

* 위스키에 물을 탄 것.
** 야쿠자들은 나라는 뜻의 단어로 와타시보다 더 저속한 표현을 사용한다.
*** Lark, 일본 담배의 한 종류.

그게 다였다. 실내에는 클래식한 샹송 '고엽'이 은은히 들려왔다. 다른 소리는 들리지 않았다.

직원이 서빙해 온 위스키를 홀짝이며 물었다.

"당신은 언론 보도로 사건의 개요를 알았어. 옛날 일도 말이야. 그럼 내가 지금 어떤 상황인지 분명히 알 텐데 왜 이런 위험을 무릅쓰는 거지?"

"나는 정부와 언론은 안 믿어. 일차적인 정보는 그들에게서 얻긴 하지만. 언제나 정보의 배후를 읽는 버릇이 생겼어. 자넨 살인 따위와는 무관해. 난 알아. 맞잖아? 사실만 간단히 대답해 줘."

"살인은 안 했어. 71년 사건은 사고야. 결과적으로 나도 한몫 거든 것처럼 되었지만."

아사이는 잠시 생각하더니 천천히 고개를 끄덕였다.

"그 정도면 충분해."

그 표정을 바라보며 내가 말했다.

"사실 먼저 사과하고 싶은 게 있어."

"뭔데."

"공안이 내 가게를 낱낱이 수색하고 있을 거야. 가게 안에 있는 지문도 전부 채취할 테고. 그저께 가게에 왔잖나. 만약 당신 지문이 경찰에 남아 있다면 공안이 사정 청취할 수도 있어. 그게 아니라면 지문을 요청할지도 몰라. 어쨌든 민폐를 끼치게 되었네."

아사이는 미소지었다. 지금껏 본 적 없는 미소였다.

"꽤 손해 보는 성격이군. 자기 코가 석 자인데도 남 걱정을 하다니. 요즘 같은 시대엔 그런 성격은 별로라고."

아사이는 위스키 잔을 건배하는 듯 우아하게 눈앞으로 들어올렸다. 손가락 두 개가 없었지만 마치 그게 정상이라는 생각이 들 정도로 자연스러웠다.

"내 걱정은 안 해도 돼. 난 자네 가게에 지문을 전혀 남기지 않았거든."

"그래도……."

말을 하다가 알아차렸다. 아사이는 확실히 핫도그를 먹은 뒤 종이냅킨이 아니라 자신의 손수건으로 손을 닦았다. 맥주를 따른 것도 문을 연 것도 다 모치즈키라는 남자였다. 그리고 계산한 것도. 어떤 가게라도 손님이 간 다음 맥주 잔은 씻을 것이다. 아까부터 줄곧 마음에 걸렸던 것이 무엇인지 이제야 알아차렸다. 아사이는 평소 담배를 피우면서도 내 가게에서는 흡연을 자제했던 것이다. 꽁초를 남기지 않으려고.

"과연, 그런 거였군."

내가 말했다.

"남아 있는 건 모치즈키 지문뿐이야. 그 녀석은 괜찮아.

175

경찰에 연행된 적이 없거든. 우리가 의심받을 일은 없어."

아사이는 예리한 것 이상으로 주도면밀했다. 그 이유가 무엇일지 생각했다. 그게 표정으로 티가 난 듯했다.

"내가 왜 지문을 남기지 않으려고 그렇게 신경 썼는지는 자네 질문과도 연결돼. 자네는 아까 내가 경찰이 아니라 다행이라고 했지. 그런데 그랬던 시절도 있었어. 난 한때 형사였거든."

나는 아사이의 얼굴을 바라보다가 그의 왼손을 쳐다보았다.

"이거?"

아사이는 두 손가락이 없는 왼손을 팔랑팔랑 흔들면서 웃었다.

"이건 살인범을 체포할 때 녀석한테 당한 거야. 경시총감 상과 맞바꾼 거지."

"언제 일인데?"

"까마득한 옛날. 이 이야긴 됐어. 자네랑은 상관없으니. 형사를 그만두기 직전, 마지막에 있던 곳이 신주쿠 경찰서 수사4과였어. 스물여덟 살, 경부보였지."

"유능했었나 보네."

유능. 스물여덟 살, 경부보. 논캐리어*에서는 거의 있을

* 한국의 경우에 빗대어 보자면 고시 출신이 아닌 일선에서 뛰는 경찰을 뜻한다.

수 없는 초고속 승진 코스다.

"아니야. 열정적인 형사였을지는 몰라도 유능한 형사는 아니었어. 폭력단 담당치고는 너무 깊이 관여하고 말았거든. 너무 젊어서 혈기가 왕성했었지."

아사이는 잔을 입으로 가져다댔다. 나도 똑같이 잔을 들었다. 그는 창밖으로 시선을 돌렸다. 나도 같은 방향을 바라보았다. 주변에 비해 정원이 밝아 보인다. 은발의 백인 여성이 벤치에 앉아 가을 오후의 햇살을 즐기고 있었다. 그 외에는 아무도 없다. 그저 고요했다.

"날씨가 좋네."

아사이가 말했다.

"그러게."

내가 끄덕였다.

아사이는 잠시 침묵했다. 코 양옆에 깊은 주름 두 개가 움푹 파인, 비슷하게 나이를 먹어가는 남자의 표정이었다. 한동안 말이 없었다. 아사이가 잔을 들어 내 얼굴로 향하며 눈을 깜박였다. 그 눈빛에서 깊은 명암의 차이가 느껴졌다.

"정해진 코스였지. 폭력단 담당 경찰은 그 세계에 발을 들이지 않으면 어떤 정보도 얻을 수 없거든. 그렇게 안 하면 감당이 안 돼. 폭력단들과 알고 지낼 수밖에 없는 거야. 돈도 꽤 썼어. 그러다 너무 깊이 관여하고 말았지. 목만 담근 게 아니라 온몸을 푹 담갔다는 걸 깨달았을 때는 너무 늦었고. 어느 날, 롯폰기에 있는 에구치 조직의 도박장을 경찰이 덮친 적이 있는데, 내가 그 현장에 있었어. 손님으로 말이야. 관할인 아자부 경찰서의 움직임까지는 몰랐던 거지. 표면화되지는 않고 사표를 내는 선에서 끝났어. 받아들일 수밖에 없었어. 서장이 아자부 경찰서 서장한테 고개를 숙였는데 어떻게 안 받아들이겠어. 그러고 나니 폭력단들한테서 제의가 오더군. 그들을 쫓는 입장이었던 내가 이제 완전히 반대편이 된 거야. 닮은 구석이 있는 업계였는지 적응은 아주 쉬웠어. 새로운 일도 제법 잘 해냈다고 생각해. 물론 더러운 짓도 했어. 그래도 절대 하지 않기로 한 일이 딱 두 가지 있어. 하나는 성매매. 주변 몇몇 폭력단 중에 개인적으로 그런 짓을 한 녀석은 많았는데 에구치 조직은 그러지 않았어. 그게 에구치 조직의 제안을 받아들인 이유 중 하나이기도 했고. 거들먹거리면서 성매매를 알선하는 녀석들은 철저히 밟았다고. 그러니 적도 많았지. 뭐, 어쨌든 그것 말고 절대 하지 않는 건, 바로 마약이야."

아사이가 말을 멈추자 내가 말했다.

"그런데 에구치 조직이 마약에 손을 대기 시작했다? 그래서 거기서 나와 독립한 거고?"

아사이는 조금 망설이는 듯하더니 결국 고개를 끄덕였다.

"에구치 조직도 세대가 바뀌었어. 시대도 변했고. 물론 에구치 조직은 세이슈 연합의 중핵이야. 작은 조직을 거느리고 있기도 하고. 그렇지만 마약이라고 하면 이야기가 달라져. 지금 가부키초는 여기저기서 온 외국인들로 거의 무법 상태야. 녀석들이 거리를 활보하면 일본 폭력단들은 슬금슬금 샛길로 사라질 정도라니까. 치외법권이라고 해도 될 정도지. 그러니 어느 조직도 마약에 손을 댈 엄두도 못 내. 그런데도 에구치 조직만이 외국인들과 맞붙으려고 한 거지. 뭐, 한번 붙어보자는 용기는 높이 사지만."

"그런데 용케도 독립했네."

"별문제 없이 평온하게 진행된 편이야. 돈은 꽤 들었지만. 남은 손가락은 잃기 싫었거든. 요즘은 뭐든지 돈으로 해결되잖아. 시대가 변했어."

한때 내가 다녔던 직장에 폭력단들이 있던 적이 있다. 현역도 경험자도 있었다. 아사이는 그중 누구와도 닮지 않았다. 손가락을 제대로 유비*라고 말했다. 엔코**라는 업계용어도 사용하지 않는다.

"마약이라니 뭔데. 각성제인가?"

나는 물었다.

* 손가락을 뜻하는 일본어.
** 폭력단들이 사용하는 은어로 손가락을 뜻한다.

"좀 더 최신식이지. 업계도 아메리카화 되었거든. 코카인이야. 소매 가격은 킬로그램당 7천만 엔이고."

"어째서 그게 나와 연결되는 건데."

아사이는 고개를 저었다.

"그건 잘 몰라. 지금부터는 혼잣말이라고 생각하고 들어줘. 난 자네 질문에 답하려고 여기에 왔어. 자네 질문은 그거였지. 어떤 맥락에서 자네 이름이 나왔는지. 에구치 조직에 아직 나를 따르는 애들이 몇 명 정도 있어. 녀석들은 젊은 말단 애들뿐이라 자세한 사정까진 몰라. 다만 이런 이야기를 그저께 오후에 해 주더라고. 2시 넘어서 어느 기업이 에구치 조직에 의뢰를 해왔대. 후생연금회관 옆에 있는 고헤이라는 바의 바텐더인 시마무라라는 남자를 손 좀 봐달라고. 경고하고 싶다나. 그런 의뢰가 상부에 들어왔어. 경고하고 싶으니 손 좀 봐달라는 건 그쪽이 한 말을 그대로 한 거야. 말해 두는데, 내게 보고한 녀석 중에 자넬 공격한 놈들은 없어. 그리고 절대 죽이지 말라는 조건이 붙었다고 해."

"어떤 기업이라니, 무슨 회산데?"

"하루테크. 도쿄증권 2부 상장 기업."

"도쿄증권 2부 상장?"

"나도 꽤 놀랐어. 보통은 자회사를 쓰든가 제삼자를 통하든가 만일을 대비해 안전장치를 두세 개쯤 마련할 텐데 그러지도 않고 직접 하다니."

"그 회사의 어느 부서 누가 그런 말을 했는데?"

"그건 몰라."

아사이는 주머니에서 서류 한 장을 꺼내 내 앞에 두었다. 기업정보지 사본이었다.

"유가증권보고서가 있으면 더 자세히 알 수 있겠지만 이걸로 회사 개요 정도는 파악할 수 있을 거야."

사본을 손에 들고 바라보았다. 본 회사는 미나토구·니시신바시. 자본금 38억 엔. 발행주식 수는 3천만 주 이상. 직원 약 8백 명. 93년 3월 결산 매출은 7백억 엔. 사업 내용은 상사 부문 55퍼센트, 의류 제조 부문 22퍼센트, 기타 23퍼센트. 코멘트에는 스포츠 캐주얼은 여성 중심의 파라몬드 브랜드가 호조. 노인용 신개발 기저귀 4월 전국 발매라고 쓰여 있었다. 파라몬드라는 브랜드는 나도 안다. 하지만 내 지식으로는 그 외의 것은 전혀 읽어낼 수 없다.

"자네, 주식 하나?"

아사이가 물었다.

"경제에는 어두워. 자금도 없고."

아사이는 그건 그렇겠네, 라고 하며 웃었다. 직원이 옆을 지나갈 때 새 위스키를 주문했다. 아사이에게 마실지 물으니 운전해야 한다며 사양했다.

"하루테크의 재무 건전성은 정말 좋아. 한 주당 이익이 32 엔이야. 주가는 지금 7백 엔 정도 되니까 PER, 즉 주가 수익률은 22. 5년 연속 배당 지급. 배당 성향도 높아도 너무 높아. 1부에 올라도 이상하지 않을 정도야."

"무슨 말인지 전혀 못 알아듣겠어. 알아듣게 요약해 줘."

"내가 주식투자자라면 여기 주식을 조용히 사둘 거라는 말이야. 그것보다 주주 구성을 봐봐."

그의 말대로 주주 구성을 살펴보자 내가 봐도 알 수 있는 것이 몇 개쯤 있었다. 고개를 들며 말했다.

"메인 뱅크가 없는 듯해. 계열도 여럿 흩어져 있고 비율도 낮아. 게다가 오너 기업인 것 같네. 지분율이 13.7퍼센트로 1위는 홋타 흥산. 이게 바로 오너 기업일 거야. 일본에서는 주주 회사는 금지되어 있지만 실질적으로는 그렇지도 않으니. 그런데 2위, 12.9퍼센트를 차지하는 밀너 앤 로스라는 외국 자본은 도대체 뭘까. 또 전무 중에 외국인 이름이 있어. 알폰소 카넬라. 스페인계 이름이야."

"뭐야, 꽤 알잖아? 핵심을 잘 찌르는군. 역시 보통내기가 아니야."

"신문 경제면 정도는 나도 읽어. 남는 게 시간이라."

"그럼 5퍼센트 룰에 대해서는 아나?"

"그건 몰라."

"90년 말 정부가 도입한 제도인데 관련 기업을 포함해 주주 비율이 5퍼센트를 넘기면 대장성에 신고해야 한다는 내용이야. 그런데 그해 초반부터 주가 전체가 와르르 무너지기 시작한 건 물론 알고 있겠지. 즉 버블 경제가 무너지기 시작한 거야."

끄덕였다. 그 정도라면 알고 있다.

"차트를 한번 봐봐. 주봉 차트로 주가를 조사해 봤거든. 90년 10월에 최고가가 4천 8백 엔이야. 후세인이 쿠웨이트를 침공한 다음다음 달로 닛케이 평균이 단 10개월 만에 1만 8천 엔으로 떨어졌었지. 그런데도 1년 전에 천 엔 밑으로 떨어졌던 것이 이렇게나 급등했어."

내가 가장 취약한 분야다. 아사이가 지적한 내용을 생각했다.

"주식을 사재기했다는 건가."

"맞아. 가부토초*에서는 한때 홍콩 쪽 짓이냐, 아니면 새로운 세력의 짓이냐로 떠들썩했었지. 당시에는 국내 투자자도 외국 증권을 통해 외인 매입으로 가장하는 경우도 있었으니까. 뇌동 매매도 있었고. 그런데 그 밀너 앤 로스라는 회사는 명의를 제대로 신고했어. 처음에는 전부 그린 메일러, 즉 주식을 매입가보다 더 비싸게 팔아 이득을 챙기는 세

* 일본 도쿄의 금융 중심가를 의미한다.

력이라고 생각했는데 다음 해 주주총회 때 임원까지 제대로 파견해 오더군. 대외 마찰을 일으키고 싶지 않았던 대장성은 아무 말도 할 수 없었고."

"어떤 회산데?"

"나도 주식을 조금 손대고 있어서 증권 회사에 조사를 부탁해 봤는데 뉴욕에 있는 투자 회사인 듯해. 자세히는 모르겠지만 여러 나라에 투자하고 있는 것 같더군. 그런데 한번 생각해 봐. 평균 매입가 2천 엔이라고 해도 80억 엔 정도가 드는 투자야. 무슨 근거로 외국인이 하루테크 같은 회사를 눈여겨봤는지 모르겠어. 재무 건전성은 확실히 높지만 일본 기업의 PER는 외국에 비해 3, 4배 정도로 너무 높아. 그만큼 고평가되어 있다는 건데. 하이테크 기업이라면 모를까, 섬유 중심 제조 회사 겸 상사한테 그렇게 투자하다니."

"어째서 그 회사와 에구치 조직이 연결되는 건가."

"그걸 모르겠어. 내가 조직을 나온 지 3년이나 지났으니. 독립 때문에 정신이 없어서 그런 움직임도 몰랐어. 하지만 하루테크와 에구치 조직이 그 후에 연결되었다는 것만큼은 단언할 수 있어."

"그렇다면 3년 전에 에구치 조직이 마약에 손을 대기 시작했다는 말이네. 그 회사와의 관계와는 별개로 말이야. 그럼 90년이겠군."

아사이는 눈살을 찌푸리며 고개를 끄덕였다. 전에 몸담 았던 조직에 대해서는 별로 이야기하고 싶지 않을 것이다.

"주식을 사재기하는 데는 시간이 어느 정도 걸리나."

"케이스 바이 케이스야. 일대일 거래도 있었겠지만 저 정 도로 사 모으려면 공개시장은 피해갈 수 없을 거야. 최소 1년 은 걸리지 않을까 싶네."

"그런데 그게 나와 무슨 연관이 있는 거지? 난 평범한 바 의 평범한 바텐더일 뿐인데."

아사이는 쓴웃음을 지었다.

"그러게. 자네 질문에 대한 답으로는 초점이 빗나갔을지 도 모르겠네. 주식 이야기를 할 생각은 없었어. 뭐, 그럼 그 회사에 대해서는 좀 더 조사해 보지. 나도 관심이 생겼으 니."

"아냐. 많이 도움 됐어. 그런데 그 회사가 에구치 조직의 누구에게 그런 의뢰를 했지?"

"그건 내 입으로 말 못 해. 자네가 조사해 봐. 쉽게 알 수 있 을 거야."

섣불렀다. 나는 고개를 끄덕이며 그렇게 하겠다고 말했 다. 아사이는 업계의 룰을 착실히 따르는 사람이다. 하마터 면 그가 폭력단이라는 것을 잊어버릴 뻔했지만 그래도 그는 폭력단이며 업계의 룰을 충분히 잘 알고 있다. 지나칠 정도

다. 아사이에게는 아사이가 속한 세계의 프라이드가 있다.

"오늘 대화에서 확실히 알게 된 것도 있어."

내가 말했다.

"뭔데?"

"당신이 우리 가게에 처음 왔을 때 눈빛이 꽤 날카로웠거든. 나를 마약 관계자로 생각한 거 아닌가?"

"맞아. 마약 말단 판매자가 아닐까 생각했어. 하루테크가 끼어 있어서 신경이 쓰였거든. 그래서 얼굴이나 보려고 찾아간 거야."

"그래서 지문은 안 남긴 거고?"

아사이는 끄덕였다.

"응. 퇴직하고 나서 경찰에 끌려간 적은 없는데 내 열 손가락 지문이 경찰에 등록되어 있거든. 채용시험 면접 때 전부 등록했어."

"그런데 왜 그렇게 마약을 싫어하는 거야?"

아사이가 나를 흘끗 봤다. 얼굴에서 표정이 사라지더니 조용히 말했다.

"아내가 마약 때문에 죽었어. 각성제만 했는데도 그렇게 되었지. 4년 전 일이야."

잠시 뜸을 들이다 내가 말했다.

"미안. 괜한 걸 물었네."

"괜찮아. 옛날 일이야."

"4년 전이면 그렇게 옛날도 아니야."

"그런가. 자넨 22년 동안 도피 생활을 했지, 친구를 위해서. 친구였어. 맞지?"

나는 잠자코 있었다.

아사이는 또 창밖을 바라보았다. 나도 그 시선을 쫓았다. 정원은 여전히 밝았으며 조금 전 은발의 백인 여성은 사라지고 없었다. 잠시 침묵이 흘렀다. 아사이의 아내에 대해 생각했다. 아마 아사이가 형사를 그만둔 뒤 결혼한 아내였는데, 남편 몰래 각성제에 손을 댔다가 중독되었을 것이다. 분명 여러 사정과 사연이 있었을 테지만 아사이의 표정에서는 그것이 무엇인지 전혀 읽어낼 수 없었다.

"정말 손해 보는 성격이네."

이렇게 말하며 아사이가 나를 봤다.

"그때 자네가 만든 핫도그를 먹고 조금 생각이 바뀌었어. 요리 수업 받은 적 있나?"

그 질문을 듣고 예전에 했던 다양한 일들을 이것저것 떠올렸다.

"받았다고 할 정도는 아닌데, 돈가스 가게에서 일했던 적은 있어. 견습 때는 양배추만 썰었었지. 양배추 썰기에는 아주 자신이 있다고."

"왜 하필 핫도그지?"

"난 오사카에서 자랐어. 한신 팬이었고. 초등학생 때 삼촌이 나를 데리고 고시엔*에 갔던 적이 있어. 구장에서 산 건지 아닌지는 확실하지 않지만 어쨌든 외야석에서 핫도그를 먹었지. 이 세상에 이렇게 맛있는 핫도그는 없을 거라 생각했어. 그때 언젠가 꼭 스스로 만들어 봐야겠다고 다짐했고."

아사이가 미소를 머금었다. 적어도 그렇게 보였다. 직원을 불러 위스키를 주문했다.

"운전은 괜찮나."

내가 물었다.

"괜찮아. 차는 두고 가도 돼. 아직 이야기 못 한 것도 있고. 그것보다 그때 한신 내야는 누구였어?"

"후지모토, 요시다, 미야케. 2루는 모토야시키였었나. 난 대타인 도이速#를 좋아했어."

"그렇군."

아사이는 먼 곳을 바라보며 말했다.

"나는 자이언츠 팬이었어. 내가 꼬마였을 때 나가시마**가 데뷔했어. 그 당시 내야는 오, 히로오카, 도이土#쇼조가 있었지. 야구는 안 했었어?"

* 일본 효고현 니시노미야시에 있는 야구장.
** 나가시마 시게오. 일본 전 프로야구 선수이자 감독.

"중학교까지는 했어. 고등학교 때는 미용부였고."

아사이가 소리 내어 웃었다.

"정말 엄청난 전향이네."

"야구에는 재능이 없었어. 팀플레이가 적성에 안 맞았거든. 그래서 깔끔히 단념했지."

"그런데 복싱에는 재능이 있었군."

나는 아사이를 지그시 바라보았다. 조간신문은 전부 훑어보았지만 내가 복싱을 했다는 이야기는 어디에도 나와 있지 않았다. 이내 떠올랐다.

"날 덮쳤던 에구치 조직 녀석들한테 들었지?"

아사이는 또 쓴웃음을 지었다.

"녀석들이 자네 실력까지는 몰라. 난 기쿠치 도시히코라는 이름을 신문에서 본 적이 있어. 당시 사진을 보니 바로 떠오르더군. 자네가 4회전 선수였을 때 사실 나도 복싱을 했었거든. 고등학교와 대학에서 말이야. 쭉 아마추어였어. 자네보다는 가벼운 페더급이었고. 그 무렵 라이트급에 엄청난 신인이 나왔다고 들었어. 그래서 보러 갔지. 마지막 두 시합만 봤는데 동체시력과 반사신경이 뛰어났지. 전혀 맞거나하지 않았고. 무엇보다 펀치 스피드와 무게가 대단했어. 그대로 쭉 갔다면 신인왕은 물론 어쩌면 세계적인 선수가 되었을지도 몰라."

나는 물잔을 들었다. 알코올중독자에게 물은 필요 없지만 잔 속에서 흔들리는 얼음을 바라보았다. 물이 조명에 반사되어 반짝반짝 빛나고 있다. 동체시력, 반사신경, 펀치의 무게. 지금에 와서는 잃어버린 계절의 저편에 있는 단어들일 뿐이다. 멍하니 고개를 들었다.

"그 4회전 선수가 당시 자동차 폭탄 사건과 관련이 있다는 뉴스도 봤나?"

"봤지. 정말 놀랐어. 신문을 읽었을 때가 지금도 기억나. 학생운동을 했었다는 것도 전혀 몰랐으니."

"복싱은 언제까지 했는데?"

"고등학교 때는 전국 대회에서 준우승도 했는데 대학 때 도중에 그만뒀어. 기쿠치, 자네 경기를 마지막으로 보고 반년 정도 후였으려나."

"왜 그만뒀어?"

"망막 박리 진단을 받았어. 시합에서 이긴 후에 말이야. 밴텀급의 다쓰요시라고 있잖아. 나는 그 선수의 기분을 너무 잘 알겠어. 난 그 진단을 받기 전까지 뮌헨 올림픽의 예비선수였어."

아사이의 얼굴을 바라보았다. 어떤 표정도 찾아볼 수 없었다. 인생은 이런 것이라고 말하는 듯한 무표정만 있을 뿐이다.

"지금은 괜찮아? 눈 말이야."

"완전히 괜찮아. 수술에 성공했거든. 결국 아무렇지도 않았어. 물론 시합을 계속했다면 어떻게 됐을지는 모르지만."

나는 말없이 위스키를 마셨다.

"신문에 나왔던 구와노였나? 그 남자도 봤었어."

깜짝 놀라 그를 쳐다보았다.

아사이는 이내 고개를 저었다.

"최근 일은 아니고 자네 시합 때 봤어. 죽여 버리라고 엄청나게 고함을 치는 사람이 근처에 있었어. 너무 이상해서 아직도 기억나."

"이상하다니?"

"얌전해 보이는 남자였는데 경기의 시작을 알리는 벨이 울리면 사람이 돌변했어. 뭔가 자네를 응원한다기보다는 어느 쪽이든 죽었으면 좋겠다는 듯이 외치는 느낌이랄까. 피를 보고 싶어!, 라고 외치는 것 같았어."

"구와노는 그런 사람이 아니야."

아사이는 고개를 갸웃거렸다.

"그래? 그렇다고 하면 그게 맞겠지. 자네 친구였으니. 기분 나빠하진 말고."

"응."

"그 남자, 폭발 사건 때 죽었다지? 시신에서 지문이 나왔다던데."

"그래. 죽었어."

"흠, 내 생각에는……"

"뭔데?"

"지금, 그쪽도 쫓고 있는 거 아니야? 그 남자의 사인 말이야."

"하나 충고해도 되나?"

아사이는 히죽 웃으며 그렇게 하라고 말했다.

"다른 사람의 기분을 너무 잘 읽으면 미움받아."

아사이가 이번에는 소리 내어 웃었다. 눈가에 깊은 주름이 잡혔다.

"그렇다면 나도 중요한 충고를 하나 해야겠군. 마지막까지 남겨 둔 거야. 시마무라라는 자네 신원은 이미 밝혀졌잖아. 오늘 아침 통화하기 전에 사실 모치즈키를 자네 가게에 보냈어. 그 녀석이 경찰에 발각될 일은 없어. 그 정도쯤은 녀석도 알고 있으니까 걱정 안 해도 돼. 택시로 야스쿠니 대로를 왕복한 것뿐이야. 갈 때랑 올 때도 다른 택시를 이용했고. 모치즈키가 그러는데 자네 가게 주변에 이미 경찰들이 쫙 깔렸다더군. 보이는 것만으로 자동차 한 대, 스포츠 신문을 들고 어슬렁거리는 사람이 네다섯 명 있었대. 어쨌든 자네는 지금 스타가 된 것 같아."

"그 정도는 예상했어. 확인했다고 해서 하는 말인데, 신경 쓰이는 게 한 가지 있어."

"뭔데?"

"경찰의 공식 발표가 너무 빨라. 보통은 내 거주지를 아는 이상, 나를 체포하고 싶으면 잠자코 있겠지. 내가 어슬렁거리며 가게로 돌아오기를 기다리기만 하면 되잖아. 그런데 실명을 언론에 발표하다니 나보고 대놓고 도주하라는 말 아니야? 공개수사는 내가 도주했다는 게 확실시된 다음에 하는 게 순서지."

아사이는 침착하게 말했다.

"나도 그 생각을 해봤는데, 떠오르는 게 한 가지 있어. 자네가 이미 가게로 돌아오지 않을 거라고 경찰들이 확신한 이유가 있는 게 아닐까. 지금 가게에 경찰이 쫙 깔린 건 혹시나 해서 그런 거고."

고개를 끄덕였다.

"가게를 접은 걸 아는 사람이 또 누구 있나?"

"당신과 모치즈키뿐이야. 당신이 누구에게도 말하지 않았다면."

도코에 관해서는 숨기고 그렇게 말했다.

"난 누구에게도 말하지 않았어. 우리가 경찰과 내통한다고 의심하나?"

"그런 건 아니야. 그랬다면 내가 지금 여기서 술을 마시고 있을 리 없지."

"모치즈키는 믿을 만한 녀석이야. 자위대 출신으로 독립하기 전부터 알고 지냈어. 경찰과 연결고리는 없어. 그 녀석이 섣불리 다른 사람한테 말했을 가능성도 없고. 찝찝하면 물어보긴 할게."

"모치즈키는 경찰에 연행된 적 없다고 했지?"

"없어. 강력계에 연줄이 있어서 그 부분은 확실히 체크해 둔다고."

아사이가 계속 말했다.

"이런 건 아닐까. 언론이 낌새를 느낀 바람에 경찰이 발표하지 않을 수 없게 된 거야. 경찰은 언론이 특종을 터뜨리는 걸 싫어하거든. 또 하나. 중대 사실인 이상 자발적으로 발표해야겠다고 판단했겠지. 적어도 구와노에 관한 건 빨리 발표할 수밖에 없었을 거야. 피해자의 신분 확인이 늦었다는 것을 인정하는 건 녀석들에게 치명타거든. 지난 사건이든 현재 사건이든 한번 용의선상에 올랐던 이상, 더욱 그럴 테지. 그렇게 되면 자네에 관한 것도 발표할 수밖에 없을 테고. 언론은 옛날 폭발 사건을 분명 들춰낼 테니까. 자네는 그 사건의 관계자야. 지금은 언론의 압력도 꽤 강력하다고."

"……."

"생각은 그렇다는 거야. 그런 식으로 의심하는 건 당연히 경찰도 예상할 거고. 주변의 누군가가 경찰과 내통하고 있다면 일부러 힌트를 주거나 하지 않겠지."

일리 있는 말이었다. 분명 그럴지도 모른다. 게다가 아사이는 경찰의 사고회로에는 아주 밝다. 한숨을 쉬었다.

"그런가. 내가 너무 생각이 많았나 보군."

아사이가 준 기업정보지 사본을 주머니에 넣었다. 그것을 보고 아사이가 직원을 불러 발렌타인 한 병을 포장해 달라고 말했다. 호텔 쇼핑백을 받아든 아사이가 내게 건네주었다.

"슬슬 가 볼까. 그건 자네 거야."

"사실 별로 돈이 없어. 내가 마신 것만 내도 빠듯해."

아사이는 히죽 웃었다.

"사양할 처지인가. 여기 정도는 맡겨. 경비 처리할 수 있어. 게다가 도주 자금도 필요할 거 아냐. 아니, 투쟁 자금이라고 해야 하나."

아사이가 현금으로 계산했다. 나는 얌전히 받아먹기로 했다.

"오늘은 빌리는 걸로 해 줘. 가게를 다시 오픈하면 열 병으로 갚을게."

"기대되는구먼."

자리에서 일어나 쇼핑백을 손에 들었다. 어울리지 않는 고급스러운 쇼핑백이었다.

호텔에서 나와 말없이 잠시 걸었다. 아사이가 멈춰섰다.

"자동차로 돌아가려고. 함께 가지 않겠나? 음주운전 차량에 타는 건 싫으려나?"

아사이의 얼굴을 바라보았다. 취한 것 같지는 않다. 시선을 떨구고 시간을 확인했다. 오후 3시 10분을 지나고 있다. 월요일이다. 검문은 아직 시작하지 않았을 것이다.

"타지."

내가 말했다.

10

주차장에 있던 차는 본 적도 없는 종류의 것이었다. 화려한 스타일은 아니다. 돈을 들이지 않은 것처럼 보이기 위해 돈을 들인 느낌의 빨간색 세단 외제차였다.

야마시타 공원 거리로 미끄러지듯 나왔다. 내가 물었다.

"이 차, 이름이 뭐지?"

"재규어. 소버린. 4천 cc였나."

"흠. 차에는 별로 관심 없나 보네."

운전석에서 아사이는 아무렇게나 핸들에 손을 얹고 있었다.

"관심 없어. 모치즈키가 골라 준 거야. 적당히 골라 달라니까 이걸 골라 왔어. 천만 엔 안에서 수수한 것으로 골라 달라고 했거든. 어디서 내려 주면 돼?"

"어디든 상관없어. 신주쿠만 아니면 돼."

아사이는 말없이 끄덕였다. 그 이상은 묻지 않았다. 운전은 모범적이었다. 옆에서 끼어드는 차가 있으면 점잖게 양보한다. 요코하마 구장 옆에서 고속도로로 진입했다. 자동차는 달리고 있다는 느낌 없이 부드럽게 이동했다. 모치즈키라는 남자의 취향은 정장 빼고는 그렇게 나쁘지는 않은 듯하다. 새하얀 가죽 시트에 앉아 20년도 더 전에 발생한 폭발로 잃어버린 자동차를 떠올렸다.

"자동차 구입도 맡길 정도라니, 모치즈키라는 남자를 꽤 신뢰하나 보군."

아사이는 무언가를 생각해 낸 듯이 웃었다.

"그 녀석, 탱크 운전병이었대."

"탱크?"

"그 녀석이 육상 자위대를 그만둔 이유가 뭔지 알아? 탱크는 90년식이 가장 최신식인데 한 대에 무려 12억 엔이나 하는데도 컴퓨터 전용 빼고는 에어컨이 달려 있지 않다더군. 90년식이 도입되었을 때가 엄청 무더운 여름이었대. 4년 만에 열 받아서 그만뒀다나. 여름에 어땠을지 알 것만 같아. 기름 1리터로 250미터밖에 못 간대."

"다 그때의 경험 덕분에 지금 이 자동차가 이렇게 조용한 건가."

나는 웃으며 말했다.

"그런 것 같아. 그런데 자네. 에구치 조직 누구에게 이야기가 들어왔는지 당연히 조사하겠지?"

"응."

"뛰어들려고?"

아사이가 나를 힐끗 보며 말했다.

"아직 몰라. 그렇게 될지도 모르겠네."

"그거야말로 전차에 죽창을 들고 뛰어드는 거야. 물론 충고해도 안 듣겠지?"

"왜 그렇게 생각하는데?"

"요새 보기 드문 골동품이니까. 지금까지 만나 본 사람 중에서 제일 구식이야."

요코하마역 빌딩가가 창밖을 지나고 있었다. 행선지의 도로 표지판이 보였다. 오른쪽은 긴자, 하네다. 왼쪽은 제3게이힌.

"직접 도내로 들어가지 않는 편이 좋을 거야."

이렇게 말하며 아사이는 왼쪽으로 핸들을 부드럽게 돌렸다. 자동차는 변함없이 고요했다.

"왜 도박 센터 같은 걸 하는 거야? 이 정도 외제차를 굴릴 수 있을 정도로 돈을 벌었으면 굳이 할 필요 없을 텐데."

"도박 센터를 하면 내가 시시한 야쿠자라는 걸 알 수 있으니까. 그뿐이야. 충고 듣고 나서 이미 접었어. 난 다른 사람의 말을 잘 듣거든."

침묵이 이어졌다. 2차선 도로 위는 자동차 몇 대가 미끄러지듯 달리고 있었다. 나는 사이드미러를 잠시 쳐다보았다.

먼저 침묵을 깬 것은 나였다.

"하나 더 충고할 게 있어. 지금 눈치챘어."

아사이는 고개를 끄덕이며 입술을 조금 다물었다.

"이번에는 말 안 해도 돼. 나도 방금 눈치챘거든. 미행이 붙었군."

조수석 사이드미러로 그 오토바이가 보였다. 운전석에서는 사각지대인 곳이다. 아사이도 커브에서 알아차린 듯하다. 저 오토바이는 고속도로에 오를 때도 보였다. 고속도로에서 두 명이 타 있으니 도로교통법위반이다. 두 명 다 풀페이스 헬멧을 쓰고, 검은 가죽 점프수트 차림이다. 아사이의 운전은 꽤 차분하다. 속도는 80킬로미터 정도. 다른 차들이 몇 대나 추월해 간다. 오토바이라면 더욱 손쉽게 추월할 수 있을 것이다. 그런데도 그런 기색은 전혀 보이지 않는다. 우리 뒤에 완전히 딱 붙어 있다.

"묘하군. 요코하마까지는 절대 미행당하지 않았을 거라 확신해. 왜 미행당했는지는 그렇다 치고 우리가 어디에 있는지 아는 사람이 있었다는 게 이상해."

아사이는 고개를 끄덕였다.

"나도 그렇게 생각해. 오늘 일에 대해서는 아무한테도 말 안 했거든. 전화로 말한 그대로야."

요코하마의 거리를 지났다. 3차선이 되었을 때 아사이가 입을 열었다.

"괜히 차 타고 가자고 해서 민폐를 끼친 건지도 모르겠어. 만약 그런 거라면 용서해 주게."

"난 괜찮은데 이제 어쩔 생각이지?"

"상황을 봐야겠어. 준비는 좀 해두고 싶은데. 미안한데 앞에 컴파트먼트 좀 열어 줘."

눈앞에 있는 버튼을 눌러 컴파트먼트를 열었다. 강철의 희미한 색이 빛나고 있다. 리볼버다. 아사이가 손을 뻗어 그것을 집어들어 내 무릎 위에 올려두었다. 그 후 그대로 양손을 핸들로 다시 뻗었다.

"이제 충분히 알겠지? 내가 평범한 야쿠자라는 걸."

갑자기 아사이가 액셀을 밟았다. 차는 놀랄 정도로 부드럽게 속력을 높였다.

주변은 번잡하지 않다. 백 킬로미터를 조금 넘는 속도로 차들이 움직이고 있다. 아사이는 자동차를 피하면서 핸들을 조작했다. 오토바이도 곧 속도를 올려 따라붙었다.

"저 녀석들, 우리가 눈치챘다는 걸 알아차린 것 같아. 운전에 자신은 있나?"

"없어. 경찰이 되고 나서 복싱에서 검도로 전향했어. 삼단이라고. 그치만 운전에는 도움이 안 되겠지."

아사이가 희미하게 웃었다.

"미행당하는 것뿐이려나. 아니면 공격이라도 하려나."

"시험해 보자."

아사이는 더욱 세게 액셀을 밟았다. 속도가 150킬로미터로 올라간다. 오토바이도 한층 속도를 올려 바싹 붙어 온다. 자동차는 차선의 한가운데를 달리다가 가장 왼쪽 차선으로 이동했다. 앞을 달리고 있는 자동차를 추월해 또 곧장 같은 차선으로 돌아온다. 가드레일이 내 바로 옆을 지나고 있었다. 이유를 알았다. 아사이는 나를 안전한 위치에 두려고 하고 있다.

고호쿠 인터체인지로 나가는 출구 표지판이 보였다. 차들이 길게 늘어서 있었다. 행렬을 곁눈질하면서 달렸다. 점점 출구가 가까워졌다. 아사이가 이래선 안 되겠다며 중얼

거렸다. 동감이었다. 출구 주변은 바깥에서 끼어들려는 자
동차들로 매우 혼잡한 상태였다. 인터체인지로 나가는 것
을 포기하고 빠르게 지나쳤다.

오토바이가 차의 우측으로 다가왔다. 아사이가 차창을
내렸다. 그가 외치는 소리가 들렸다.

"엎드려!"

오토바이 뒷좌석 남자가 총을 겨누고 있었다. 아사이가 오
른손에 총을 거머쥐었다. 왼손만으로 핸들을 움직여 차를 급
격히 오른쪽으로 바싹 붙였다. 금방이라도 오토바이에 부딪
힐 것만 같았다. 오토바이는 춤추듯 차를 피해 뒤쪽으로 물
러났다가 다시 다가왔다. 아사이의 움직임에 따라 오토바이
도 움직였다. 다시 한번 똑같은 상황이 반복되었다.

컴파트먼트에서 수건을 꺼내 들었다. 그리고 큰 소리로
외쳤다.

"오른쪽 차선으로 달려. 총 쏘지 말고."

"왜?"

"잔말 말고 일단 달려."

아사이는 중앙 차선 사이를 지그재그로 운전했다. 이번
에는 오토바이가 왼쪽으로 다가오고 있다. 창문을 내렸다.

"어쩌려고?"

아사이가 소리쳤다.

202

"그냥 이대로 계속 달려. 속도 줄이고. 70킬로미터까지 줄여."

아사이가 급브레이크를 밟자 타이어가 비명을 질렀다. 오토바이가 자동차 뒤쪽에 부딪힐 듯하다가 두 사람의 몸이 앞쪽으로 쏠릴 뻔한 상태에서 간신히 자세를 가다듬었다. 오토바이도 속도를 줄여 자동차를 뒤따랐다. 70킬로미터로 그들이 우리를 쫓는 모양새가 되었다. 다시 내 쪽으로 접근해 왔다. 뒷좌석 남자가 두 손으로 나에게 총구를 겨누고 있다. 확실히 보였다. 누군가 나에게 총을 겨누다니, 이런 일은 또 처음이군. 수건을 손에 쥐었다. 그 수건으로 위스키 병의 윗부분을 감싸 봉투에서 꺼냈다. 라이트 주변을 노려 창문 밖으로 병을 던지자 빙글빙글 돌며 날아갔다. 나는 역시 야구에는 재능이 없다. 병은 오토바이의 앞바퀴에 맞고는 바퀴살 사이에 끼고 말았다.

둔탁한 소리가 났다. 총알이 발사되는 소리. 병이 깨지는 소리. 오토바이가 전복되는 소리. 두 남자도 회전하면서 쓰러진 오토바이와 함께 도로 위로 미끄러지고 있었다.

아사이가 크게 숨을 내쉬는 소리가 들렸다.

"정말 대단해."

"속도를 더 낮춰."

두 남자가 간신히 일어서는 것이 보였다. 당황한 자동차들이 멈춰섰다. 한 사람이 권총을 주워들어 겉옷 주머니에 쑤셔 넣었다. 그들은 자동차 사이를 누비며 황급히 가드레일을 뛰어넘어 잡초가 무성한 옆 언덕을 올라가 시야에서 사라졌다.

아사이가 컴파트먼트에 권총을 다시 넣는 것을 보고 내가 말했다.

"저 녀석들, 괜찮으려나."

"자네 정말 구제불능이네. 그런 것까지 신경 쓰는 거야? 우린 정당방위였어. 부딪혔다면 내장이 파열됐겠지만 저 녀석들은 미끄러지기만 했어. 풀페이스 헬멧도 썼잖아. 찰과상 정도일 거야. 자칫하면 우리가 죽었을 거라고."

"그런가."

내가 말했다.

"내 말이 틀렸어?"

"아니, 그것보다 다른 차들이 눈치채진 않았을까?"

아사이는 바로 주변을 둘러보더니 차분한 목소리로 말했다.

"우선은 괜찮은 것 같아. 다만 그 녀석들의 권총을 본 사람은 있을지도. 그걸 보고 야쿠자들이 싸우는 것이라고 생각할지도 모르고."

"뭐, 영화 촬영 중이라고 생각해 주면 좋을 텐데. 신고는 하려나."

"보통 시민이라면 야쿠자와 얽히고 싶어 하지 않을걸. 다만 정의감 넘치는 방해꾼은 있을지도 몰라. 그런 놈들이 신고할지도. 차 번호까지는 기억하지 못하겠지만. 다음 인터체인지에서 내려야겠어. 적당한 곳에 이 차를 버리자고. 간선도로에는 검문이 없을 것 같긴 한데 조심해서 나쁠 건 없으니. 이 차가 내 것이라는 게 밝혀져도 별 상관이 없겠지. 오토바이 한 대가 고속도로에서 굴렀을 뿐이야. 2, 3일 지나도 아무 일이 없으면 그때 차를 다시 찾아오면 될 테고."

"위스키 한 병만 아깝게 되었네."

"크, 새로 한 병 사 줄게."

아사이는 왼쪽 차선으로 올라탔다. 곧 게이힌가와사키 인터체인지가 보였다. 여기도 줄이 늘어서 있었지만 아까보다 심하지는 않다. 잠시 후 일반 도로로 들어섰다. 아사이도 같은 시선으로 주변을 둘러보고 있었다. 하지만 특별히 수상한 점은 없다. 따라붙은 자동차도 없는 듯했다.

아사이가 중얼거렸다.

"정말 대단해. 그 병에도 지문은 안 남겼더군."

수건이 바닥에 떨어져 있는 것을 알아차리고 컴파트먼트에 다시 넣었다. 나도 아사이도 그 병을 만지지 않았다. 호텔 직원만 만졌을 뿐이다. 만약 깨진 병의 파편을 조사한다고 해도 우리를 알아낼 일은 없을 것이다.

"문제는 그 녀석들이 왜 우리를 공격했는가야. 또 놈들이 어떻게 우리가 있던 곳을 알았는지도."

"후자는 어느 정도 짐작이 가."

주위를 바라보면서 아사이는 인적이 없는 주택가 옆길로 빠져나갔다. 아사이가 차에서 내리자 나도 따라 내렸다. 아사이는 차 밑으로 손을 뻗어 담배갑 크기의 검은 케이스를 들어올렸다.

"역시."

아사이가 말했다.

"그게 뭔데."

"자동차 GPS 수신기와 송신기를 조합한 거야."

"정지위성에서 전파를 받는다는, 최신 유행하는 그건가?"

"맞아. 오차는 20미터 정도야. 이건 주문 제작한 거네. 오토바이에 모니터가 달려 있는 걸 봤어. CD-ROM 모니터에 접속하고 있었겠지."

아사이는 주머니에서 손수건을 꺼냈다. 케이스를 정중히 닦고 근처에 있는 쓰레기통에 던져넣었다.

"가자고."

자동차가 움직이기 시작했다.

"누가 저걸 이 차에 붙였다고 생각해?"

"에구치 조직."

아사이는 단번에 답했다.

"어떻게 알아? 그놈들 얼굴은 헬멧 때문에 보이지도 않았잖아."

"그놈들이 쓰는 단총을 봤어. 베레타*를 들고 있더군. 세계적으로는 많이들 쓰지만 일본에서는 그렇지도 않지. 조악한 토가레프**는 흔하지만. 그건 에구치 조직이 몇십 정이나 갖고 있다는 것도 알고, 만져본 적도 있어."

아사이의 관찰력에 감탄했다. 나는 모니터조차 눈치채지 못했다. 아사이는 여전히 야쿠자들이 쓰는 용어를 사용하지 않는다. 권총을 뜻하는 은어도 쓰지 않는다. 자신이 야쿠자라는 것을 자각하면서도 어느 정도 거리를 두고 있다. 이런 모순 속을 살아가는 삶이란 어떤 삶일까.

"당신 총도 희귀한 건가?"

내가 묻자 아사이가 끄덕였다.

"필리핀제 불량 복제품은 많은데 이건 오리지널이야. 콜트의 킹 코브라 39경. 뭐, 그래도 미국에서는 슈퍼마켓에서 다 팔아. 거기 갔을 때 지인에게 받았어. 5백 달러 정도였으려나. 일본에서는 고등학생도 살 수 있는 가격이지."

---

* 이탈리아 베레타사제 자동권총의 명칭.
** 구소련의 반자동권총.

"어떻게 가져온 거야?"

아사이가 히죽 웃었다.

"야쿠자들의 방식이라 모르는 게 나을 거야."

주택지를 달리는 동안 권총에 대해 생각하고 있었다.

"있잖아, 내가 권총에 대해서는 거의 아는 게 없는데, 확실히 자동이면 발사할 때 탄피가 남는 거 아니야?"

내 질문에 아사이가 신음소리를 냈다.

"그럼 그렇지. 초보라면서 잘도 거기까지 생각했네. 확실히 문제는 있어. 하지만 경찰이 거기까지 조사할 만큼 신고가 심각하게 들어갈까? 오토바이 한 대가 과속으로 전복했고 관계자들이 모두 사라진 상황이라 경찰이 사건 처리는 확실하게 할 것 같군."

"그럴 것 같아."

"다만 시간적 여유는 있어. 탄피가 발견되느냐 마냐와는 별개로. 이 근처에 덴엔토시선과 JR 난부선이 달리고 있을 거야. 두 노선이 교차하는 지점에 미조노구치라는 역이 있어. 그 근처에 자동차를 버리자고."

"당신한테 맡길게. 당신은 모르는 게 없네."

내가 말했다.

"경찰 플러스 야쿠자의 경험을 살리면 뭐. 자네도 탄피까지 생각할 정도라니 대단하군. 그건 그렇고 나 마음이 바뀌었어."

"어떻게 바뀌었는데?"

"오늘은 자네 질문에 답만 할 생각이었어. 하지만 에구치 조직이 나를 미행한 이상 그렇게만 할 수는 없겠군. 이미 나 자신의 문제가 되기도 했고. 그래서 말인데 부탁이 있어."

"뭔데?"

"이번 사건과 자네에 관해 자세히 들려줄 수 있나. 물론 어렵겠지만."

"내 일까지는 신경 쓰지 않는 게 좋을 텐데."

"하긴 난 사건 관계자도 아니니. 그래도 자네 관계자이긴 하잖아."

실제로 아사이는 지금까지 아무것도 묻지 않았다. 살인과 관계가 있는지 없는지만 간단히 답해 달라고 했을 뿐이다.

"알았어. 역에 도착하면 적당한 장소를 물색해 보자고."

"위스키 마실 수 있는 곳으로 찾아야겠지?"

아사이가 말했다.

레스토랑 직원이 위스키가 있다고 답했다. 나는 입구에서 있었다.

"먼저 들어가 있어."

"무슨 일 있어?"

"전화 좀 하려고."

"누구한테?"

"여자 친구."

이렇게 말하고는 공중전화부스를 찾았다. 시계를 보자 오후 4시가 넘었다. 생각보다 시간이 지나지는 않았다. 번호는 기억한다. 전화를 받는 기척이 들렸다.

"여보세요."

내가 말했다.

─어머, 스즈키 씨?

도코의 목소리가 들려왔다.

어제 일이 떠올랐다. 어제 내 옆에서 도코가 수화기를 들었을 때 전화 상대의 목소리는 들리지 않았었다. 게다가 밤이다. 조용했다. 내 목소리가 새어 나갈 일은 없을 것이다.

"거기 형사 있어?"

내가 물었다.

─물론. 당연한 거 아니야? 이렇게 정신없을 때 CM 이야기 따위 하지 말아 줄래?

"그렇지. 너 모델이었지. 한 시간 후에 다시 전화해도 되겠어? 괜찮으면 바보라든지, 뭔가 욕하는 척을 해줘."

─알았어. 이 왕바보야.

전화가 제대로 끊겼다. 도코는 굉장한 배우였다. 무엇보다 애드립이 과한 경향이 있다.

레스토랑으로 돌아오자 테이블 위에 이미 위스키가 있었다. 아사이가 먼저 마시고 있던 것이다. 그 옆에는 권총이 든 쇼핑백이 놓여 있다.

"여자 친구 기분은 어때?"

내 얼굴을 보고 아사이가 말했다.

"어떤 남자랑 방에 있던데."

내가 답했다.

위스키를 마시면서 중앙공원 사건을 설명했다. 71년 사건과 구와노에 대해서도, 유코에 대해서도 조금 이야기했다. 도코 이야기는 하지 않았다. 유코의 사망에 대해서는 오늘 신문을 보고 알았다고 말했다. 말하면서 지난 22년 동안 이런 이야기를 두 명한테만 했구나, 라고 생각했다. 그것도 단 2주 사이에 두 명째다.

아사이는 말없이 듣고 있었다. 질문도 하지 않았다. 이야기가 끝났는데도 침묵하고 있었다.

도코가 그랬던 것처럼 출두하지 않을 거냐며 묻진 않을까 했지만 그러지 않았다. 아사이는 조용한 말투로 말했다.

"대학 졸업 못 한 거 억울하지 않아?"

당황했다. 그런 질문을 받은 건 처음이었기 때문이다. 아사이는 내 얼굴을 물끄러미 바라보고 있었다.

지금까지의 시간을 돌이켜보았다. 22년 동안 했던 일들을 회상했다. 건축 현장 작업을 가장 많이 했고 빌딩 유리창 청소, 선반 공장. 점원 일도 많이 했다. 게임 센터, 펍, 파친코. 사무직을 하자니 운전면허가 없는 것이 걸림돌이 되었다. 전부 육체노동만 해 왔다. 거기에 무슨 의미가 있었을까. 아니, 의미가 있어서 그런 일을 계속한 것이 아니다. 계속 도망을 쳤던 것도 아니다. 그런 건 생각도 해 본 적이 없었다. 나는 단지 그런 일이 좋았다. 알코올중독 중년이 되어서도 좋았다. 바텐더 일도 마음에 들었다.

"후회는 안 해?"

"전혀. 내가 해 온 일들은 전부 나한테 가장 어울리는 것들이었어."

내가 말했다.

아사이는 조금도 야쿠자 같지 않은 미소를 머금었다.

"하나 더 충고해도 되나?"

"응."

"자네에겐 결함이 있어. 지금은 품질 관리의 시대잖아. 결함품을 찾는 게 더 어려울 정도지. 자넨 이런 세상에는 부적합한 성격이야."

비슷한 이야기를 어제 누군가에게 들었던 것이 떠올랐다.

"결함품한테는 야쿠자가 되는 일밖에 없다고 생각해 왔

는데."

"나라면 절대 스카우트 안 해. 교회 목사로 이직을 권하는 것 정도로 의미가 없거든."

그때부터 진지해졌다.

"폭발 현장에 있던 선글라스 남자가 관건이네. 그놈이 무엇을 했는지 말이야."

끄덕였다.

"전혀 모르겠어. 기폭과 관계가 있었는지도 모르겠고. 기폭장치의 종류를 알 수 있으면 어느 정도는 참고가 될 텐데."

내가 말했다.

"기폭과 관련해서는 아직 발표가 없어. 게다가 폭탄 종류도. 그건 경찰들도 아직 모를 거야. 아는 데 감출 이유가 없거든. 게다가 그 남자의 존재를 경찰이 아는지도 모르겠어."

"흐음. 다만 폭탄은 염소산염계가 아닌 것만은 확실해. 난 구와노가 만든 폭탄을 겪어본 적이 있잖아. 그건 산 냄새가 심하게 난다고."

"언론 보도만으로는 한계가 있군. 그 외에 더 정보가 있는지 어떤지는 조사해 보겠네."

나는 아사이를 쳐다보았다.

"말했잖나. 아직 강력계에 인맥이 남아 있다고. 그 이상은 묻지 말아 줘. 어떤 관할의 명예를 위해서니."

"알았네. 그것보다 오늘 더욱 의문이 생기고 말았군."

"그러게. 의문투성이야. 하나씩 검토해 볼까. 우선 그 녀석들이 나와 자네 중 어느 쪽을 노렸을까?"

"어느 쪽도 노리지 않았어."

아사이가 의아하다는 표정을 지었다.

"무슨 말이지?"

"녀석들이 갖고 있던 베레타라는 권총에는 탄환이 몇 발들어가?"

"보통 열다섯 발. 그게 왜?"

"그 녀석들은 주행 중인 우리를 노렸어. 멈춰 있는 표적보다 어렵지. 게다가 총을 가진 놈이 방아쇠를 당기려고 했다면 나를 충분히 맞힐 수 있었어. 그만큼 탄환이 있었다면 자동차 옆쪽에 난사해도 전혀 이상하지 않잖아? 오히려 더 자연스럽지. 프로들도 한 방에 끝낼 생각은 안 하잖아."

아사이는 고개를 갸우뚱거리다가 얼굴을 들었다.

"자네 말이 맞아. 바로 옆이었으니 자동차를 세우려고 했으면 타이어를 노렸어도. 무엇보다 우리를 살해하려면 한 명씩 노상에서 죽이는 게 확실하지. 실제로 총알이 발사되긴 했지만 그건 오토바이가 전복하면서 생긴 거고."

나는 끄덕였다.

"일단 그걸 전제로 해볼까. 그럼 무엇을 위해 사람들 앞에서 저런 호들갑을 떨었을까?"

"그게 오히려 마음에 걸려. 오토바이로 표적을 습격하는 방식은 유럽이나 남미 테러 그룹들이 자주 쓰거든. 하지만 이 나라에선 거의 들어본 적이 없어. 단지 위협만 하기에는 가장 효과적인 수단일 수도 있지만."

아사이의 얼굴에 놀란 표정이 떠올랐다.

"위협하려고 그랬다는 거야?"

"가능성 중 하나야. 뭐, 계속 추측만 해봤자 별수 없으니 일단 제쳐두자고. 어디서 당신 자동차에 그 송신기가 붙었을 것 같아?"

"내 월정액 주차장은 사무소에서 걸어서 5분 거리에 있어. 일본에서 가장 비싼 주차장이긴 한데, 누구라도 들어갈 수 있지."

"그럼 거기에서 누가 붙였다고 생각해 보자. 에구치 조직은 왜 그걸 붙였을까?"

"나를 미워하는 놈들이 득실하지. 위협이든 뭐든 그런 짓을 한 걸 보면 에구치 조직인 게 확실해. 다만 왜 우리가 함께 있을 때를 노렸는지는 모르겠어. 자넨 알겠나?"

고개를 저었다.

"그건 모르겠어. 모치즈키 말고 자네와 내 관계를 아는 사람이 또 누구 있어?"

"내가 아는 범위에서는 모치즈키뿐이야. 모치즈키는 믿을 만해. 내게 목숨을 빚진 적이 있거든."

"탱크를 운전했다고 했었지? 자위대를 그만둔 게 언제쯤이야?"

"5년 전. 그게 왜?"

"90년식 탱크의 에어컨 이야기를 들은 건 언젠데?"

"이 자동차 샀을 때. 마치 떠올랐다는 듯이 킥킥거리면서 말했었어. 2년 전쯤이려나."

"그거 거짓말이야."

나를 바라보는 아사이의 시선을 받아쳤다.

"그럼 모치즈키가 예전 직장을 그만둔 이유를 속이고 있다는 말이 돼. 경력 사칭까지는 아닐지도 몰라. 별 얘기 아니라 아까는 그냥 흘려들었는데 난 전 육상자위대 사람과 같이 일했던 적이 있어. 그때 여러 이야기를 들었거든. 육상자위대의 기갑부대가 가진 장비의 모델 넘버는 실전으로 배치된 연도를 앞에 붙여. 그러니 90년식 탱크는 90년이나 91년에 도입된 거지. 에어컨 이야기는 누군가에게 들었을지 모르겠지만 적어도 모치즈키는 90년식 탱크를 탄 적은 없다는 뜻이지."

아사이의 표정이 변했다. 언젠가 보았던, 뾰족한 얼음 같은 눈매가 그 얼굴에 순간 나타났다가 사라졌다.

"어쩌면 내가 자네에게 빚을 지고 있는 건지도 모르겠군."

"악의 없는 거짓말일지도 모르잖아. 밀리터리 오타쿠라거나."

"응. 그럴 수도 있지. 그런 거짓말을 할 필요가 전혀 없으니. 그런데 이쪽 세계에서는 말이야, 어떤 사소한 거짓말이라도 용서가 안 돼. 특히 모치즈키 같은 입장에서는 더욱 그렇고. 제방은 개미구멍만으로 무너져. 알아차렸을 때는 이미 무너지고 있는 게 태반이지."

"하나 더, 묻고 싶은 게 있어. 오늘 아침에 당신이 전화로 말했던 내용에 관한 거야. 맑은 날에 내가 공원에서 술을 마시는 습관이 있다는 건 어떻게 알았나? 나도 오늘 신문은 여섯 종류 전부 읽었는데 어디에도 나와 있지 않던데."

아사이의 얼굴에서 표정이 사라졌다. 아내의 죽음에 대해 말했을 때의 얼굴과 똑같았다. 목소리는 금속판처럼 단조롭게 변해 있었다.

"……그것도 모치즈키한테 들었어. 자네 가게를 살펴보러 가기 직전에 그 녀석이 오늘은 공원 쪽이 경찰로 꽉 찼다고 말하더군. 왜냐고 물으니 자네 습관에 대해 말했어. 그 녀석도 신문에서 읽었을 줄 알았는데. 신문을 전부 읽다 보면 사소한 이야기는 오히려 놓칠 수도 있으니까."

"내 습관에 대해서 아는 사람은 경찰뿐이야. 목격자한테
이야기를 들어야 알 수 있으니."

"자네 말이 맞아. 지금 경찰에 줄을 대고 있는 건 어쨌든
우리뿐만이 아닌 것 같군."

아사이는 고개를 들어 나를 보았다.

"나도 여러 가지 궁금한 게 생겼어. 조금 움직여야 할 것
같아."

"위험한 수단을 쓰려는 건 아니겠지?"

그러자 아사이의 얼굴에 희미하게 미소가 떠올랐다.

"모르겠어. 하지만 그렇다고 해도 그게 야쿠자의 숙명이
야. 어떤 일에든 숙명이라는 건 있으니."

11

아사이가 먼저 가겠다고 말하며 연락을 하려면 어떻게
해야 하냐고 물었다. 골판지 집에 대해 말하자 아사이는 큰
소리로 웃었다. 휴대폰을 빌려주겠다고 했지만 나는 거절
했다.

"휴대폰이 있는 노숙자가 얼마나 있을 것 같아?"

그러자 아사이는 또 한껏 웃었다. 그건 그렇네, 라며 그럼 밤늦게라도 한번 전화해 달라고 했다. 자신이 움직이는 것은 너무 눈에 띈다면서. 그 말만을 남기고 개찰구로 사라졌다. 쇼핑백을 옆구리에 낀 그의 뒷모습을 배웅하면서 모치즈키 건은 어떻게 할지 생각했다. 그건 아사이의 일이다. 그에게는 그만의 생각이 있을 것이다.

미조노구치역 앞에서 전화했다. 이번에는 아까와 달랐다.

—아저씨죠?

도코의 차분한 대답이 돌아왔다.

"왜 아까 경찰이 있었지?"

내가 물었다.

도코의 한숨 소리가 들려왔다.

—일본 경찰은 집요한 거예요, 유능한 거예요? 어느 쪽이죠?

"그놈들에게는 유능하다는 게 집요하다는 것의 다른 말이지. 왜 거기 있었냐니까?"

—아저씨가 생각한 거랑 완전히 똑같은 패턴. 엄마 집에 뭔가 단서는 없었는지 물었어요. 아저씨가 말한 대로 제 집도 찾아냈더라고요. 학교에 문의했나 봐요. 아저씨는 오늘 하루 종일 뭐 했어요?

"술 마셨어."

―그 정도는 알아요. 어디서 마셨냐고요. 지금 어디예요?

"한꺼번에 질문하지 말아 줘. 요코하마에서 마셨어. 그런데 지금 여기가 요코하마인지 가와사키인지 잘 모르겠어."

―요코하마? 요코하마 같은 데서 혼자 술을 마셨다고요?

"아냐, 상대가 있었어."

―상대라뇨?

"야쿠자야. 어제 말했잖아."

―아저씨 가게에 와서 충고했다는 그 이상한 야쿠자?

"맞아. 뭐 그 이야기는 조만간 하자고. 그것보다 네가 유코의 집에 간 것을 경찰들이 어떻게 알았대?"

―어젯밤, 형사가 또 물으러 왔다고 했잖아요. 그때 제안을 하더라고요. 엄마가 왜 그 시간에 공원에 있었는지, 그 단서를 알고 싶으니까 내 입회하에 집을 조사하고 싶다고요. 당연히 거절했죠. 다행히 같이 계셨던 할아버지가 도와주셔서 내가 뭔가 힌트라도 발견하면 그걸 경찰에 전달하는 것으로 마무리되었어요. 할아버지의 조언은 경찰한테는 뭐, 그럴듯한 지시나 마찬가지였죠.

"경찰들은 너랑 함께 움직이지 않았어?"

―전부 제게 맡긴다고 했으면서 제가 엄마 아파트에 있을 때 근처에서 감시하더라고요. 창문으로 경찰들의 모습이 언뜻 보여서 제가 눈치챘어요. 그런데도 바로 말을 걸진

않고 일부러 이 집까지 온 거예요. 아저씨에 관해서도 은근 슬쩍 물었다니까요. 이름을 아냐고요. 물론 안다고 답했어요. 신문에서 읽었다고요. 그런데 신문에 그런 식으로 쓰는 건 좀 너무하지 않아요? 그건 언론이 경찰과 함께 범죄 사실을 창작하는 거 아니에요?

"그게 정보사회라는 거야. 뭔가 찾긴 찾았어?"

—원고지가 많이 있었어요. 꽤 오래된 것이라 색도 바래 있었어요.

"원고지?"

나는 놀라서 되물었다.

"뭐가 쓰여 있는데?"

—노래.

"노래?"

—노래라고는 해도 단가*예요.

"단가……. 누구의?"

—당연히 엄마가 쓴 거죠. 엄마 필체였는데 저도 의외였어요. 그런 이야기는 전혀 안 하셨으니까요.

수화기를 붙잡고 생각에 잠겼다. 단가. 상상도 못 했다. 유코는 내 집에 머물렀을 때 책장에 있던 현대 단가집을 탐독

---

* 왜가(倭歌)의 한 갈래인 일본 전통시. 5-7-5-7-7, 모두 5구절 31음절로 지으며 하이쿠보다 길다.

221

했었다. 하지만 유코에게 단가를 짓는 취미가 있을 거라고는 생각도 못 했다. 언제쯤, 왜, 유코는 단가를 짓기 시작했을까. 유코가 쓴 단가는 어떤 것일지 생각했다. 전혀 몰랐다. 그건 내 상상력의 지평선 저 먼 곳에 있다.

─작품 수도 꽤 돼요.

도코의 목소리가 다시 들려왔다.

─원고지는 백 매 정도 돼요. 한 장에 다섯 수 정도 쓰여 있으니 총 5백 수쯤 될 것 같아요."

5백 수…….

"……어떤 단가가 쓰여 있는데?"

─저 단가 잘 몰라요. 귀국 자녀에게는 조금 어렵거든요. 거의 암호 수준이에요. 시간이 없어서 아직 자세히 읽지도 못했어요.

"다른 건 없었어?"

─딱히 아무것도. 일기나 수첩 같은 것들은 전혀 없었어요. 수첩 정도는 있었을 텐데 공원에 들고 가셨던 것 같아요. 저도 형사한테 들었어요. 공원 유류품에서는 아직 발견하지 못했다고요. 폭발로 타 버렸거나 흩어진 건 지금 분석 중이래요. 아마 거짓말은 아닌 것 같아요. 발견했으면 저에게도 확인했을 테니까요.

"그렇군. 그 외에 업무 관계 메모라든지 뭔가 그런 건 없었어?"

—업무 일정은 엄마의 비서가 관리했었어요. 어제 사무소 쪽으로 전화해서 물어봤는데, 결론적으로 그날에 관해서는 아무것도 모르더라고요. 경찰한테서도 같은 질문을 받았다고 하고요. 뭐 당연해요. 엄마는 공사를 확실히 구분했으니까요.

도코의 나이를 생각했다. 스물한 살. 도코의 나이를 자칫 잊어버리게 된다. 도코는 그 나이에 이미 충분히 냉정한 판단력을 갖춘 여자아이였다. 내가 시키지 않아도 자기가 해야 할 일은 알아서 제대로 하고 있다.

"그래서 단가 원고지는 지금 네 수중에 있는 거야?"

—네. 가방에 넣어서 전부 가지고 왔어요. 경찰은 몰라요. 저 말 안 했어요. 읽고 싶어요?

답하기 전에 먼저 물었다.

"엄마 시신은 벌써 집으로 모셨어?"

—네.

도코가 말했다.

—오늘 아침 일찍이요. 그리고 경찰의 조언대로 바로 화장터로 모셨어요. 벌써 유골도 다 수습했고요. 신체 일부가 사라졌다는 걸 유골을 수습할 때 알아차렸어요. 폭발로 사망한 고인의 경우, 원래 모습으로 복원하는 데 한계가 있다

고 경찰이 그러더라고요. 아무리 그래도 유족한테 그런 말을 하는 건 좀 아니지 않나요? 아저씨 생각은 어때요?

침착한 말투였지만 분노의 울림이 담겨 있었다. 제대로 수습하지 못한 폭발 사망자의 모습은 나도 잘 안다. 도코는 그 모습이 어떤지 알 수가 없다. 그렇다면 내 쪽에서 굳이 자세히 말할 것도 없다. 경찰은 도코에게 타당한 조언을 했다고 볼 수 있을 것이다. 하지만 나는 굳이 입 밖으로 내진 않았다.

"그럼 오늘은 유골만 가지고 장례식을 지내게 되는 건가?"

—맞아요. 7시부터 시작해요. 그럼 슬슬 본가로 돌아가야겠어요. 그래도 어떻게든 중간에 나올 수 있을 거예요.

"그러지 않는 게 나을 것 같아."

—왜요?

"경찰은 그쪽에도 쫙 깔려 있을 거야. 그게 그놈들 습관이거든. 수상하게 행동하면 의심받으니 넌 계속 엄마 옆에 있는 게 나아. 그럼 정식으로는 내일 장례를 치르겠군."

—맞아요. 아, 깜빡할 뻔했는데 고별식은 미루기로 했어요. 다음 주 토요일로요. 이미 화장도 했고 할아버지 쪽에 관계자가 꽤 많아서요. 그래서 오늘 밤은 여러 일들이 있겠지만 내일은 아침 일찍 여기로 다시 올 수 있을 거예요.

"그럼 그때 다시 전화할게."

—그전에 제가 연락하고 싶어지면 어떻게 하죠? 아저씨는 어디서 묵고 계세요?

"도쿄 안. 그런데 전화는 없어."

—도쿄 안에 전화가 없는 숙박시설도 있어요?

"응. 있어. 네 생활권과는 거리가 먼데, 평화롭고 조용한 곳이지."

—물어봐도 어차피 말 안 해줄 거죠?

그 후 도코는 입을 다무는 듯했지만 바로 다시 소리를 높였다.

—그럼, 이 번호 외우세요. 이건 본가에 있는 내 방 직통번호예요. 오늘 연락하고 싶은 일이 생기면 이쪽으로 전화하세요.

오늘은 행사가 끝나면 최대한 자기 방에 있을 거라면서. 그 번호를 외우고 생각에 잠겨 있는데 도코가 끼어들었다.

—있잖아요. 형사들이 일방적으로 묻기만 하지는 않았어요. 저도 형사들한테 조금은 알아낸 게 있어요.

"흠. 뭔데?"

—아저씨가 말했죠? 작은 여자아이가 있었다고요. 바이올린을 켰다는 여자아이. 공안과장의 딸인 미야사카 마유라는 여자아이요. 그 아이가 신문사가 주최한 음악 콩쿠르

225

에서 금상을 받았었대요. 1학년인데도 초등부에서 상을 받았대요. 실제로 천재 소녀라고 불리나 봐요.

"……."

—그게 다가 아니에요. 그 아이는 지금 크게 다치지는 않았는데 역행성 기억상실에 걸렸대요. 사건 당시의 전후 일만 기억에서 사라졌대요. 그러니 경찰도 아저씨가 그 아이와 만났던 것에 대해서는 아직 못 알아내고 있고요.

감탄했다. 형사들에게 저 정도까지 끌어내려면 상당한 요령이 필요하다. 그들은 사정 청취와 기록, 분석의 전문가다. 그 분석이 때때로 틀릴 때도 있다고 해도 일단 그들은 그 방면의 프로다. 그런데 아직 발표되지 않은 사실을 조금일지라도 형사가 스스로 누설한다는 것은 보통 있을 수 없는 일이다. 신문에도 아직 보도되지 않은 이야기였다.

"대단해. 너에겐 사람을 설득하는 재능이 있다는 걸 잊고 있었네. 도대체 어떻게 알아낸 거야? 시민의 알 권리라도 내세운 거야? 아니면 상대가 젊은 형사라서 너한테 잘 보이려고 알려 준 건가?"

도코는 내 말을 무시했다.

—경찰들은 자신들이 공직에 있다는 자각도 없나 봐요. 저는 단지 선량한 시민이 잔혹한 사건의 피해자를 동정한다는 이야기를 했을 뿐이에요. 부상당한 작은 여자아이 있지

않냐고 하면서, 상처가 안 없어지면 어떡하냐고 그랬죠. 그랬더니 그 아이는 그렇게 크게 다치지는 않았는데 그래도 다른 피해자들과 마찬가지로 안타깝긴 하다고 하더라고요. 이런 이야기 중에 형사 중 나이 많은 쪽이 그 아이가 역행성 기억상실에 걸렸다는 걸 말해 줬고요.

폭발 후의 광경이 한순간에 되살아났다. 그곳에 그 여자아이도 있었다. 어린 바이올리니스트의 표정을 머릿속에 떠올렸다. 나도 그 아이와 이야기를 하고 싶었다. 하지만 그 아이는 지금 몇 겹이나 되는 펜스 안쪽에 있다. 내가 물었다.

"어떤 형사가 알려 줬어?"

―명함 받았어요. 경시청 수사과장의 신도라는 경시정*. 과장은 높은 사람이에요?

"그럼. 충분히 높지. 너 진짜 대단하구나."

신도라는 경찰의 행동은 탐문치고는 이례적이다. 그건 도쿄 할아버지의 지위와 무관하지 않을 것이다.

"갑자기 미안한데, 오늘 네 집에 몰래 들어가고 싶은데, 어때? 괜찮겠어?"

놀란 기색도 없이 차분한 목소리가 되돌아왔다.

―엄마가 쓴 단가 빨리 읽고 싶으신 거죠?

"맞아."

* 한국의 총경에 해당하는 일본 경찰관 계급.

도쿄가 자기 집으로 돌아올 때까지, 내일까지 기다릴 수 없다. 때때로 단가는 일기보다 훨씬 사람의 마음을 있는 그대로 표현하기도 한다. 내가 아는 한 그렇다.

—좋아요.

도쿄가 시원시원하게 답했다.

—방에 두고 갈 테니까 아저씨가 픽업하세요. 괜찮죠?

"응. 부탁할게."

내가 답했다.

경찰이 도쿄의 움직임에 주목한다고 해도 빈방까지 주시하지는 않을 것이다.

—키는 어쩌죠? 아저씨, 여기 문 딸 자신 있어요? 아니면 그냥 열어 두고 갈까요?

"나는 자물쇠 따는 전문가가 아니야."

내가 열쇠를 전달하는 방법을 알려 주자 도쿄는 알겠다고 하고는 덧붙였다.

—엄마 단가에서 뭔가 나오면 저에게도 바로 알려 주세요.

알겠다고 답하자 도쿄는 지금 바로 본가로 돌아갈 것이며, 최대한 빨리 연락을 달라는 말과 함께 전화를 끊었다.

전화부스를 나오고 나서야 비로소 눈치챘다. 내가 통화를 끝내기를 기다리고 있던 여고생인 듯한 여자아이 두 명이 말없이 나를 노려보고 있다.

"와, 저 아저씨 전화 오래 하네."

역으로 향하는 순간 등 뒤에서 들으라는 듯한 소리가 꽂혔다.

　다마가와강을 건너자 살짝 남은 노을을 뒤로하고 전철은 지하로 들어갔다. 멍하니 생각에 잠겼다. 미조노구치역에서 산 석간신문 두 종을 훑어보았는데 관련 기사는 더 줄어 있었다. 새로운 정보는 아무것도 없다. 내 가게에 대해서는 두 신문 전부 다루고 있지 않았다. 감성을 자극하는 사망자들의 장례 이야기뿐이다. 즉사한 희생자의 사법해부가 유코보다 빨리 끝난 것이다. 시부야에서 내려서 이노카시라선으로 갈아탔다. 저녁 6시 반. 퇴근 시간이다. 전철 안은 회사원들로 붐빈다. 시모기타자와에서 이번에는 오다큐선으로 환승했다. 주변은 완전히 어두워져 있다. 요요기우에하라에서도 많은 사람이 내렸다. 어느 정도 사람들이 오고 가는 쪽이 좋겠다고 생각했다. 나는 회사원 같지는 않아도 그 사람들 속에서 특별히 이상하게 보이지도 않을 것이다.

역 앞에서 다시 한번 전화했다. 왜 전화하고 싶어졌는지는 모른다. 부재를 확인해도 의미가 없다. 도코는 장례식은 저녁 7시부터라고 했다. 이미 집을 나갔을 것이다. 지금 전화해도 아무 의미 없다는 걸 깨닫고 쓴웃음을 지으며 전화를 끊으려고 했다. 그러자 그때 누군가 수화기를 들었다. 나는 아무 말도 하지 않았다. 상대방도 침묵을 지키고 있었다. 도코가 아니다. 도코라면 무슨 말이든 했을 것이다. 경찰도 아니다. 지금 단계에서 경찰이 그런 짓을 할 거라고 생각하기는 어렵다. 전화선을 통해 부자연스러운 침묵이 느껴졌다. 자신의 심장박동이 들릴 것 같은 침묵이었다. 몇 초인지 몇십 초인지. 어느 정도로 길었는지는 모른다. 그러던 중 갑자기 상대방 쪽에서 먼저 전화를 끊었다. 나는 자연스럽게 빨라진 걸음으로 걷기 시작했다. 어제와 마찬가지로 일부러 빙 돌아가 주변 상황을 주시하며 움직였다. 어느샌가 달리고 있었다. 도코의 아파트까지 도착하는 길에 눈에 띄는 것은 딱히 없다. 이상한 점은 아무것도 없었다. 도착하는 데 10분 정도 걸렸다. 숨이 찼지만 3층까지 단숨에 계단을 올랐다. 복도에 인기척은 없고, 어느 집에서 튀김을 만드는지 고소한 냄새만 감돌고 있을 뿐이다.

조용히 걸어가 도코의 집 앞에 섰다. 문 아래쪽에 우편함이 달려 있다. 석간신문이 꽂혀 있어서 그것을 꺼낸 뒤 우편함에 손을 넣었다. 아무것도 손에 잡히지 않는다. 나는 도코에게 우편함 뒤에 테이프로 여벌 열쇠를 붙여 두라고 부탁했었다. 석간신문을 다시 우편함에 돌려놓은 뒤 생각에 잠겼다. 문손잡이를 돌려 보자 문이 간단히 열렸다. 그대로 거실을 힐끗 보았다. 창문의 커튼은 쳐 있는 상태였다. 문 옆 스위치를 눌러 불을 켰다. 현관에는 다른 누구의 신발도 없다. 어젯밤 내가 있던 곳은 여기서는 보이지 않았다. 신발을 벗고 안으로 들어갔다. 거실에는 내가 어젯밤 잔을 올려둔 유리 테이블이 있다. 그곳에 유코의 원고지가 있을 터였다. 도코는 나에게 그렇게 말했다. 하지만 그곳에는 아무것도 없었다. 단 하나만 빼고. 테이프 조각이 붙은 열쇠가 하나 올려져 있었다. 다음 방으로 이어지는 문을 열었다. 도코의 침대가 있었다. 베이지색 침대 커버를 씌워 깔끔하게 잘 정돈되어 있다. 여자아이의 방처럼 삼면 거울과 가구 몇 개. 그 외에는 아무것도 눈에 띄지 않는다. 또 다른 방 하나를 쳐다보았다. 일본식 방인 그 방은 사용하지 않는 듯 아무 가구도 없다. 화장실과 욕실을 보았다. 아무도 없다. 불을 끄고 베란다에 나갔다. 여전히 아무도 없었다. 테이블에 있는 열쇠를 들고 집을 나왔다. 열쇠로 문을 제대로 잠갔다. 분명한 사실은 누군가 나보다 한 발 더 빨리 움직인 것이다.

12

부도심의 오피스타운에서 밀려오는 인파를 거슬러 걸었

다. 하지만 기둥을 사이에 두고 내가 있는 차도 쪽에는 지나다니는 사람들이 거의 없다. 이 주택가 주민의 전용 통로였기 때문이다.

저녁 8시가 넘었다. 전화 약속이 두 개나 있다. 아사이 쪽은 아직 시간이 이른 것 같다. 도코한테는 동쪽 출구를 돈 뒤, 한 번 전화해 봤지만 받지 않았다. 내가 겪은 장례는 작은아버지 장례식 단 한 번뿐이긴 하지만 어쨌든 장례식 때 자리를 비울 기회는 거의 없을 거라는 것은 안다.

다쓰는 골판지 집에서 라디오 카세트 음악에 맞춰 몸을 살며시 흔들고 있다. 내가 아는 한 대체로 이 시간에 다쓰는 자기 아지트에 있다. 그가 움직이기 시작하는 것은 음식을 찾으러 나갈 때, 즉 한밤중을 지나서부터다.

내가 다가가자 손을 흔들며 웃기 시작했다.

"상태는 어때?"

"최악이야."

내가 답했다.

"겐 씨는 아직 안 왔어?"

"응, 아직 안 오네."

다쓰는 내가 어제 준 위스키병을 흔들었다.

"한잔할까?"

고개를 끄덕이며 다쓰의 골판지 집 안으로 들어갔다. 지하 상점가의 비닐봉투를 옆에 두었다. 그는 여전히 몸을 흔들거리며 위스키를 따랐다. 나는 한 모금 마신 뒤 물었다.

"이런 음악을 뭐라고 하지?"

"랩이야. 디게블 플라넷Digable Planets*"

잠시 귀 기울여 들어보았다. 여성 멤버가 포함된 트리오가 빠르게 무언가를 노래하고 있었다. 노래한다기보다는 말하는 것처럼 들린다. 나는 알 수 없는 세계다. 가사도 전혀 알 수 없다. 하지만 보통 랩이라는 음악에서 느껴지는, 벌떼가 윙윙거리는 인상과는 다른 느낌이었다. 시 낭송을 듣는 것 같은 기분도 든다.

"틀려도 비웃지 마. 난 영어 가사는 전혀 못 알아듣는데 이 곡은 왠지 조금 지적인 느낌이 나는데?"

나도 모르게 무의식적으로 감상이 튀어나왔다.

다쓰는 히죽 웃었다. 이어지는 말은 예상 밖이었다.

"시마 씨, 듣는 귀가 좋네. 음악적 재능 있는 거 아냐?"

나는 쓴웃음을 지었다.

"그런 말 하는 사람 자네뿐이야. 음악에는 콤플렉스가 있다고."

"아냐. 듣는 귀는 좋아. 디게블 플라넷 멤버는 전부 엘리트거든. 사르트르와 카프카의 영향을 받았대."

* 1987년에 결성된 미국 힙합 트리오.

233

"흐음. 그런 랩도 있군. 곡 제목이 뭐야?"

"여기에 행복이 있다."

"농담이야?"

"진짜야. 나만의 번역이긴 하지만. 원제는 이츠 굿 투 비 히어야."

감탄했다.

"와우. 그럴싸한 번역이네."

"그렇지?"

다쓰는 자신만만하게 코를 찡긋했다.

그때 다쓰의 주머니에서 주름진 녹색 지폐 같은 것이 보였다. 내가 가리키며 무엇이냐고 물었다.

"아, 이거. 1달러 지폐야. 외국 갔던 기념으로 가지고 있는 거야."

다쓰는 지폐를 주머니에 쑤셔 넣으며 답했다.

"그럼 다쓰, 해외에 있었단 말이네. 어디에 있었어?"

"대체로 미국. 여기저기 있었는데 그래도 뉴욕에서 가장 오래 있었어. 이제 이런 나라에는 돌아오고 싶지 않았는데."

"흠. 거기서 뭐 했었어?"

"뭐, 이것저것."

다쓰는 다른 사람에 관해 전혀 캐묻지 않는다. 왜 골판지 집에 오게 되었는지조차 묻지 않았다. 실직한 이유도 묻지 않았다. 애초에 직업이 무엇인지도 물은 적이 없다. 나도 그 이상은 묻지 않았다. 분명 여러 사정이 있었을 것이다. 그게 아니라면 저렇게 젊은 나이에 귀국해 노숙자가 될 이유가 없다. 뉴욕에 있었군, 이라고 내가 중얼거렸다. 나는 해외에 한 번도 가 본 적이 없다. 여권과는 연이 없는 삶을 살아왔다. 다쓰의 위스키 병이 거의 비어가고 있는 것을 눈치챘다. 비닐봉투에서 새로운 위스키 한 병과 테이크아웃 덮밥을 두 개 꺼냈다. 위스키는 아직 두 병 더 남아 있다.

"이건 또 뭐야."

"선물. 돈이 조금 남아 있거든. 테이크아웃 덮밥이야. 하나는 자네 꺼고. 다른 하나는 박사라는 노인 주려고 샀어. 몸이 약해 보이더라고."

"그럼 박사한테는 내가 나중에 전해 주지."

다쓰는 다소 난감한 표정을 지으며 긴 턱수염을 쓰다듬으며 말했다.

"그런데 시마 씨. 이번만큼은 고맙게 받겠는데 앞으로는 이러지 않는 게 좋겠어."

"왜?"

"여기에도 세간과 마찬가지로 나름의 약육강식 논리가 있어. 여기 있는 녀석들은 전부 그걸 알고 있지. 동정받으면 기분이 좋을까?"

"자네도 오늘 아침, 그에게 도시락 줬잖아."

"그건 박사가 먼저 찾아와서 그런 거고. 게다가 일부러 사다 준 것도 아니고 남은 거 준 거지. 술은 필수품이 아니라 상관없지만."

"그렇군. 내가 괜한 짓을 한 건가."

듣고 보니 확실히 부주의했던 것 같다. 아직 이 세계의 룰에 적응을 못 했다. 여전히 이곳에서도 아웃사이더인 것이다.

"다음부턴 조심할게."

내가 그렇게 말하자 다쓰는 마침내 미소를 지었다.

"뭐, 그렇게까지 신경 쓰진 않아도 돼. 시마 씨는 선의로 한 것이니까. 어쨌든 이건 박사한테 전해 줄게."

선의가 사람에게 상처를 주기도 한다. 시혜라는 개념을 수용하지 않는 분위기에서는 더욱 그렇다. 씁쓸한 마음으로 이런 생각을 하고 있다가 화제를 바꿨다.

"오늘은 경찰이 안 왔어?"

"오늘은 안 왔어. 우리한테 물어봤자 소용없다는 걸 깨닫지 않았을까?"

그 말에 동의한 것은 아니지만 나는 코트 주머니에서 노란색 전단지를 꺼내 펼쳐 보았다.

"저기, 다쓰. 이게 뭔지 알겠어?"

다쓰는 전단지를 들고 잠시 쳐다보다가 고개를 들었다.

"뭐야, 이게. 신흥종교 팸플릿 같은데. 이런 데 관심 있어?"

"아니. 이걸 보고 어떤 생각이 드는지 자네 얘기가 듣고 싶어서."

다쓰는 전단지를 물끄러미 바라보고는 흐음, 하며 중얼거렸다.

"'신에 관해 이야기하지 않겠습니까?'라니. '신'이라면 나도 조금 관심이 있긴 해. 어떤 신과 이야기할 수 있는지 관심 있거든. 그런 점에서 이 카피는 별로야."

"그렇군."

"게다가 연락처도 안 적혀 있잖아. 포교용 전단지로는 꽝이야. 문장도 서투르고."

"나도 그렇게 생각했어."

"이게 뭐가 어쨌는데?"

"실은 겐 씨의 문고본에 끼워져 있었어."

"흐음. 겐 씨한테 이런 건 안 어울리는데. 종교에는 전혀 관심 없어 보이기도 했고."

"30대 정도로 보이는 갈색 머리 남자가 이걸 나눠주고 있었어. 나한테도 말을 걸었거든. 그런 남자 못 봤어?"

"못 봤어."

"그렇군."

나는 잔을 싹 비웠다. 다쓰에게 위스키를 잘 마셨다며 감사 인사를 하고 자리에서 일어났다.

"저기, 시마 씨."

다쓰가 불러세웠다.

"여기서 오래 머무를 생각이야?"

"글쎄. 어떻게 될지 모르겠어. 오래 신세를 지게 될 수도."

다쓰는 씩 웃었다.

"오늘도 엄청 추울 것 같아. 초보한테는 꽤 힘들 거야."

"확실히 중년한텐 이 생활도 쉽지 않네."

나는 손을 흔들며 옆에 있는 집으로 돌아갔다. 내가 빌린 골판지 집이 탄탄한 모습으로 반겨 주었다.

천장을 열어 둔 채로 자리에 누웠다. 위스키를 병뚜껑에 따라 마셨다. 컵을 사 온다는 것을 깜빡했다. 골판지 집에 스며든 냄새는 어제보다 괴롭지 않았다. 이곳에 적응하고 있는 것이다. 새로운 위스키 병을 따면서 생각했다. 다쓰는 모른다고 했지만 그 갈색 머리 포교자는 이 골판지 집의 주인과 접촉했던 것이 틀림없다. 도대체 어디에 접점이 있는 걸까. 그리고 왜 겐 씨 같은 노인에게 말을 건 것일까. 사회 계층의 끄트머리로 쫓겨난 인간들을 향한 종교인의 사명감 때문일까. 하지만 갈색 머리 포교자가 그렇다고는 생각할 수 없다. 그는 경찰의 날조에 한몫 거들고 있다. 아니면 약점을 잡혔는지도 모른다. 어쨌든 제대로 된 종교인은 아니다. 그럼 어째서 이 주변 주민들에게 접촉했을까. 아무리 생각해도 모르겠다. 아는 것이라고는 아무것도 없다. 도코가 했던 말이 맞을 것이다. 도코가 처음에 지적했던 바에 따르면 이야기는 극히 간단하다. 경찰에 출두해 전부 말한다. 모든 짐을 경찰에 맡긴다. 정체를 알 수 없는 짐. 내가 모르는 불확실한 무엇인가를. 간단하다. 경찰과 나는 다르다. 그들은 방대한 힘을 갖고 있지만 나는 혼자다. 그들에게는 사건에 과학적으로 접근할 수 있는 힘이 있지만 내게는 그런 능력이 없다. 그들에겐 대부분의 사람들에게 이야기를 끌어내는 힘이 있지만 내게는 그런 권력이 없다. 하나 더, 그들과 나 사이에는 중요한 차이가 있다. 그들에게는 일에 지나지 않는 것이 내게는 그렇지 않다는 것. 위스키로 목을 축인다. 언제나처럼 알코올은 어떤 맛도 남기지 않고 배 속으로 가라앉고 있었다.

어느샌가 한기가 슬며시 다가오고 있었다. 오늘도 엄청 추울 것이라고 했던 다쓰의 예상은 맞아떨어졌다. 어쩌면 꼼짝도 하지 않고 있어서 그런 걸지도 모른다. 바닥에서 올라오는 냉기가 어젯밤처럼 조용히 주변을 감싸기 시작하고 있었다. 올여름은 기온이 유독 낮았다. 그러니 이번 겨울도 평년보다 혹독한 추위가 찾아올지도 모른다. 뼛속까지 파고드는 추위. 하지만 진짜 추위는 아직 한참 남았다. 그때에는 동사자가 생길 수도 있다. 골판지 집 주인들은 무슨 생각으로 이 추위를 견디고 있는 걸까. 여기에 행복이 있다. 랩의 묘한 제목이 떠올랐다. 다쓰가 처한 상황을 생각하면 극히 비꼬는 것 같은 제목이지만 번역은 훌륭하다. 다쓰도 지적인 인물인 것이다. 그는 미국에서 무얼 경험했던 것일까. 뉴욕에서 오래 있었다고 했다. 영화에서만 본 적 있는 거리……

몸을 일으켰다.

다쓰는 어느샌가 집에 없었다. 골판지 집의 천장은 열려 있지만 그는 보이지 않는다. 안을 들여다보니 아까 듣던 랩의 음반 패키지만 뒹굴고 있을 뿐이었다. 역을 향해 걷기 시작했다.

역 매표소 근처에 있는 공중전화부스에는 네다섯 사람밖에 없었다. 오늘 아침 아사이에게 전화했을 때 사용했던 맨 끝쪽 부스가 비어 있었다. 도코가 말해 준 본가의 번호를 누르자 이번에는 바로 목소리가 들려왔다.

─엄마 단가에서 뭐라도 알아냈어요?

"지금 무선 전화기로 받는 거야?"

240

―네?

"무선 전화기로 받고 있는 거냐고. 그렇다면 당장 유선 전화기로 바꿔."

말없이 수화기를 바꾸는 소리가 들렸다. 이어서 '무슨 일이냐'며 의아하다는 듯한 반응이 돌아왔다.

"사실 네 엄마가 쓴 단가 못 읽었어. 내 수중에 없어."

―어째서요? 아저씨가 말한 대로 제대로 했잖아요.

"무선 전화기는 도청하기 쉬워. 주변에 전파를 퍼뜨리거든. 아키하바라에 가면 누구라도 수신기를 바로 살 수 있지. 가게 손님한테 그런 이야기를 들은 적이 있어."

―무슨 말인지 똑바로 말해 주세요.

나는 일의 경위를 설명했다. 그동안 도코는 전혀 끼어들지 않았다. 설명이 끝났는데도 여전히 입을 다물고 생각에 잠겨 있었다. 이윽고 도코가 읊조렸다.

―누가. 무얼 위해서.

"맞아. 도대체 누가 무얼 위해서? 어쨌든 그 전화가 도청된 것만은 분명해. 아마 근처에 자동차를 세워 두고 지켜보고 있었을 거야. 지금부터 내가 몇 가지 질문할 테니까 아무것도 묻지 말고 답해 줘. 괜찮아?"

―안 괜찮아요. 그런데 뭘 묻고 싶은 건데요?

도코는 평소 상태로 돌아와 있었다. 누군가가 자신의 집에 침입했다는 충격은 받지 않은 것 같았다. 나는 조금 안도하며 물었다.

"네 아버지는 외무성 관료셨댔지? 미국 영사관에 갔을 때 교통사고로 사망했다고 했었잖아. 네가 열다섯 살 때였으니 6년 전. 즉 87년쯤이야. 그 후에 너는 엄마와 귀국했고. 자, 네 가족은 미국 어디서 살았던 거야?"

―스카스데일.

"다른 나라 지리는 잘 몰라. 조금 더 자세히 설명해 줄 수 없어?"

―뉴욕 교외에 있는 주택지예요. 맨해튼까지 브롱스 리버 파크웨이로 이어지는 곳이요. 할렘선으로 한 시간도 안 걸려요. 일본인도 많고요. 대부분 일본 기업의 현지 법인이나 지사 직원들이에요. 고급 주택지고요.

"그럼 유코는 뭘 했어? 전업주부였어?"

―아뇨. 매디슨가에 있는 광고회사에 다니셨어요. 저는 도우미에게 맡기고요. 외교관 비자로 부임하면 원래 그 가족은 일을 하면 안 되는데, 엄마는 워낙 커리어우먼이셔서요.

"유코는 뉴욕에 계속 있던 거네?"

―그렇긴 한데 그게 왜요?

"뉴욕에 센트럴 파크라고 유명한 공원이 있어. 나도 알 정도지. 내가 영어 실력이 중학생 수준이라 미안한데 센트럴

파크를 일본어로 뭐라고 하지?"

도코는 순간 뜸을 들였지만 곧 소리 내며 웃기 시작했다.

—그러고 보니 중앙공원이네요.

도코는 계속 웃었다. 마침내 웃음이 멈추자 입을 열었다.

—센트럴 파크는 신주쿠에 있는 작은 공원과는 스케일이 달라요. 비교하는 게 우스울 정도죠. 그런데 그게 무슨 상관이에요?

"할아버지는 신문을 몇 종이나 보셔?"

—전부 보세요. 왜요?

"그럼 요 2, 3일 신문은 아직 있겠지?"

—그럴 텐데 어쩌시려고요?

"토요일 석간부터 전부 가져다줬으면 좋겠어. 읽고 싶어져서 말이야."

—이유를 말해 주셔야죠.

"조금 확실히 해 두고 싶은 게 있어. 신문은 극히 일부만 읽었었는데 그때는 별로 신경 쓰지 않고 지나쳤거든."

—뭐를 그냥 지나쳤다는 거예요? 뜸 들이지 말고 무슨 일인지 자세히 말해 주세요.

"너 지금 시간 없잖아. 신문으로 먼저 확인부터 하고 말할게. 물론 어리석은 착각일 수도 있으니. 우스워지기 싫거든.

내일 아침 일찍 거기서 나올 수 있어?"

—네. 나올 수 있는데 어디서 만날까요?

"네 집."

내가 말했다.

13

이번에는 아사이에게 전화를 걸었다. 핸드폰은 연결되지 않았다.

—현재 거신 전화는 전파가 닿지 않는 장소에 있거나 전원이 꺼져 있어 연결되지 않습니다.

여자 목소리가 흘러나왔다. 사무소로 걸어야 할지 고민하고 있을 때 누군가 등을 조심히 두드렸다. 깜짝 놀라 돌아보니 노인이 서 있었다. 오늘 아침과 마찬가지로 원서 한 권을 품에 끼고 부드러운 표정으로 미소 짓고 있다.

"잘 먹었어요. 감사합니다."

순간 무슨 말인지 몰라 노인을 물끄러미 보고만 있었다.

"덮밥 도시락 말이오. 당신이 줬잖소."

그 말에 비로소 떠올랐다.

"아, 그거요? 괜한 짓을 한 것 같아서 마음에 걸렸습니다.”

“왜죠?”

“다쓰한테 들었거든요. 그런 동정은 여기서는 금물이라고요.”

“흐음. 다쓰무라 군이 그런 말을 했소? 나는 고마웠어요. 그런 것을 받으면 감사한 마음이 깊숙이 스며들거든요. 정말 맛있었어요.”

“잠깐만요. 지금 다쓰무라라고 하셨는데 그게 다쓰의 본명인가요?”

“네. 모르셨소? 난 본인한테 그렇게 들은지라.”

“다쓰가 스스로 그렇게 말했다고요?”

“그렇소. 여러 가지 물어봤고. 의외인 느낌은 있었지만. 나도 신주쿠에 머무른 지는 얼마 안 되었고 떠돌이 생활은 여기저기서 해봤소. 기시카와라고 부르면 됩니다.”

주위를 둘러 골판지 집 쪽도 바라보았다. 우리에게 주목하는 사람은 아무도 없다.

“시마무라라고 합니다.”

시계를 보니 오후 9시가 넘었다. 오고 가는 사람들이 줄지 않고 여전히 많았다.

“괜찮으시다면 동쪽 출구 지하라도 산책하실래요?”

노인은 미소를 머금었다.

"마침 나도 그럴 생각으로 나온 거요. 노인한테 추위는 견디기 힘들어서. 지하는 따뜻하니까. 운동도 할 겸 나왔다가 자네를 본 거요."

노인과 나는 자연스럽게 나란히 서서 지하철 마루노우치 선 입구 쪽으로 걸어갔다. 그의 발걸음은 너무나 불안해서 마치 술 취한 새의 종종걸음 같았다. 좌우로 흔들면서 걷는 그 페이스에 발걸음을 맞췄다. 지하로 들어갔다. 인파는 평소와 다르지 않았다. 이 거리의 지하는 조만간 포화 상태에 다다를 것이다. 그전에 지하 공간을 넓히든가. 어느 쪽이든 상관없다. 어쨌든 지금은 사람들의 밀도 높은 체온이 모여서 바깥 온도와의 차이를 만들고 있다.

걸으면서 물었다.

"기시카와 씨는 의사셨나요?"

"뭐. 그렇소. 그러고 보니 다쓰무라 군한테는 말했었군. 그한테 들었소?"

"아뇨."

나는 겨우 말했다.

흐음, 하더니 그는 자신이 들고 있는 원서를 힐끗 쳐다보았다.

"법의학 쪽이세요?"

"그렇소. 북쪽에 있는 대학에서 강의한 적이 있지. 엄청 옛날 일이지만."

머리를 맞은 기분이었다. 노인의 경력을 들어서가 아니다. 이 노인의 과거, 즉 그가 의사였다는 것을 다쓰는 알고 있었다. 오늘 아침 다쓰는 노인에 대해 모르는 척 놀란 표정을 지었지만 사실은 알고 있던 것이다. 노인이 말했듯 다쓰는 골판지 집 주민들 사이에 존재하는 룰을 지키지 않고 있었다. 나 같은 임시 노숙자도 그게 보기 드문 경우라는 것쯤은 알 수 있었다.

애써 냉정한 목소리로 말했다.

"다쓰는 사람들의 과거를 캐는 스타일은 아닐 것 같았는데 예외도 있나 보네요."

"나뿐만이 아니네. 다쓰는 다른 사람들의 경력도 잘 알고 있소. 가령 당신이 살고 있는 골판지 집 주인에 대해서도. 가와하라 겐조 씨였나? 아키타에서 돈 벌러 왔다가 어딘가로 사라진 것 같네. 고향으로 돌아간 거라면 다행이지만."

가와하라 겐조. 그의 풀네임을 듣는 것은 처음이었다. 돈 벌러 왔다는 이야기도 처음 들었다. 노인 옆을 걸으면서 생각했다. 주머니에서 전단지를 꺼내, 뜬금없이 죄송하지만, 이라고 말하며 노인 앞에 내밀었다.

"혹시 이런 거 보신 적 있으신가요?"

노인은 슬쩍 보더니, 으응, 이라며 입을 열었다.

"이건 갈색 머리 젊은이가 포교용으로 들고 온 거네. 다쓰무라 군과 함께 와서 이야기한 적은 있소. 그때 나에 대해 이것저것 이야기했고. 하지만 나는 종교나 그런 단체에 전혀 관심이 없어서."

"다쓰랑 함께였다고요?"

"그렇네. 관심 없으면 적당히 얼버무리면 된다며, 다쓰무라 군이 그렇게 말했네. 그 남자는 왜인지 우리한테만 말을 거는 것 같긴 했소."

"우리요?"

"노인한테만 의도적으로. 요즘 종교단체는 대부분 젊은 사람들한테만 접근하는데 노인한테 접근하는 게 좀 수상했지."

기묘한 촉감이 등줄기를 내달렸다.

"그건 언제쯤 일인가요?"

"거의 2, 3주 전이려나?"

"종교적인 권유 문구는 어떤 것이었어요?"

"권유라기보다 그 단체에 어울리는지 아닌지 사전 리서치를 하는 느낌이 강했소. 조금 특수한 단체라고 생각했던 게 떠오르는군."

"실은 저도 갈색 머리 그 남자가 말을 건 적이 있어요."

"허허."

노인은 웃었다.

"나도 이건 읽은 적이 있는데 자네 같은 사람한테 그 메시지는 별 효과가 없을 것 같군. 어쨌든 그 젊은이는 사람 보는 눈이 없는 듯하네."

나는 눈을 내리깔고 전단지의 문구 일부를 읽어 내려갔다.

"'이 현실을 초월할 수 있다는 사실을 모르는 것은 불행이라고 말하는 신의 존재와 함께 이야기합시다.' 이건 문장이라고도 생각할 수 없지만 확실히 젊은 사람들을 의식하고 있네요. 그런데 지금 기시카와 씨는 종교단체라고 말하지 않고 특수한 단체라고 하셨죠. 구체적으로 어떤 단체라고 생각하셨나요?"

노인이 멈춰서길래 나도 멈춰섰다. 역으로 향하는 사람들은 우리가 있는 곳에서 얼굴을 찡그리면서 두 갈래로 갈라지다가 다시 합류한다.

"다쓰무라 군은 괜찮은 청년이네. 나도 보통 과거 일을 말하지는 않지만 그와는 자연스럽게 대화할 수 있는 분위기가 있지."

"괜찮은 청년이죠."

나는 말했다. 지금도 그 인상은 변하지 않는다.

"그래서요?"

"그래서 그에게 민폐를 끼치고 싶지 않소."

"그 말은 즉, 이 전단지를 들고 있던 포교자와 다쓰가 함께였다는 건 다쓰가 무언가 성가신 입장, 즉 비합법적인 조직이나 개인과 접촉하고 있을 수도 있다고 생각하시는 거죠? 그런 말씀이신가요?"

"논리적이군. 그럴 수도 있지만 그냥 내 느낌일지도 모르오."

노인이 걷기 시작하는 바람에 나도 걷기 시작했다.

"하지만 내버려 두면 다쓰가 위험에 빠질지도 몰라요. 그 느낌을 기시카와 씨가 다쓰에게 말해 주시면 안 되나요?"

그 말에 기시카와가 멈춰섰다. 잠시 생각하듯이 나를 바라보았다.

"구체적으로 어떻게 생각하십니까?"

내가 재차 물었다. 노인은 망설이더니 마침내 갈라진 목소리로 말했다.

"시마 씨는 다쓰무라 군과 꽤 친한 것 같던데. 신뢰할 만한 사람 같고. 맞소?"

"공교롭게도 저를 평가하는 질문에는 어떻게 답해야 할지 몰라서요."

"정직한 사람이군."

노인은 말하며 웃었다. 천진난만한 웃음이었다.

"알겠네. 느낌일 뿐이지만 그 단체는 비합법적인 단체일지도 모르겠소."

"어떤?"

"그 문장에서 무언가 메타포가 느껴지지 않소?"

"메타포? 비유 말인가요?"

"그렇소. 비유."

다시 한번 전단지를 내려다보았지만 그래도 알 수 없었다.

"저는 전문가가 아니라서요. 힌트라도 주실 수 없나요?"

"다쓰무라 군은 달러 지폐를 갖고 있소. 그들 세계에 대해서는 자세히 모르면 알기 힘든 힌트일지도. 그런 이야기를 법정에서 들은 적이 있네."

조금 전 다쓰의 주머니에 지폐가 있는 것은 보았다. 1달러 지폐라고 다쓰가 말했었다. 다시 전단지를 쳐다보았다. 이번에는 단어 하나가 흐릿한 형체를 띠기 시작했다. 이윽고 뚜렷이 초점이 맞춰졌다.

"저도 그런 이야기는 들은 적이 있어요. 역시 그런 건가."

"아시오? 그렇다면 자네가 상상한 그대로요. 왜 그에게 충고하지 않았는지 책망하지 말게. 젊은이가 늙은이의 충고를 들을 리도 없고."

천장이 다 열어 젖혀진 다쓰의 골판지 집을 떠올렸다.

"기시카와 씨는 다쓰가 어디서 음식을 조달하는지 아시나요?"

"그걸 알아서 뭐 하려고 그러오?"

"조금 확인해 보고 싶은 게 있어서요. 다쓰가 위험한 짓을 하고 있다면 저에게도 무언가 할 수 있는 일이 있을 것 같아서요. 어쩌면 정말 급히 서둘러야 할 수도 있고요."

노인이 부드러운 빛을 머금은 눈빛으로 나를 쳐다보았다.

"덕분에 덮밥은 잘 먹었네. 배려할 줄 아는 사람 같군."

그러고는 이어 말했다.

"다쓰무라 군의 행동 범위는 가부키초 일부요. 오쿠보 병원 동쪽에 있는 배팅 센터 일대. 언젠가 그 주변을 안내해 주면서 그렇게 말했었네."

"감사합니다."

예의 바르게 운을 떼며 물었다.

"실례지만 기시카와 씨는 연세가 어떻게 되시나요?"

"희수*가 되네."

웃으며 덧붙였다.

"이번 겨울을 무사히 넘길 수 있다면야."

노인에게 다시 한번 감사 인사를 한 뒤 지상으로 나왔다. 야스쿠니 거리를 건너자 인파가 더욱 늘었다.

가부키초에 마지막으로 가 봤던 것이 벌써 몇 달 전이었

* 77세.

지만 그 풍경은 거의 변하지 않았다. 이곳은 서쪽 출구와도 동쪽 출구 지하도와도 전혀 다른 세상이었다. 인파는 소용돌이처럼 흩어져 있었다. 이 시간이 되면 이 거리는 무르익는다. 언제나 그런 느낌이 들었다. 휘황찬란한 원색의 빛과 전자음, 잡다한 상점의 시끄러운 마이크 소리, 퀴퀴한 냄새들의 집합. 만취한 남자들이 탁한 목소리를 내면서 비틀거리고 스치는 젊은 여자들은 외국어로 대화한다. 길가에서 몸을 쥐어짜며 토하는 남자와 여자. 불량 여고생 그룹에서 터져 나오는 듯한 애교 섞인 웃음소리. 직업이 무엇인지 분명치 않은 남녀. 무슨 목적으로 모여 있는지 알 수 없는 젊은이들. 이곳에는 온갖 종류의 인간이 있지만 모든 판별은 무의미하다. 내가 중년의 알코올중독자라는 것에도 아무 의미가 없다. 깜빡이는 빛 때문에 얼굴색이 변하는 사람들 무리 속을 걸었다. 경찰들도 있었다. 특수 경찰봉을 손에 든 경찰 세 명과 스쳐 지나갈 때는 긴장했지만 그들은 나에게 눈길도 주지 않았다.

병원 근처에 있는 가부키초 파출소를 피해 오쿠보 공원으로 들어갔다. 이곳에도 노숙자들이 몇 명 보인다. 아는 얼굴은 없었다. 공원을 뒤로하고 주변을 걸었다. 이 주변이라면 분명 인파는 고마 극장만큼 많지는 않다. 아직 닫지 않은 술집이 눈에 띄어 위스키를 한 병 사며 가게 주인에게 주변 지리를 물었다. 좁은 골목을 몇 번이나 돌아 나와 걸었다. 밝은 간판의 편의점이 하나 있었다. 편의점 안으로는 들어가지 않고 주변을 살폈다. 뒤편에 쓰레기통이 있었다. 플라스틱 통 세 개가 있는 그 장소는 쇠창살 안에 갇혀 있는 데다가 자물쇠가 채워져 있었다. 편의점을 뒤로했다.

바람이 강하게 불어 코트 주머니에 손을 넣고 걸었다. 이번에는 게임 센터를 엿보며 주변을 맴돌았다. 돈 없이 들어갈 수 있는 곳은 그런 장소뿐이다. 세 번째 게임 센터를 슬쩍 보려고 하는데 아는 남자의 모습이 눈에 들어왔다. 맞은편에서 천천히 걸어온다. 그는 재채기를 하며 어깨를 으쓱거렸다. 그가 얼굴을 들려고 하자마자 나는 바로 왼쪽에 있는 약국의 문을 열고 재빨리 들어갔다. 재채기를 하는 그 찰나의 순간에 움직였다. 드링크제를 고르는 척하며 창문 너머를 바라보았다. 갈색 머리 남자가 멈춰서 있었다. 주위를 두리번거리더니 맞은편에 있는 게임 센터로 들어갔다. 기다렸다. 양복을 입은 회사원 같은 남자 두 명, 그리고 점퍼를 입은 남자 한 명이 각각 약간씩 간격을 두고 다가왔다. 또 다른 한 사람이 이쪽, 약국 주변에 있는 비디오가게 앞에 서 있는 것이 보였다. 담배를 꺼내 불을 붙인다. 하지만 그 사람이 주위에 퍼뜨리고 있는 것은 담배 연기가 아니다. 사복 경찰의 냄새다. 나는 드링크제 하나를 가리키며 여기서 마실 거라고 점원에게 말했다. 계산을 하고 드링크제를 천천히 마시며 눈여겨본 게임 센터를 보았다. 지금까지 본 게임 센터 중 가장 시설이 컸다. 도로 쪽에 입구는 두 개다. 거리를 지나던 커플이 멈춰서 가게의 네온을 바라보는 순간 나는 약국을 나와 그 커플과 타이밍을 맞춰서 곧장 게임 센터로 들어갔다. 비디오가게 앞에 서 있는 남자의 시선이 순간 내게 쏠렸다. 등 뒤로 시선이 느껴진다. 나를 알아보지 못하는 걸 보니 현재 경찰은 내 얼굴을 모른다. 그 남자의 행동은 예측할 수 없다. 그 순간 귀를 울리는 전자음과 빛의 소용돌이에 휩싸였다.

　게임 센터 안은 혼잡했다. 그들은 젊은 고객들 속에서, 마치 흰 종이에 떨어진 잉크나 마찬가지였다. 두 개의 검은 얼룩. 양복 남자는 슬롯머신 라인의 맨 끝에서 레버를 당기고 있다. 하지만 그의 시선은 회전하는 드럼과는 전혀 다른 쪽을 주시하고 있다. 점퍼 남자는 UFO 캐쳐 버튼을 누르고 있었지만 그 시선은 유리를 통과해 다른 쪽을 보고 있다. 두 사람의 시선이 교차하는 곳에 대전對戰 형식의 카 레이스 머신이 있다. 갈색 머리 남자가 핸들 앞에 앉아 화면을 쳐다보고 있었다. 그는 게임을 즐기고 있는 것처럼 보이지 않았다. 센터 안을 둘러보았다. 아는 사람은 이외에는 없다. 경찰들도 단지 기다리고 있을 뿐이다.

게임 센터를 나왔다. 비디오가게 앞에 서 있는 남자의 시선이 또 등줄기에 꽂혔다. 남자가 연락을 취해 누군가 다른 사람이 온다고 해도 타이밍은 맞지 않을 것이다. 아니, 연락할 시간도 없었을 것이다. 내가 게임 센터 안에 머무른 시간은 수십 초에 지나지 않는다. 다만 그 남자가 게임 센터를 벗어나려 한다면 이야기는 달라진다. 그 남자는 그럴 기분인 것 같지 않았다. 내 뒤를 밟을 기색은 없다. 다른 사람을 기다리는 것이다. 골목을 빠져나와 큰길로 나왔다. 구야쿠쇼 区役所 거리로 들어가자 그곳엔 어김없이 취객들이 널브러져 있었다.

공중전화부스에 들어가 아사이에게 전화를 걸었다. 또 연결되지 않는다.

술집에서 산 위스키를 땄다. 전화부스 안에서 위스키를 마시며 생각했다. 아사이의 사무소는 이 가부키초에 있으려나. 그때 맞은편 도로를 걷고 있는 남자가 눈에 들어왔다. 하얀 비닐봉투를 손에 들고 어슬렁거리고 있다. 나는 전화부스에서 뛰쳐나와 도로를 건넜다. 그의 팔을 붙잡고 귀에다 대고 말했다.

"게임 센터에는 얼굴을 내밀지 않는 편이 좋지 않나? 딱히 즐길 만한 분위기가 아니었어."

멋진 턱수염이 꿈틀거렸다. 얼어붙은 표정으로 나를 쳐

다보았다.

"시마 씨? 어떻게 그 게임 센터에 대해 안 거야?"

"지금 살펴봤거든. 네 친구가 있었어. 성가신 녀석들도 세 명이나 데리고 있던데."

다쓰는 씩 웃음을 지었다.

"나도 알아. 경찰이 녀석을 미행할 수도 있다는 것 정도는 알지. 놈들이 단체로 줄줄이 저쪽으로 들어가는 건 여기서 나도 다 지켜보고 있었어. 사전에 뭔가 안 좋은 낌새는 없는지 확인해 두는 게 내 습관이거든. 그 게임 센터에는 다시 들어갈 생각은 없었고."

"조심성 있는 성격이네."

"시마 씨, 아직 질문에 답을 안 했잖아. 어떻게 그 게임 센터에 관해 알게 된 거야? 아, 그런가. 박사한테 들었겠군. 내 활동영역이 어딘지."

"맞아. 자네도 사람이 좋군. 기시카와 씨한테 제대로 덮밥도 전해 주고 말이야. 황송할 정도로 예의 있게 고맙다고 하셨어. 그래서 이야기를 하게 됐고."

다쓰는 한 번 더 웃었다.

"제대로 전해 주는 게 맞지. 사람의 호의를 소용없게 만드는 건 좋아하지 않아."

"걸으면서 이야기하자고."

내가 야스쿠니 거리로 향하자 다쓰는 얌전히 따라왔다.

"왜 그 갈색 머리 남자를 안다는 사실을 숨긴 거야?"

"꼭 그걸 말해야 해? 시마 씨도 그 녀석과 얽혀 있지 않아? 시마 씨. 아니 기쿠치였지. 안 그래?"

이번에는 그렇게 놀랍지 않았다.

"알고 있었군."

다쓰가 낮은 목소리로 웃었다.

"역시 그런 건가. 지금까지는 반신반의였어. 내 상상력도 완전 쓸모없진 않네. 온종일 라디오 카세트만 듣고 있는 게 아니야. 시간이야 차고 넘칠 정도로 많고 웬만한 신문이나 잡지도 쓰레기통에서 주우니까. 시마 씨, 늦잠꾸러기잖아. 난 어제 아침에도 시마 씨가 일어나기 전에 신문을 전부 읽었다고. 시마 씨가 알면 곤란할 것 같아서 다시 버렸지만."

"그런데 그 정도 기사로 잘도 알아챘네."

"시마 씨는 공원에서 폭발이 발생하자마자 곧장 내가 있는 곳으로 왔어. 게다가 어제부터 자꾸 경찰을 신경 쓰고 있고. 기사 내용과 타이밍이 딱이잖아. 확실히 알게 된 건 시마 씨가 박사의 책 제목을 가르쳐 줬을 때야. 그런 단어를 바로 아는 사람은 그리 많지 않거든."

나는 살며시 한숨을 내쉬었다. 야스쿠니 거리를 건너고 오른쪽으로 꺾어 이세탄 쪽으로 향했다. 다쓰는 잠자코 따라왔다.

"그런데 기시카와 씨의 경력까지 숨기는 이유가 뭐야?"

망설이는 듯하다가 다쓰가 입을 열었다.

"부끄럽잖아. 남의 일에 관심 많은 것처럼 보이는 게. 그런 건 내 신념과 어긋난단 말이야. 그러니 말 안 했어. 시마 씨는 오늘 밤 나에 관해 눈치챈 것 같네. 니시오는, 아, 니시오는 그 갈색 머리 남자의 이름인데, 그 녀석이 한 달 전쯤 겐 씨 등등 노인들에 관해 조사하고 싶다며 말을 걸어왔어. 거기에 내가 협력하게 된 셈이고. 그 녀석, 내가 이 주변에서 꽤 영향력이 있다는 걸 잘 알고 접근한 거야. 내키진 않았지만 결국 수락하게 됐어. 노숙자 인권을 주제로 한 종교단체의 조사 같은 거라고 하길래. 뭐 귀찮긴 했지만 어쩌겠어."

"뭘 조사했는데?"

"비교적 평범해. 경력, 본적, 가족 구성, 그런 것들. 노숙자가 된 노인들이 어떤 유형일지 조사하는 듯했어. 의사들이 하는 질문 같은 것도 있었고."

"그게 부끄러운 게 아닐 텐데. 갈색 머리 남자한테 협력한 건 다른 이유가 있어서겠지. 대가로 뭘 받았지?"

다쓰는 순간 얼굴을 붉혔다. 몇 대 얻어맞은 것처럼 고개를 떨구었다. 어쩌면 내가 그의 자존심을 심하게 무너뜨렸는지도 모른다.

"잘도 알아차렸네. 어떻게 알았어?"

다쓰의 목소리가 잠겨 있었다. 나는 주머니에서 노란색 전단지를 꺼냈다.

"기시카와 씨는 법의학이 전공이야. 내게 힌트만 주었지. 그 전단지는 포교용일지도 모르지만 다른 용도로 사용될 수도 있다고. 바로 마약 세일즈야. 맞지?"

다쓰는 말이 없었다. 나는 전단지의 문장을 다시 한번 읽는다.

"'이 현실을 초월할 수 있다는 사실을 모르는 것은 불행이라고 말하는 신의 존재와 함께 이야기합시다.' '신의 존재'를 약물, '현실을 초월할 수 있다는 사실'을 약물 효과, '함께 이야기합시다'를 약물 사용으로 치환하면 의미는 충분히 통해. 동시에 약물 찬가이기도 하고. 이건 마약 흡입자들 사이에서 통하는 비유 아닌가? 그런 그룹은 종교적 색채를 띠기도 한다고 들었거든. 게다가 비즈니스용으로도 애매한 부분이 신규 수요층을 확보하는 데 적당하다고도 하더군. 경찰의 주의를 끌지 않고 말이야. 참 잘 만든 수법이군."

"두 손 두 발 다 들었네. 그렇지만 나도 전단지를 보고 나서야 녀석의 정체를 깨달았어. 미국에서는 저런 이상한 문장이 적힌 전단지를 돌리는 사람들은 대부분 약물 중독자거든. 그래서 정당한 보수를 요구한 것뿐이야."

다쓰가 말했다.

"정당한 보수라는 게 코카인이라는 말인가?"

그는 탐색하는 듯한 눈으로 나를 보았다.

"뭐야. 약물 종류까지 아는 거야?"

"난 바텐더야. 일하다 보면 여러 이야기를 듣게 된다고. 가게 손님이 말하는 걸 들은 적이 있어. 그들은 이미 졸업했다고 말했으니 옛날이야기라고 생각하며 들었어. 코카인은 1달러 지폐를 빨대처럼 말아서 흡입한다더군. 이 나라 지폐를 쓰면 분위기가 안 난다나."

다쓰가 입을 다물었다. 여기서도 또 코카인인가. 내가 중얼거렸다. 아사이의 이야기에서도 코카인이 등장했다. 뭔가 연결고리가 있는 걸까. 단지 하나 알게 된 것이 있다. 다쓰가 귀국한 이유다. 이제 그런 나라로는 돌아가고 싶지 않다고 다쓰는 말했지만 아마 미국에서 체포되어 강제추방을 당했을 것이다. 하지만 나는 그 사실은 입 밖으로 꺼내지 않았다.

"그래서 오늘도 니시오한테 코카인을 받을 예정이었던 거야?"

"그건 아니야. 사실 겐 씨가 걱정되어서."

"겐 씨?"

다쓰는 끄덕이며, 그냥 전부 말해 버릴까, 하며 작게 말하기 시작했다.

"나와 니시오는 최근 한 달, 매주, 월요일 밤 11시에 게임 센터에서 만나고 있었어. 녀석을 마지막으로 만난 건 저번 주 월요일이고. 만날 때는 게임 하는 척을 하면서 코카인을 줬어. 너무 선심을 쓰는 게 오히려 조금 미심쩍더라고. 그런 조사를 조금 도와줬다고 네 번이나 코카인을 주다니. 그것 도 판매용을 말이야. 자네한텐 좋은 일자리를 찾았다고 겐 씨가 말했다고 했지. 그건 완전히 거짓말도 아니야. 니시오 가 조사하면서 적임자를 찾으면 알려 달라고 했어. 노인이 하기에 좋은 일이 있다며, 경비원 일인데 아무것도 안 하고 먹고 자면 된다나. 왜 이런 골판지 집 주민 중에서 일할 사람 을 찾냐고 물으니 인건비 절약이라고 하면서 웃었어. 물론 그 녀석의 정체를 알았으니 수상한 일이라는 건 눈치챘지. 그래서 겐 씨한테는 말 안 했는데, 니시오가 직접 말한 듯해. 겐 씨가 좋은 일자리를 구했다며 그런 이야기를 하길래 절 대 하지 말라고 충고도 했었어. 겐 씨가 그 녀석 말에 거의 넘어간 것 같아서 걱정이 되기 시작하더라고. 그래서 오늘 은 니시오를 조금 추궁하려고 했지. 경찰이 녀석을 한창 미 행 중이라 어차피 녀석은 오늘 코카인을 갖고 있을 리도 없 고. 만약 그 녀석이 혼자 있는 틈이 생기면 겐 씨에 관해 물 어보려고 했어. 뭐, 결국은 무리였던 것 같지만."

"나는 오지랖이 그리 넓지 않으니 약을 관두라고는 하지 않을게. 그래도 주변에 민폐를 끼치는 건 좀 아니지 않아?"

"맞아. 무슨 일인지는 모르겠지만 만약 겐 씨가 니시오의 말에 넘어갔다면 정말 위험할지도 몰라."

"녀석이 무슨 생각을 하는지를 알아내는 게 급하군. 자넨 아직 전부 말하지 않았어."

"왜 그렇게 생각하지?"

"신문을 읽고 기사의 주인공이 나라는 걸 눈치챘다면서. 협박죄로 쫓기고 있는 거야. 그건 별개로 내가 협박한 사람이 니시오라는 걸 어떻게 알지? 기사에는 익명으로 나왔는데?"

"아아, 그건 야쿠자가 가르쳐 줬어. 오늘 아침에 왔거든."

"야쿠자? 누군데?"

"미키라는 사람이야. 게임 센터 근처에서 그 남자랑 니시오랑 이야기하는 걸 한 번 본 적 있거든. 나를 보고는 깜짝 놀라더라고. 그때 니시오가 미키라고 부르는 걸 들었어. 뺨에 상처가 있는 야쿠자. 그 녀석이 다가와서 오늘은 게임 센터 근처에 오지 말라고 나를 협박했어."

"혹시 그 남자, 잘 빠진 파란색 정장 입고 있지 않았어?"

"맞아. 잘 아네."

"그 남자라면 아마 내가 모치즈키라고 알고 있는 사람인 것 같은데."

"그럼 미키라는 이름이 가명일 수도 있겠군. 그 녀석들이 본명으로 그런 위험한 시노기를 할 리도 없고."

"그럴 수도. 그런데 왜 일부러 자네를 협박하러 온 걸까."

"결국 니시오랑 연결되지 않겠어? 녀석이 단순히 협박당한 피해자가 아니란 것쯤은 나도 상상이 가. 경찰은 어차피 니시오가 판매원이라는 것 정도는 알고 미행하는 거잖아. 그 와중에 나까지 섣불리 뛰어들면 곤란하니까 그런 거 아닐까? 판매원이 붙잡혀서 비밀조직에 관한 것을 까발리진 않을까 걱정했겠지. 굳이 그런 말을 안 해도 그곳에 갈 때는 경찰을 꽤 신경 쓰지만. 마약 판매는 요즘 좀 위험해. 아니, 잠깐. 이상하네. 생각해 보니 어째서 미키가 그런 걸 알고 있는 거지? 니시오는 경찰에 둘러싸여서 가까이 갈 수가 없는데. 그 녀석이 아는 것도 아마 익명 기사뿐일 텐데, 나랑 똑같이. 니시오가 그 폭발 사건과 관련이 있다는 것을 어떻게 아는 거지?"

"정말 이상하군."

나는 말했다.

14

"그래서 이제부터 어쩔 거야?"

내가 물었다.

"오늘은 일단 집에 돌아가 자야지. 먹을 것도 구했고."

"제대로 번 돈으로 산 거야?"

다쓰가 놀란 표정을 지었다. 감정 변화를 감추지를 못한다. 다쓰도 아직 20대인 것이다.

"왜 그렇게 생각해?"

"첫 번째로 소지품이 지나치게 좋은 것들이야. 콜맨 난로에 CD 라디오 카세트. 처음 만났을 때 그런 건 전혀 없었잖아. 두 번째로 그 랩, 디게블 플라넷이라고 했던가? 그 음반 패키지가 신품이던데. 그런 것까지 전부 주웠다고 보긴 힘들어. 요즘 수입이 있는 거 아냐?"

"......."

"예전에는 어땠는지 모르지만 지금은 편의점 쓰레기통에서 도시락을 줍기만 하는 건 아닌 듯해. 방금 오쿠보 공원 주변을 돌고 왔는데 편의점은 하나뿐이었어. 근처에 있는 술집에서 확인도 했고. 술집은 편의점의 최대 경쟁자니까 사정을 가장 잘 알지. 그 편의점 쓰레기장에는 자물쇠가 걸려 있었어. 도무지 들어갈 수 없게 되어 있지. 지금 비닐봉투 안에 들어 있는 건 유통기한이 지나지 않은 도시락이려나."

다쓰는 얼굴을 들어 나를 보았다. 완전히 박살 난 표정이다. 다쓰의 자존심. 그건 노숙자로서의 자존심이다. 돈을 받았다는 사실에 상처받은 자존심. 그것만은 몰랐으면 했던 것이 분명하다. 그런데 내가 그걸 꼬집고 말았다.

"맞아. 니시오한테 돈을 받았어. 그래서 어쨌다는 거야? 날 비난하는 거야? 아니면 경멸하는 건가?"

"그럴 생각 없어. 나한테 사람을 비난할 자격 따위 없거든. 알코올중독자는 마약중독자를 비난할 수도 경멸할 수도 없어. 각자 자기만의 방식으로 살아가는 거야. 노숙자라면 더욱 그렇지. 매서운 추위 속에서 살아남는 것이 정말 힘들다는 건 어제 하루 자면서 충분히 알게 되었다고. 잠자리를 제공해 줘서 자네한텐 정말 감사하고 있어. 그게 다야."

다쓰는 잠시 말없이 바닥을 보고 있다가 고개를 들었다. 눈빛이 달라지고 있었다.

"저기, 시마 씨. 나 좀 도와주지 않겠어? 물론 시마 씨 일만으로도 버겁다는 건 알지만."

"뭘 도와달라는 건데?"

"겐 씨 말이야. 겐 씨가 어떻게 된 건지 너무 신경 쓰여. 니시오가 약이랑 돈까지 줬는데 아무리 생각해도 보수가 심상치 않아. 내가 겐 씨를 엄청난 위험에 빠트린 것 같아. 너무 걱정돼서 못 참겠어."

"도와줄게. 사실 겐 씨 일은 나와도 관계가 있을지도 모르거든."

"무슨 말이야?"

다쓰의 반짝반짝 빛나는 눈이 나를 바라보고 있었다.

노인의 골판지 집에 누워 혼자서 위스키를 마셨다.

이곳에 돌아왔을 때 다쓰는 내가 아는 이야기를 말해 달라고 했다. 하지만 요코하마까지 다녀온 탓에 피로감이 극심했다. 생각할 것도 많았다. 나는 벌써 중년이다.

'지금 너무 피곤하니까 오늘은 그만 쉬면 안 될까? 내일 천천히 이야기하자고.'

이렇게 말했다.

'그럼 내일은 시마 씨 이야기 전부 들려주는 거야?'

다쓰가 묻길래 물론이라고 답했다. 기시카와 씨가 우리를 멀리서 바라보며 미소 짓고 있었다.

다쓰에게 피곤하다고 한 것은 거짓말이 아니다. 잠은 오지 않았다. 위스키를 계속 마셨다. 예전에는 위스키는 불처럼 강렬한 액체였다. 지금은 단지 알코올이 들어간 물에 지나지 않는다. 위스키를 입에 흘려 넣으며 생각에 잠겼다. 이곳은 아직은 위험하지 않다. 그 갈색 머리 포교자, 니시오라는 남자는 다쓰에 관해서는 경찰에 말하지 않았다. 이건 분명하다. 컨트롤 딜리버리*라는 수사가 유행이라는 것을 신문에서 읽은 적이 있다. 그것은 밀수 조직이나 판매상한테나 적용한다. 말단 사용자라면 강제로 끌고 가 추궁해도 상관없을 것이다. 이 방식이 경찰들에게 더 익숙한 방식이기도 하다. 만약 니시오가 입을 털었다면 다쓰는 이미 끌려갔을 것이다. 이렇게 짧은 기간에 니시오가 지레 겁을 먹고 자신에게 불리한 이야기를 했을 거라고도 생각하기 어렵다.

현재 경찰들이 서쪽 출구 주변은 주목하지 않고 있다는 건 분명했다. 그들은 사건이 마약과 얽혀 있다는 사실은 알고 있을 것이다. 하지만 니시오를 폭발 사건의 협박 피해자로만 부각했다. 지금은 일단 내버려 두는 쪽을 선택한 것이다. 적어도 현재 니시오는 물증을 잡히지 않은 상태임을 뜻한다. 이 상태가 언제까지 지속될지 모른다고 해도 지금 이 골판지 집은 안전지대임이 분명하다.

지금은 그것보다 더 큰 의문이 존재한다. 니시오는 왜 그 게임 센터에 있던 것일까. 자신이 경찰의 망에서 놀고 있다는 것을 자각하고 있는지 모르겠다. 그 장소를 들르는 것이 니시오의 습관인 듯하다. 경찰은 그 장소에서 어떤 일이 벌

---

* 마약 사범에 대한 수사 방법의 하나. 마약 운반자를 자유롭게 움직이게 해 이를 추적, 배후 조직을 일망타진하는 수법.

어지는지 알면서 누구를 기다리고 있던 것일까. 적어도 말단 중독자는 아닐 것이다. 현재 상황을 생각하면 경찰이 그 정도의 수확에 만족할 것이라고 생각하기는 어렵다. 경찰은 미키라고 불리는 모치즈키 같은 남자를 기다리고 있던 것일까. 그럴 가능성은 있다. 그럼 모치즈키는 어떤 위치에 있는 것일까. 모르겠다. 잠들지 못한 채 골똘히 생각에 잠겼다.

하늘이 밝아오기 시작할 무렵 시계를 보았다. 오전 6시 전이었다. 일어나 주변을 돌아봤지만 다쓰의 골판지 집 천장이 열려 있고 조용했다. 주변 일대도 쥐 죽은 듯이 조용했다. 기시카와 씨의 골판지 집으로 발길을 옮겼다. 변변치 않은 골판지 집이었다. 골판지 한 장 위에서 코트를 뒤집어쓰고 자고 있었다. 잠시 길에 앉아 있자 이윽고 그가 눈을 떴다.

"일찍 일어났네."

누운 채로 그가 말했다.

"묻고 싶은 게 있어서 왔습니다."

내가 말했다.

노인의 말을 다 듣고 감사 인사를 했다. 이 이야기는 다쓰에게는 하지 말아 달라고 부탁하자 노인은 끄덕였다.

"이제 뭐 하실 거예요?"

"잠시 외출할 거네."

노인은 살짝 웃었다.

"젊은 사람들은 참 부럽구만."

"젊은 사람이요? 제가 말입니까?"

"내 기준에서 무모한 시도는 젊은 사람들이나 하는 것이니."

"그렇군요. 그래도 기시카와 씨에 비하면 무모한 것도 아니죠. 일흔이 넘은 나이에 여기서 자는 모험은 저는 절대 못 하거든요."

노인의 유쾌한 웃음소리를 뒤로하고 오다큐선 개찰구까지 걸었다. 쓰레기통에는 아직 조간신문은 없다. 문을 연 키오스크에서 신문을 샀다. 아사이에게 전화할까 했지만 나중으로 미루기로 했다. 어제 새벽 3시에 전화를 걸었는데 여전히 받지 않았었다.

출근길과는 다른 반대 방향으로 향하는 전차는 한산했다. 자리에 앉아 신문을 펼쳤다. 신문 3종 중에 하나, 제1면의 서두에 큼지막한 활자가 눈에 들어왔다. '신주쿠 중앙공원 폭발 사건. 군용 폭탄을 원격 조작한 것인가.' 다른 신문을 보았다. 1면에 관련 기사는 없다. 특종인 듯했다. 조사 관계자에 따르면, 이라며 시작하는 그 기사의 내용을 쫓았다.

폭발 사건으로 수사본부는 폭약과 기폭 수단을 분석했

다. 이로써 폭약은 콤퍼지션(c4)으로 불리는 강력한 군용 플라스틱 폭약이며 기폭은 무선에 의한 원격 조작이라는 의견이 유력해졌다. 전문가에 따르면 c4는 폭속*이 다이너마이트의 두 배라고 한다. 또 페이스트 형태로 모양을 자유자재로 바꿀 수가 있어서 테러리스트들이 많이 사용한다고 한다. 이 폭약의 국내 제조품은 자위대나 일부 대학 연구실에서 사용하고 있다. 하지만 분석 결과에 따르면 이번 사건에 사용된 폭약은 국산 규격품과는 성분이 조금 달라서 외국에서 가져왔을 가능성이 크다. 게다가 현장에서 발견된 IC회로의 파편은 무선 수신기 부품의 일부라는 견해가 유력해졌다. 이것이 사실이라면 원격조작에 의한 폭발 사건으로는 국내 최초 사례다. 따라서 본부에서는 사건이 경찰청 간부인 미야사카 도루 씨를 노린 테러라는 의문에 무게를 두고 있으며, 폭약 입수 루트의 해명과 기폭 관련 유류품 분석에 전력을 쏟을 방침이다.

기사를 다 읽었을 때는 요요기 우에하라에 도착해 있었다. 아침 일찍 출근하는 회사원들을 스쳐 지나가면서 도코의 아파트까지 걸었다. 정체는 알 수 없지만 도코가 사는 아파트의 존재를 아는 사람은 경찰 이외에도 있다. 주변을 의식하며 걸었다. 내 시야에서는 아무것도 눈에 띄지 않았다.

* 화약 등이 폭발할 때 화염이나 충격파가 전해지는 속도.

경찰이 인원을 배치한 기색도 없다.

도코의 열쇠로 문을 열고 집으로 들어갔다. 어제 전화했을 때 이 집에 누군가가 있었다. 적어도 그 인물에게 열쇠를 복사할 시간은 없었을 것이다. 물론 도코는 집 열쇠를 바꿀 필요가 있다. 하지만 지금은 시간이 없다. 이 집을 사용하는 것 말고 다른 방법은 떠오르지 않았다. 부엌 위에 있는 선반을 바라보았다. 위스키가 한 병 있다. 내 손바닥을 쳐다보았다. 평소의 아침과는 다르게 손이 떨리지 않는다. 어젯밤부터 계속 마셨기 때문이다. 오늘 아침의 혈중알코올농도 때문에 내 손은 떨리지 않았다. 그러니 다른 사람들이 보기에는 멀쩡한 사회인일지도 모른다. 그런 기대를 하면서 거울 앞에 서 보지만 기대는 완전히 배반당했다. 세월에 찌든 지쳐버린 중년의 알코올중독자. 거울에는 꼴사나운, 전형적인 40대 남자가 서 있었다.

거실로 돌아왔다. 전화기로 아사이의 휴대폰 번호를 눌렀다. 예상외로 이번에는 바로 그의 목소리가 들려왔다.

—시마무라인가?

그의 목소리에도 피로감이 옅게 묻어났다.

"몇 번이나 전화했는데 안 받더군. 무슨 사정이 있었나?"

—물론. 한창 잠복 중일 때는 휴대폰 전원을 꺼야 하지 않겠어? 얼뜨기도 아니고. 다만 예상보다 시간이 걸렸어.

"그럴 거라 생각했어."

—정보를 조금 수집했지. 자네 마음에 들지는 모르겠지만.

"나도 정보를 얻었어. 이건 자네 맘에 안 드는 정보일 거야. 모치즈키 건은 어떻게 됐어?"

—연락이 안 돼. 그 녀석 어딘가로 사라졌어. 어제저녁부터. 어쨌든 우리 만나서 이야기하는 게 좋을 것 같네.

"난 지금부터 일이 있어서."

—그럼 밤에 보자고. 그게 나도 편해. 사실 할 일이 있긴 하거든.

"그럼 지금 충고하도록 하지. 경찰이 접촉해 올지도 몰라. 권총은 미리 처리해 두는 게 좋을 것 같아."

—경찰이 칼을 뽑은 건 아니겠지?

"체포 영장은 아니야. 지금 단계에서 그럴 가능성은 없거든. 다만 가택수사는 할지도."

—어째서? 아카사카 게임 센터 때문인가?

"아냐. 그건 아니야."

다쓰한테 들은 이야기를 하려는 순간 문밖에서 발소리가 들렸다.

문은 잠겨 있어서 들어올 수 있는 사람은 한 명뿐이다.

"미안, 지금 통화하기 곤란해. 오늘 밤에 이야기하는 게 어때? 어디서 볼까?"

아사이는 상황을 파악한 듯이 말했다.

―요코하마만 아니면 돼.

아사이는 이렇게 말하더니 빠르게 니혼바시, 하마초에 있는 아파트 이름을 말했다.

―여긴 나 말고 아무도 몰라. 저녁 8시 괜찮아?

"좋아. 그럼 권총은 그쪽으로 갖다 둬."

―그렇게 하지. 난 다른 사람의 충고는 잘 듣거든.

전화를 끊자 현관문이 열렸다. 검정 스웨터와 블랙진 차림의 도코가 얼굴을 내비쳤다.

"누구한테 전화했어요?"

도코가 의아하다는 표정으로 물었다.

"일기예보. 오늘은 온종일 맑다고 하네. 대륙의 고기압이 세력을 확장하고 있다나. 추위도 본격적이고."

"아저씨, 거짓말 진짜 못 하네요. 조금 더 그럴듯하게 할 순 없어요?"

"안타깝게도 상상력이 부족해서. 네 엄마한테도 자주 듣던 말이야."

"뭐, 됐어요."

도코는 흘끗 전화를 쳐다보더니 의외로 산뜻하게 물러났다.

"너 빈손인 것 같은데 신문은?"

"아저씨가 상상한 것보다 시대는 훨씬 발전하고 있어요."

"무슨 말이야?"

도코는 나를 무시하며 컴퓨터 앞으로 갔다.

"지금은 이런 게 있어요."

그렇게 말하며 전원을 켰다.

"모든 신문, 그리고 통신사 기사 전부를 출력하면 되는 거죠?"

내가 멀뚱히 있자 도코가 한심하다는 듯이 나를 보았다.

"아저씨 진짜로 아날로그네. 혹시 21세기까지 살고 싶으시면 이 정도쯤은 배워 두시는 게 좋을 거예요."

"컴퓨터로 그게 가능해?"

"인터넷에 기사 검색 데이터베이스가 있어요."

키를 조작하는 도코의 손을 바라보고 있자 디스플레이에 나는 알 수 없는 표시가 나타났다.

"맨 처음에 여덟 자리 패스워드를 넣어요. 제 패스워드는, 5963TOKO. 수고했어, 도코라는 뜻이에요*. 아시겠어요? 키워드는 '폭발', '신주쿠' 이 두 개만 넣어도 될 거예요. 이렇게 하면 이 단어가 들어간 기사가 전부 나와요."

정말로 모니터에 신문기사가 떴다. 그 기사는 나도 읽은 적이 있다. 나는 감탄하며 말했다.

* 5963의 일본어 발음은 수고했다는 말의 일본어 발음과 비슷하다.

"흠. 이런 시대가 되었구나."

"그래요. 지금이 이런 시대라니까요."

"나는 구시대 사람이야. 그런데 경찰이 따라붙지는 않았어?"

"이제 그럴 필요 없지 않아요?"

도코는 키보드에 손가락을 올려 둔 채 말했다.

"경찰은 이곳을 알잖아요. 본가를 나올 때 문 앞에 있던 사복 경찰한테, 수고하시네요, 라고 인사하고 왔는데요? 제 패스워드처럼요. 아마 제가 옷 갈아입으러 돌아갔을 거라고 생각할걸요. 택시 타고 왔는데 뒤따라붙은 것 같진 않더라고요. 그럼 이거 출력해요?"

"괜찮아. 어떤 흔적도 남기고 싶지 않아. 어떻게 사용하는지만 알려 줘."

도코의 지시에 따라 한 손가락으로 키보드를 누르기 시작했다. 확실히 시대는 내 상상을 훨씬 뛰어넘어 앞서가고 있다. 토요일 석간 제1면부터 전부를 훑었다. 필요 사항을 기억하면서 검색된 기사를 차근차근 읽고 있었다. 도코가 가르쳐 주는 대로 따라 해 신문의 종류를 바꿨다. 도코는 내 손가락의 움직임을 보고 한숨을 쉬더니, 더는 못 참겠다는 표정으로 어디론가 사라졌다. 다시 나타났을 때는 위스키 잔이 도코의 손에 들려 있었다. 위스키를 마시며 모니터를 바라보고 있었다. 모든 신문의 전체 기사를 읽은 뒤 이번에는 내가 크게 한숨을 내쉬었다. 벌써 두 시간이나 지났다.

"왜 그러세요?"

도코가 말했다.

"네 덕분에 두 가지 교훈을 얻었어."

"뭔데요?"

"하나는 이 나이가 되면 내가 모르는 세계가 어느새 엄청 많아졌다는 것. 이런 건 이제 나랑은 평생 연이 없겠지만. 그런데 이렇게 검색해서 몇 년 전 기사까지 볼 수 있어?"

"15년 정도일걸요. 또 다른 교훈은요?"

"신문은 다 비슷비슷하다고 생각했는데 막상 그렇지도 않은 것 같아. 모든 신문을 다 읽는 게 좋아. 신문에 나와 있는 건 직소 퍼즐처럼 거의 단편적인 것들이라."

"무슨 일이에요? 뭘 알아채신 거예요?"

"네 엄마가 그 공원에 있던 이유."

도코는 눈을 동그랗게 뜨고 나를 바라보고 있었다.

"물론 확인은 해봐야겠지만 단서는 찾은 것 같아. 토요일, 사건 직후 나는 사건 개요를 알고 싶어서 근처 식당에서 TV 프로그램을 봤거든. 미야사카 마유라는 여자아이의 상태도 알고 싶기도 했고. 그때 TV 특유의 무신경하고 무례한 유가족 취재를 보게 되었어. 식당 주인이 화가 나서 채널을 돌리라고 했을 정도로. 사실 방금 내가 중점적으로 읽은 건 유족 관련 기사야. 희생자가 많아서 각 신문마다 다루는 희생자도 달라. 미야사카라는 공안과장을 제외하고 가장 많은 지면을 차지한 건 한 살짜리 아기를 두고 떠난 30대 부부였어. 뭐 어린아이에 주목하는 건 미디어로서 당연한 걸지도. 그런데 TV에 50대 여성의 유족도 등장했어. 고등학생 정도 되는 소년이 말하는 걸 봤어. 그 학생은 분명히 어머니라고 말했어. 보통 일본 사람들이라면 엄마라고 할 텐데 어머니라고 하더군. 마치 외국인이 말하는 것처럼. 혹시나 했더니 정말 그랬어. 그 소년에 관해서는 세 신문에 나와 있었는데 이름은 시바야마 모리. 사망한 엄마는 요코. 51세. 그중 한 신문에 '오랫동안 해외 생활을 했던 모리 군은……'이라고 적혀 있더군. 그 소년도 귀국 자녀인 거야. 소년이 TV에서 '어머니는 하이쿠 모임으로'라고 말했던 게 생각나. 즉 오래 해외 생활을 한 귀국 자녀가 하이쿠와 단가를 착각했을 가능성이 있다는 말이지."

도코의 동그랗게 뜬 눈이 더욱 커졌다.

"그럼 시바야마 요코라는 사람이 우리 엄마와 같은 단가 모임 회원이었다는 말이에요?"

"확실하진 않지만 그럴 가능성이 있지. 만약 그렇다면 회원은 한 명 더 있어. 40대, 50대 여성 중에 네 엄마를 빼고 희생자가 세 명 더 있는데 그중 58세 한 사람은 관계가 없어. 그녀의 딸이 엄마와 산책하러 간 거라고 말했거든. 하지만 어느 신문에도 유족 취재가 없는 야마사키 유카노라는 47세 여성이 있어. 니조은행 융자부 과장. 커리어우먼이라나. 유족이 철저히 취재를 거부하는 것 같은데 그녀가 회원이었던 건 분명해."

"이유는요?"

"소거법이야. 그 외에 마땅한 사람이 없거든. 시바야마 모리라는 소년이 하이쿠 회원'들'이라고 말했으니 그의 엄마는 친구들 여러 명과 공원에 있었을 거야. 경찰은 물론 소년을 사정 청취했을 테고 회원이 누구인지 당연히 확인할 거야. 이건 추측이지만 소년이 언급한 이름은 야마사키 유카노라는 여자뿐이었어. 아마 뭔가 교류가 있었을 거야. 하지만 소년은 유코에 대해서는 몰랐어. 그의 엄마는 우연히 그날에만 모임 회원들과 어울렸을 수도 있고. 그 부분에 대해서는 모르겠어. 하지만 경찰은 현시점에서 하이쿠 모임 회원은 그 두 사람뿐이라고 생각하고 있는 것 같아. 그게 아니라면 네게도 유코가 하이쿠를 쓰지 않았냐고 묻지 않았을까? 뭐 지금부터 물을지도 모르지만. 게다가 만약 하이쿠가 아니라 단가라면 이미 눈치챘을 것 같고. 내 추측이 맞는다면 언제가 경찰들도 같은 결론에 도달할 거야. 지금 확실히 말할 수 있는 건 내 판단이 확실히 빗나갔거나 제대로 맞췄거나, 둘 중 하나라는 점뿐이야."

"물론 경찰도 저에게 다른 희생자 중에 엄마와 관계가 있는 사람이 있는지 물었어요. 그 안에 지금 두 사람 이름도 있었고요. 저는 모른다고 답했지만요. 어쨌든 그 두 사람도 엄마의 연락처를 남긴 건 아니잖아요? 적어도 경찰은 그 두 사람의 유류품이나 유족에게서 엄마와의 관계를 발견하지 못한 거고요."

"정반대의 경우도 생각할 수 있지. 네 엄마도 사적인 연락처 목록은 남기지 않아. 그 두 사람도 그런 성향일 수도 있잖아. 어쨌든 확인해 봐야 해."

"어떻게 확인하죠?"

"뻔하지. 지금부터 시바야마, 야마사키네 집을 방문할 거야."

15

도요코선 지유가오카에서 일단 내려 막 문을 연 마트에 들어갔다. 제일 저렴한 몇천 엔짜리 코트를 골랐다. 이 지출은 어쩔 수 없다. 이런 차림새로 지금부터 해야 할 일을 할 수는 없다. 게다가 상대방은 모두 장례를 막 마친 사람들이다. 잘 때도 꼭 입고 잤던 코트는 역 쓰레기통에 버렸다.

그 후 오야마다이역까지는 금방 도착했다. 두 번째 역이었다. 역 앞 상점가는 평일 오전인데도 꽤 붐볐다. 잡화점에서 수첩과 볼펜을 샀다. 상점가를 지나 칸파치* 순환도로에 이르러 신호를 건너자 거리는 곧 한적한 주택지로 변했다. 이름만 들어본 적 있는 동네였는데, 코트만이라도 새로 사 입은 건 정말 옳은 선택이었다는 생각이 들 만큼 깔끔한 거리가 계속되었다. 도쿄의 집에서 본 신문에 나와 있던 주소와 지도를 떠올리며 걸었다. 도쿄의 집에서 나올 때 사소한 트러블이 있었다. 도쿄가 나와 함께 가겠다고 고집을 부린 것이다. 예상한 반응이었지만 지명수배 중인 사람과 함께 행동하게 할 수는 없다. 교환 조건처럼 도쿄의 지시를 받아들이기로 한 다음에야 30분 동안의 설득이 겨우 끝이 났다.

'그럼 지금 바로 샤워하세요. 아저씨한테서 어떤 냄새가 나는지 아저씨는 전혀 모르시죠? 지금 꼴은 도저히 사회인으로 보기 어려워요.'

매몰찬 초등학교 교사의 말투였다.

---

* 環八, 도쿄 도내를 북쪽에서 남쪽으로 반원 모양으로 달리는 국도, 즉 순환도로를 의미한다.

그 지시를 얌전히 따랐다. 확실히 지금의 나는 도코가 말한 대로 꼴이 말이 아닐 것이다. 욕실에서 일주일 동안 쌓인 때를 밀고 머리를 감고 수건으로 몸을 닦았다. 입안도 헹궜다. 술 냄새를 없애기 위해서였지만 효과는 확실하지 않다. 멀끔한 모습으로 돌아왔는지 어땠는지 자신은 없었다. 옷을 입고 욕실을 나가자 도코가 단호한 목소리로 '그곳에 서세요'라고 했다. 도코는 위에서부터 아래까지 중고차를 살피는 듯이 점검했다. 젊은 여자아이한테서 그런 눈빛을 받았던 적은 너무 오래전이라 기억은 마치 안개처럼 흐릿하다. 불편한 심기를 참고 있는데 마침내 도코가 말했다.

'오케이, 평균 이하지만, 뭐, 사람들 집에 가도 쫓겨나지 않을 정도는 됐어요.'

새 코트를 꼭 산다는 조건으로 나는 외출을 허락받았다.

시바야마라는 명패가 붙은 집은 흰색 벽으로 된 단층집이었다. 차 두 대가 들어가는 차고에 차 한 대가 주차되어 있다. 장례 절차가 전부 끝났는지 쥐죽은 듯이 고요하다. 경찰도 매스컴도 보이지 않는다. 문 옆에 있는 인터폰 버튼을 눌렀다.

벨이 울리고 잠시 기다리자 안쪽에서 답이 돌아왔다. TV에서 본 소년의 목소리다.

"말씀 좀 여쭙고 싶습니다. 「주간 선」에서 왔습니다."

인터폰을 향해 말했다.

"기다려 주세요."

잠시 뜸을 들인 뒤, 예의 바른 대답이 들려왔다.

문이 열리고 샌들을 신은 소년이 얼굴을 내밀었다. 소년은 당황한 눈빛으로 나를 바라보았다. 의외로 그 눈빛에는 흥미롭다는 듯 호기심도 서려 있었다.

"모리 씨 맞으시죠?"

나는 아까 구입한 수첩과 볼펜을 꺼내 들었다.

"경황이 없으신 와중에 실례합니다만 꼭 묻고 싶은 게 있어서 찾아왔습니다. 「주간 선」의 마쓰다라고 합니다."

"마쓰다 씨?"

소년이 의아하다는 듯이 말했다.

"어젯밤에 온 기자분도 마쓰다 씨라고 한 것 같은데요."

주간지가 잘 팔린다고 모리가 말했던 이유를 알 수 있었다. 「주간 선」은 피해자를 한 명 한 명 추적하고 있다. 나는 마쓰다와 통화하며 나눴던 대화를 기억해 내려고 애썼다. 몇 초 정도 지나 겨우 풀네임이 떠올랐다.

"아, 유이치 말씀하시는군요. 저희 회사에 마쓰다가 두 명 있어서요. 저는 마쓰다 유키오입니다. 유이치가 어제 놓친 부분을 조금 더 자세히 취재해 달라고 부탁을 해서요. 시간 괜찮으십니까?"

소년은 나를 바라보더니 고개를 끄덕였다.

"어제는 할아버지가 화를 내서서 제가 대신 사과드린다고, 어제 오신 마쓰다 씨께 전해 주세요. 장례식 직후라서 할아버지도 화가 많이 나셨던 것 같습니다. 결국 마쓰다 씨가 쫓겨난 것 같은 상황이 되어 버렸거든요."

그런 거군, 나는 마음속으로 중얼거렸다. 오히려 지금 내 상황에는 도움이 되는 사건이 있었던 듯하다. 소년은 해외 생활을 오래 한 고등학생이다. 내 명함을 확인할 생각까지는 하지 않는 듯하다. 나는 계속해서 죄를 저지르는 듯한 기분이 들었다. 실제로도 도의적으로 범죄에 해당할 것이다.

"어머니 일은 안타깝습니다. 유이치 씨도 장례식 직후에 찾아뵈서 사죄드린다고 전해 달라고 하더군요. 할아버지는 지금은 괜찮으십니까?"

내 말에 소년이 끄덕였다.

"너무 충격을 받으셨는지 지금은 2층에서 주무시고 계세요."

대외적으로는 항상 이 소년이 앞에 나서고 있음을 깨달았다. 아버지는 전혀 모습을 드러내지 않는다. TV 취재에도, 지금 이런 응대에도.

"실례지만 아버지는 집에 안 계시나요?"

"1년 전에 돌아가셨습니다. 그리고 이번 사건까지 발생하는 바람에 그, 아니 할아버지께서 심한 충격을 받으신 것 같아요. 경찰과 프레스도 꽤 자주 찾아오고요. 이런, 죄송해요. 마쓰다 씨한테 하는 말은 아닙니다. 다른 분들도 많이 오셔서."

나이에 어울리지 않게 예의 바른 소년이었다. 저 나이에 할아버지를 그라고 부르고, 보도 기자를 프레스라고 하긴 했지만 다른 단어들은 대체로 정확했다. TV에서 받은 인상과 별반 다르지 않다. 이제 본론으로 들어가야 했다. 마쓰다 말고도 오늘 찾아올 사람은 분명히 있을 것이다. 어쩌면 꽤 많을지도 모른다.

"아, 신경 쓰지 마세요. 저는 괜찮습니다. 모리 군은 오랫동안 해외에서 생활하셨죠?"

웃으며 말했다.

"네. 3년 전까지 해외에 있었습니다. 아버지 일 때문에 오랫동안 일본을 떠나 있었어요."

"흠, 해외 어디에 있었습니까?"

"뉴욕이요. 쭉 뉴욕에 있었습니다. 8년 정도요. 아버지도 상사 회사의 뉴욕 지점에 부임하셨는데, 그게 길어졌거든요."

역시 뉴욕인가. 11년 전부터 3년 전. 시기적으로는 부합

한다.

"그렇습니까? 어머니는 하이쿠를 쓰신 것 같은데 오래전부터 하이쿠를 쓰셨나요?"

"아뇨. 뉴욕에서부터요. 뉴욕에서 일본적인 것에 눈을 뜨신 것 같습니다. 그거 제가 착각했더라고요. 하이쿠가 아니라 단가였어요. 야마사키 씨가 말해 주셔서 알았습니다. 어떤 뉴스에서 인터뷰하는 것을 보셨다면서 지적해 주시더라고요."

"야마사키 씨? 사망하신 야마사키 유카노 씨의 관계자?"

"네. 유카노 씨의 아버지요. 이번 일로 그분과 알게 됐는데, 어제 아침, 인사라도 해야 할 것 같아서 제가 먼저 전화를 걸었습니다. 그때 가르쳐 주시더라고요. 저는 일본의 쇼트 포엠short poem에 관심도 없고, 잘 알지도 못하거든요."

"야마사키 씨는 무슨 말을 하던가요?"

"경찰과 프레스를 정말 싫어하는 것 같았어요. 나쁜 사람은 아닌데 조금 옛날 분이신 것 같달까요. 쓸데없는 참견일 수도 있지만 매스컴에는 너무 많이 말하지 않는 게 좋다고 하셨어요. 기사에 뭐라고 써댈지 모른다면서요. 그분이 한 말을 그대로 하는 거니 기분 나빠하지 마세요. 그래도 저는 저널리스트가 되고 싶고 프레스의 취재에 관심이 많아요. 언젠가 미국으로 돌아가 저널리즘을 공부할 생각이에요."

"훌륭한 저널리스트가 될 것 같군요. 저널리스트의 기본은 호기심이니까요."

내 말에 소년이 환하게 웃었다. 꿈을 품은 사람의 미소였다. 나한테도 이런 꿈을 품은 시절이 있었을까. 아까 소년의 눈빛에 호기심이 어려 있던 이유를 알 수 있었다. 소년이 친절히 응대해 주는 이유도.

"그럼, 돌아가신 야마사키 씨와 어머님은 꽤 친했겠네요? 모리 군도 잘 알고 지내셨나요?"

"네. 뉴욕 화이트 플레인스에 살고 있었을 때, 야마사키 아주머니도 맨해튼에서 저희 집까지 자주 놀러 오셔서 아주머니랑 이야기하곤 했어요."

"화이트 플레인스?"

"뉴욕 교외에 있는 주택지예요."

"스카스데일이라는 곳에서는 먼가요?"

"아뇨. 바로 옆이에요. 그런데 그건 왜요?"

"뉴욕에서 오래 살았으면 어머니한테 친구도 많으셨겠네요. 뭐, 단가 모임 회원이라든가."

"친한 회원분들 꽤 많았어요. 귀국해서도 몇몇 분과는 계속 연락하셨고요."

"혹시 마쓰시타 유코라는 분을 아시나요?"

소년은 고개를 저었다.

"들어본 적은 없어요. 하지만 확실하진 않아요. 뉴욕에서는 저희 어머니께서 모임을 주도하셔서 많은 분의 이름을 들었거든요. 저는 어머니 모임에 큰 관심도 없었고요. 그래서 그 모임에 대해서 별로 말씀하신 적이 없어요."

"모리 군의 어머니가 결사의 주재자였던 듯하네요. 언제부터 어머님이 그 결사를 만드셨나요? 기억나요?"

"결사요?"

"단가 동호회 모임 말이에요."

"아. 그렇군요. 제가 어렸을 때였으니까 뉴욕에 살기 시작했을 때쯤이 아니었을까요?"

"그럼 그 모임의 이름은?"

소년은 왜인지 미소를 머금었다.

"아주머니들은 언제나 약칭으로 불렀는데요, 시인 모임치고는 이름이 좀 이상해서 별로 시적인 느낌은 없었어요. MCP였거든요."

"MCP?"

"메모리 오브 센트럴파크의 앞글자를 딴 거죠. 아주머니들은 야외를 좋아하셔서 자주 센트럴파크에서 파티를 하셨어요. 그래서 모임 이름도 그렇게 된 거고요."

"귀국해서도 정기적으로 모임을 했었나요?"

"그런 것 같아요. 매달 셋째 주 토요일에는 늘 외출하셨거든요. 신주쿠에서 하는 줄은 전혀 몰랐지만요."

"모리 군은 바로 현장에 달려올 수 있었던 것 같네요. 어머니가 사고를 당하셨다는 걸 바로 알았나 봐요?"

소년의 표정에 어두운 그림자가 드리웠다.

"그때 저는 시부야에 있는 학교에 있었어요. 수업 중에 경찰한테 연락이 오더라고요. 어머니의 운전면허증만 기적적으로 온전히 남아 있었다고 했어요. 그래서 바로 신주쿠로 달려갔고요. 어머니의 얼굴은 어떻게든 확인은 할 수 있는 상태였어요."

"에휴. 그런데 왜 중앙공원이었을까요."

"음. 경찰도 물어보던데 그건 저도 모르겠습니다. 중앙공원은 그렇게 크지도 않은 공원이잖아요."

"해외 다른 공원에 비하면 그럴 수도. 그럼 이건 어떤가요? 센트럴파크를 번역하면 중앙공원이 된다는 사실."

소년은 눈을 동그랗게 뜨면서 도쿄와 똑같은 반응을 보였다. 잠시 후 크게 웃기 시작했다. 오랫동안 웃음소리가 끊기지 않았다.

"흐음. 그런가. 전혀 몰랐어요. 그래요. 마쓰다 씨 말씀이 맞을지도 몰라요. 아주머니들은 그 나이에도 은근히 장난기가 있으셨거든요. 제가 이런 말 하는 게 이상할 수도 있는데, 어머니는 꽤 유머 감각이 있으셨어요. 그럴싸한데요?

메모리 오브 센트럴파크. '중앙공원의 추억'인 건가."

"뉴욕에서 만든 이름이니까 '중앙공원' 정도로 가벼운 의미였을 수도 있어요."

"음. 그게 더 맞는 번역 같네요."

"그럼 어머님들의 작품도 있겠네요? 단가 결사는 회원들의 작품집을 정기적으로 발행하니까요. 결사지라고 해야 하나. 메모리 오브 센트럴파크라는 제목의 작품집. 그게 있으면 보고 싶습니다."

"그런 거 있었어요. 7호까지 각 2부씩이요. 지금은 수중에 없어요. 어머니의 추억이라면서 할아버지가 전부 관에 넣었거든요. 남은 시리즈는 경찰이 전부 가져갔고요."

"경찰?"

그때 계단 위에서 쉰 목소리가 들려왔다.

"누가 오셨니."

"제 친구예요."

소년이 큰 소리로 외치더니 나에게 한쪽 눈을 찡긋했다. 나는 웃으며 고맙다고 답했다.

"할아버지도 기자들의 공세에 조금 지치신 것 같아요. 슬슬 한풀 꺾이기는 했지만요. 솔직히 기자들 중 마쓰다 씨처럼 예의 바른 사람은 드물거든요."

"솔직히 말하면 미디어에 종사하는 사람들의 성격은 다

똑같아요. 모리 군의 꿈을 짓밟는 것 같아서 미안한데 품위가 없는 것만큼은 다 똑같거든요."

소년은 스스럼없는 미소를 머금었다.

"경찰이 작품집을 가져간 건 언제쯤인가요?"

"어젯밤이요. 마쓰다 씨가 돌아가고 나서였으니, 저녁 8시쯤 되었을까? 반드시 돌려줄 테니 잠시만 빌려달라고 했어요."

"그렇군요. 혹시 사건 직후에 어머니의 주소록이나 수첩을 보고 싶다고 하진 않았나요?"

"했어요. 어머니 방을 수색했는데 아무것도 못 찾았어요. 실은 어머니는 전자수첩을 애용하셔서 가지고 다니셨는데 그게 주소록이었던 것 같아요. 실제로 경찰도 전자수첩 파편은 발견했는데 당연히 내용은 전혀 남아 있지 않은 상태였고요."

"역시. 그런데 그 MCP라는 결사지를 보면 어머니가 어떤 분들과 알고 지내셨는지는 알 수 있겠죠. 주소는 적혀 있지 않을 수도 있지만 적어도 회원 이름 정도는 있을 거고요. 경찰은 그렇게 판단했을 거예요."

"확실히 비슷한 말은 했었어요. 그러니 빌려달라고요."

"경찰은 왜 사건이 발생하고 나서 이틀이나 지나서야 알아차렸을까요."

"마쓰다 씨처럼 문예 장르에 정통하지 않아서 그런 게 아닐까요? 저희 집에 온 형사는 별로 머리가 좋아 보이지 않았거든요. 아, 이건 비밀로 해 주세요."

"물론."

나는 웃으며 말했다. 그러고는 몇 가지를 더 물었다. 소년의 어머니는 전업주부였지만 홀로 남게 되었어도 생활에 꽤여유가 있던 것 같다. 단가 결사를 주도하는 것 외에 봉사활동에도 열심이었다. 오랜 해외 생활의 영향일지도 모른다. 소년의 이야기를 들으면 왕성한 사회활동을 하는 여성의 이미지가 떠오른다. 소년에게 야마사키 집안의 본가에 관해서도 물었다. 하지만 소년이 아는 것은 빈약했다. 알아낸 것은 야마사키 집안이 메밀국수 식당을 운영하는 것 같다는 것 정도다. 슬슬 돌아가야 할 때가 되어 마지막으로 물었다.

"아무래도 야마사키 씨도 만나야 할 것 같습니다. 모두의 작품을 보려면 경찰을 제외하면 야마사키 씨를 찾아갈 수밖에 없는 것 같아서요."

소년은 고개를 갸웃거리며 나를 보았다.

"마쓰다 씨는 왜 그렇게 단가 내용에 관심이 많으세요? 주간지와는 별로 관계없는 것 같은데요."

"모리 군이 듣기엔 별로일 수도 있지만 신문 따위는 할 수 없는 것, 즉 피해자의 사연 등을 소개하는 것도 주간지의 역

할 중 하나에요. 경찰이 모르는 사실을 단가에서 발견할 수도 있고. 그러니 경찰에게는 비밀로 해 주지 않겠어요? 저에 관해서도."

소년은 살며시 웃으며 끄덕였다. 권력의 허를 찌르는 것이 보도의 사명이라고 믿는 듯한 미소였다.

"야마사키 씨는 만만치 않을 거예요. 아까 말했듯이 그분은 프레스를 정말 반기지 않거든요."

"각오하고 있어요. 그런 대접에는 익숙하고요."

감사 인사를 하고 물러나려고 할 때 소년이 말했다.

"「주간 선」은 몇만 부를 찍나요?"

모리가 말했던 부수를 떠올렸다.

"대강 70만 부 정도? 그건 왜 묻죠?"

소년을 바라보았다. 부끄러운 듯 소년의 얼굴이 빨갛게 달아올랐다.

"어머니의 작품이 우리 주간지에 실렸으면 하는 건가요? 70만 독자가 읽어 주길 바라는군요. 할아버지도 기뻐하실 테고."

"아니에요, 그런 거……."

소년의 얼굴이 더욱 붉어졌다. 정곡을 찌른 듯했다. 잠시 생각한 후 내가 말했다.

"오케이. 데스크에 부탁해 볼게요."

소년의 얼굴이 환해졌다.

"약속은 못 해요. 그래도 괜찮나요?"

"그럼요."

"그러려면 우선 어머니들의 작품집을 손에 넣어야 해요."

"제가 경찰에 돌려달라고 해 볼까요? 아니면 야마사키 씨에게 전화해 봐도 되고요."

"아니에요. 모리 군은 아무것도 하지 않는 게 좋겠어요. 제가 어떻게든 해보죠. 그것보다 여기에 왔다는 건 경찰 관계자에게는 비밀로 해 주세요. 뭔가 거래 같아서 좀 그렇지만."

"알겠어요."

소년은 남자다운 목소리로 단호하게 말했다.

역으로 돌아가는 길을 걸으며 생각했다. 정말로 호감인 소년이었다. 하지만 소년이 내 수첩을 보면 뭐라고 생각할까. 수첩의 모든 페이지가 새하얬다. 소년의 말을 메모하는 척만 계속했던 것이다.

칸파치 순환도로까지 돌아왔다. 신호를 건너려는데 시끄러운 클랙슨이 울리더니 검은 메르세데스 벤츠 한 대가 눈앞에 섰다. 운전석 문이 열리고 도코의 얼굴이 나타났다.

"다음은 야마사키 씨한테 가시죠?"

나는 분명히 얼굴을 찌푸렸을 것이다.

"그런 얼굴 하지 말고 얼른 타세요."

나는 조심스럽게 조수석의 문을 열었다.

"이 차는 어디서 난 거야?"

"아저씨가 나가고 나서 바로 할아버지 비서에게 가져다 달라고 했어요. 타이밍이 딱 맞았네요. 그 주소라면 분명 이곳을 지날 거라고 생각했거든요. 저 5분밖에 안 기다렸어요."

"왜 이렇게 위험한 짓을 하는 거야?"

"어차피 이미 이것저것 충분히 위험해요. 집도 누군가에게 침입당했는데 경찰에 신고도 못 하고 있고요. 저는 희생자 딸이에요. 잊으셨어요? 그 딸이 어머니 사인에 관한 단서를 찾을지도 모르는 순간에 마냥 손 놓고 있는 게 더 이상하지 않아요? 저 그렇게 불효녀는 아니거든요."

내가 한숨을 내쉬는 순간 도코가 자동차를 발진했다. 도코의 운전은 절대 모범적이라고 볼 수 없다. 갑자기 과속하더니 무서운 속도로 주변 자동차 사이를 마냥 달리기 시작했다. 아사이의 운전과는 완전히 대조적이었다. 야쿠자보다 형편없는 운전 실력이다. 그렇게 말하려고 하다가 그만두었다. 다시 한번 한숨을 내쉬고 물었다.

"내가 부탁한 건 어떻게 됐어?"

"아, 그거요. 역시 잘 안됐어요. 엄마와 시바야마 요코 씨, 야마사키 유카노 씨의 관계는 비서도 모르더라고요. 아저씨 쪽은요?"

소년과의 대화를 간략하게 말했다.

"역시 단가였나. 그걸로 센트럴파크가 중앙공원이라는 구도는 확실해졌네요. 그런데 어쨌든 그 결사지에도 엄마 이름은 없었던 것 같아요."

"내 생각도 그래. 너는 왜 그렇게 생각했는데?"

"지금 저를 테스트하는 거예요? 뭐, 괜찮아요. 저도 아저씨의 사고 패턴을 점점 이해할 수 있게 되었거든요. 단세포적 논리회로 같달까. 경찰이 시바야마 씨의 집을 방문한 게 어젯밤 8시. 이름은 목차를 보면 바로 알 수 있고요. 만약 엄마 이름이 있었다면 어젯밤 우리 집에 찾아와서 이것저것 물었겠죠."

"똑똑하군. 그런데 그렇다고 해서 유코의 단가가 실려 있지 않다는 결론을 내리긴 어렵지."

"필명을 사용했을 수도 있어서요?"

감탄했다.

"바로 그거야. 필명을 썼을 수도 있지."

"아무래도 제가 나설 차례 같네요."

"무슨 뜻이지?"

"그러니까 야마사키 씨는 고집불통에 매스컴을 싫어한다 면서요. 그럼 그 집에서 제대로 상대해 줄 사람은 누구겠어 요? 같은 사건으로 희생된 유족 정도 아닐까요?"

도코의 말이 맞았다. 어떻게 할지 고민하는 중이었다. 유 족이 같은 사건으로 희생당한 다른 유족을 만나러 간다. 그 리 부자연스러운 일도 아니다. 적어도 매스컴의 귀찮은 공 세보다는 훨씬 받아주기 쉬울 것이다.

"알았어. 야마사키 씨네는 네게 전부 맡기도록 하지."

내가 말했다.

도코가 다시 액셀을 강하게 밟았다. 나는 야마사키 씨네 도착하기까지 절대 안전벨트를 풀지 않았다.

16

야마사키 유카노의 본가는 오모리역 근처에 있는 메밀국 수 식당이었다. 번잡한 거리 속에 그 식당의 간판만 낡아서 오히려 눈에 더 잘 들어왔다. 그곳만 세월의 흐름에서 빗겨 간 듯한 분위기였다. 아직 오후1시 전이지만 입구에 폐점 표 지판이 걸려 있다.

도코는 식당의 현관을 잠시 바라보다가 망설임 없이 문을 열었다.

"실례합니다."

큰 소리로 말하며 들어갔다.

식당 한쪽에서 바스락거리는 소리가 들리더니 남자 한 명이 조리장 안쪽에서 모습을 드러냈다. 머리가 희끗희끗한 일흔 넘은 듯한 노인이었다. 노인의 표정은 결코 기분 좋아 보인다고 하기 어려웠다. 노인은 무뚝뚝한 표정으로 도코와 나를 빤히 쳐다보았다.

"누구요?"

목소리도 그의 안색과 마찬가지로 무뚝뚝했다. 지극히 불쾌한 듯한 울림이 느껴진다.

"할아버지. 유카노 씨의 아버지시죠?"

도코는 그의 반응을 전혀 개의치 않고 밝은 목소리로 말했다.

"당신, 예의도 몰라? 누구냐고 물었잖아."

"저, 마쓰시타 도코입니다."

"유카노의 친구인가?"

도코는 고개를 저었다.

"저희 어머니가 유카노 씨의 친구였을지도 몰라요."

"친구였을지도 모른다고? 당신 어머니가 누군데?"

"마쓰시타 유코. 할아버지 따님과 똑같이 돌아가셨어요.

폭발로요."

노인의 표정에 갑자기 당황한 기색이 서렸다.

"그건 안됐군. 그런데 무슨 일로 왔나?"

"유카노 씨에게 향을 올리려고요."

"저 남자는?"

"어머니 친척이요."

흠, 노인이 중얼거렸다.

"이쪽이야."

살가움 없이 그 말만 하고 노인은 가게 한쪽으로 들어갔다. 나는 도코의 얼굴을 힐끗 보았다. 희미한 미소를 머금고 있다. 도코가 도대체 무슨 생각을 하는 건지 알 수 없다. 우리는 아무 말 없이 그를 뒤따랐다.

안내받은 방의 불단에는 사진이 놓여 있었다. 영정 사진의 검은 테두리 안에 야무져 보이는 지적인 얼굴이 있었다. 향에 불을 붙여 꽂은 다음 합장을 했다. 도코는 사진을 보다가 노인을 향해 고개를 돌렸다.

"상심이 크시겠어요. 따님은 앞날이 창창하셨을 텐데. 은행에서 과장으로 일하셨잖아요."

도코의 말투는 산전수전을 다 겪어 쓴맛, 단맛을 다 아는 어른의 것처럼 묻어나는 감정까지 무척 자연스러웠다.

노인은 입술을 삐죽이며 흐음, 하고 중얼거렸다.

"그 녀석도 바보야. 커리어우먼인지 뭔지는 모르겠지만 가라는 시집은 안 가고 외국에 가는 바람에 그런 일을 당한 거라고."

"어째서 그렇게 생각하세요?"

"그러니까 뉴욕에서 단가 모임인지 뭔지에 들어가지 않았으면 그때 그 공원에 있지도 않았을 거잖아."

"그게 무슨 말이에요?"

"단가 모임 월례회가 있다면서 그 바보가 외출했어."

"그런데 매스컴에는 안 나왔던데요."

도코가 말했다.

"매스컴 놈들은 남들의 불행에 몰려드는 파리 떼야. 여기 찾아오는 바보 놈들은 전부 쫓아냈어."

"와우, 저랑 똑같네요. 할아버지, 그거 경찰한테도 말 안 하셨죠?"

노인은 한 박자 쉬더니 내뱉듯이 말했다.

"그럼. 난 말이야, 경찰이 기자보다 더 싫어. 한마디도 안 했어."

"그것도 저랑 똑같네요. 우린 잘 통하는데요? 그런데 왜 경찰이 싫으세요?"

"뭐, 여러 이유가 있지. 차라도 끓여올까?"

도코가 끄덕였다.

노인은 마침 차를 마시려던 참이었던 것처럼 찻잔 두 개를 바로 들고 왔다. 뚜껑까지 제대로 덮여 있는 찻잔에 차가 담겨 있었다. 도코가 한 입 마셔보고는 정말 맛있다고 감탄하듯 말했다. 동감이었다. 노인의 주름이 한층 깊어졌다. 주의 깊게 살펴보니 그건 희미하게 짓는 미소였다. 처음으로 노인이 웃은 것이다.

"젊은 사람이 잘 아네. 차에는 돈을 안 아끼거든."

"이 차 정말 맛있어요."

노인은 또 흠, 하고 중얼거렸다.

"할아버지. 또 물어봐도 돼요? 왜 경찰이 싫으세요?"

"아버지가 전쟁 때 특고*한테 살해당했어. 그 후로 난 일본 경찰은 절대 안 믿어."

"제가 괜히 옛날 일을 들췄네요."

"괜찮아. 향만 올리러 온 거 아니지? 왜 날 찾아왔어? 같은 처지에 공감만 하려고 온 거라면 사양하겠어."

"저도 그런 건 싫어해요. 사실 어머니의 유품을 찾으러 왔어요."

"유품?"

"저희 어머니도 뉴욕에 계셨거든요. 따님과 같은 단가 모

---

* 특별 고등 경찰의 준말. 1911년 설치되어 제2차 세계대전이 끝날 때까지 존속한 일본의 비밀정치경찰이다. 사상범에게 잔악한 고문을 하는 것으로 악명높았다.

임 회원이었던 것 같아요. 확실하지는 않지만요. 그 무렵에 단가를 모아서 책으로 만들었다고 들은 적이 있거든요. 혹시 할아버지가 갖고 계시지 않을까 싶어서 왔어요."

흠, 또 노인은 중얼거리더니 도코를 지그시 바라보았다.

"젊은 데도 야무지군."

"당연하죠. 젊다고 얕보지 마세요. 요즘 젊은 여자들이 전부 클럽에서 춤만 추는 건 아니거든요. 그거야말로 편견이에요."

노인은 이번에는 어렴풋이 소리 높여 웃었다. 쉰 기침 소리 같았지만 그건 확실한 웃음소리였다.

"우리 딸과 닮은 구석이 있어. 야무지면서도 천방지축이랄까. 그 책이라면 갖고 있어. 볼 거야?"

"당연하죠. 그러려고 온 건데요."

노인은 끄덕이며 자리에서 일어났다. 계단을 오르는 소리가 들리자 나는 도코의 귓가에 속삭였다.

"너, 제법인데."

"저, 할아버지들 좋아해요. 아저씨도 나이 들면 저렇게 될 수도 있을 텐데."

"그렇다면 다행이군. 노후의 불안이 사라졌어."

노인은 돌아와서 책 묶음을 털썩 도코 앞에 내려놓았다.

"전부 몇십 페이지나 돼서 두껍지만 제대로 제본되어 있어. 표지에는 영어로 메모리 오브 센트럴파크라고 쓰여 있고. 1호부터 7호까지야."

도코는 노인이 거절할 새도 없이 한 권을 꺼내 목차를 살펴보았다. 유코가 필명을 썼다면 내용을 읽지 않으면 알아차릴 수 없다. 아니, 읽어도 모를 수도 있다. 나도 한 권을 집어 들어 펼쳐 보려고 했다. 그때 도코가 찾았다며 큰 소리를 냈다.

"어머니 유품 찾았어요. 필명으로 쓰셨네요. 할아버지 이거 전부 저 주시면 안 돼요?"

나는 깜짝 놀랐다. 더 놀라운 건 노인이 깔끔히 알겠다고 한 것이다.

"그 책은 썩을 정도로 많이 남아 있거든. 가져가도 돼."

도코는 고맙다고 말하며 일어섰다. 나도 일어서며 결국 도코가 이 노인에게 거짓말을 하나도 하지 않았다는 것을 알아차렸다. 현관 앞에서 도코가 노인을 돌아보았다.

"할아버지. 우리가 따님의 원수를 갚을지도 몰라요. 이 사람이 그렇게 할 거예요."

"노력하고 있습니다. 경찰의 손을 빌리지 않고 해볼 생각입니다."

내가 말했다.

노인은 지쳤다는 듯이 고개만 주억거렸다.

303

자동차로 돌아와 조수석에서 도코가 보고 있던 책의 목차를 펼쳤다. 스무 명 정도 되는 사람의 이름이 나열되어 있다. 시바야마 요코의 이름은 있었다. 하지만 유코의 필명이 무엇인지는 알 수 없었다. 물론 마쓰시타 유코의 이름은 보이지 않는다.

"유코의 이름이 있다고 한 게 몇 호였지? 필명인지 어떻게 안 거야?"

"간단하지 않아요? 우선 시부야 쪽으로 갈게요."

도코는 자동차를 출발시켰다. 거친 발진의 속도감을 느끼며 목차에서 눈을 떼지 않았다. 하지만 여전히 알 수 없었다. 포기하고 도코 쪽을 바라보았다.

"힌트 좀 줘."

"아저씨, 진짜 둔감하네. 난 바로 눈치챘는데. 누가 봐도 가인歌人 같은 이름이 하나 있잖아요."

다시 목차로 눈을 돌렸다. 그 이름은 알아차렸다. 구도 요네. 그런데 이 이름이 어떻게 유코와 연결된다는 것일까.

"철자 바꾸기예요. 진짜 간단한 철자 바꾸기."

"그렇군. 난 알파벳엔 약해서. 구도 요네라고 읽는 거 맞지?"

"그런 것 같아요. 예전 성을 쓰고 있지만."

KUDO YONE. 이 알파벳의 배열을 바꿔 보면, ENDO

YUKO가 된다. 다른 호의 목차도 살펴보았다. 이 이름은 4
호, 5호 두 권에만 있었다. 표지에 표시된 연도는 각각 85년,
86년이다.

"경찰도 애 좀 먹겠네요. 필명도 그렇지만 저 할아버지,
경찰한테는 절대 협력할 것 같지 않아요. 분명 유카노 씨의
주소록 정도는 남아 있을 텐데 어쨌든 경찰한테는 절대 안
보여 주시겠죠."

"나도 그렇게 생각해."

나는 유코의 단가를 읽으며 답했다.

"저, 단가에 대해서는 잘 몰라요. 뭔가 알아냈으면 알려
주세요."

"대부분 뉴욕의 거리 풍경을 읊은 거야."

'5번가초', '6번가초'라는 제목으로 구도 요네의 단가가
각각의 호에 스무 편 정도 실려 있었다.

'기름을 끼얹은 날에 불기둥처럼 솟은 고층 빌딩, 하늘 어
디에도 의지할 데 없구나.'

'황혼이 드리우는 거리의 살덩이를 멈추게 한, 붉은 과일
껍질 벗겨 놓은 듯한 신호등.'

이런 식으로 시작하는 '5번가초'를 작은 소리로 읽자 도코
가 해석해 달라고 했다.

"해석이라고 할 것도 없을 정도로 그렇게 어려운 단가는

아니야. 첫 구절의 기름을 끼얹은 날은 기름을 쏟아부은 것처럼 내리쬐는 한여름의 어느 날. 거리의 풍경이지. 그런 날에 고층 빌딩들이 불기둥처럼 보였고. 하늘 어디에도 의지할 데 없다는 건, 이 견딜 수 없는 더위를 피할 방법이 없다는 말이지. 또 그 더운 날을 상징하는, 고통이 넘치는 이 세상은 변하지 않고 변하려고도 하지 않는다는 걸 말하고 있어. 그런 체념 같은 것이 느껴져. 뭐, 개인적인 감상이지만. 두 번째 구절의 살덩이는 육체를 뜻해. 그러니 거리의 살덩이는 거리를 거니는 사람들을 의미하지. 뉴욕 거리를 거니는 다양한 사람들을 멈추게 한 빨간 신호등이 석류가 과육을 드러내는 것처럼 보였다는 거고. 그런 풍경을 읊고 있어."

도코는 잠시 말이 없다가 불쑥 말했다.

"이건 제가 열셋, 열네 살쯤이에요. 엄마는 별로 행복해하시지 않으셨어요. 그런 뜻 아닐까요."

"그럴지도."

"그런데 왜 이런 단가를 내 집에서 훔치는 인간이 있는 걸까요. 어째서 훔치는 건지."

"그러게."

나는 그렇게 답할 수밖에 없었다.

도코는 그대로 침묵했다. 나는 유코의 단가를 읽고 있다가 어느 단가에 시선이 얼어붙었다.

자동차는 제1게이힌 도로에서 야마테도리로 들어서고 있었다. 오사키역이 보이는 교차로에서 신호에 걸렸다. 그때 나는 여기서 내리겠다고 하며 문을 열었다. 차선 한가운데였다.

도코가 눈을 동그랗게 떴다.

"어디 가시려고요?"

"일이 생각났어. 다시 전화할게."

도코가 구시렁거리는 게 등 뒤에서 들려왔다. 바보, 라고 외치는 소리도 들린 것 같지만 점점 들리지 않았다. 신호등이 파란불로 바뀌자 도코의 뒤에 서 있는 자동차들이 연신 클랙슨을 울리고 있다. 멈춰 있던 도코의 메르세데스 벤츠가 급발진했다. 차는 무서운 속도로 시야에서 사라지고 있었다.

역 근처에 있는 공중전화부스에 들어갔다. 전화 카드를 넣고 버튼을 누르자 첫 번째 신호음이 채 끝나기도 전에 '네. 「주간 선」 편집부입니다'라는 말이 돌아왔다. 벌써 마감일은 지났고 오늘은 휴일이다. 그런데도 출근한 직원이 있다는 건 나름의 이유가 있을 것이다. 나 때문일지도 모른다.

"모리 씨, 부탁합니다."

내가 말했다.

─지금 외근 중이신데요.

"그럼, 마쓰다 씨는 계십니까? 시마무라라고 합니다."

잠깐의 침묵이 흘렀다.

─ 계십니다, 바꿔드리겠습니다.

─시마무라 씨?

마쓰다의 차분한 목소리가 들려왔다.

─아니면 기쿠치 씨라고 불러도 되려나요. 계속 전화 기다리고 있었습니다. 당신 성격이라면 반드시 전화할 거라고 생각했거든요. 모리 씨가 그렇게 말했지만요. 우리 데스크 의견도 가끔은 적중하는 것 같네요.

"이것저것 새로운 사정이 생겨서 전화한 겁니다."

─무슨 사정입니까?"

"사과할 것과 부탁할 것, 그리고 질문이 있습니다."

─그렇게나 많으면 어디서 만나지 않겠습니까? 물론 우리가 경찰에 연락할 가능성은 백 퍼센트 없고요. 모레 나오는 우리 톱 기사의 표제를 알려 드릴까요? '일본 공안, 이렇게나 바보인가'입니다. 71년 사건은 철저히 파헤쳤어요. 희생자이기도 한 구와노 씨의 집에서는 폭탄 재료의 흔적이 발견되었으나 당신 집에서는 전혀 발견되지 않았죠. 그 외에도 복싱 시합 예정이라든지 주변 이야기라든지 여러 재료

는 있고요. 그건 당신에 관해서는 면죄 이외에 아무것도 아니죠. 게다가 그건 사고였고요. 신주쿠 사건과도 당신은 관계가 없고요. 우리가 하려는 건 당신의 무죄 캠페인입니다. 현재의 의혹과는 완전히 역발상이죠. 주간지로서는 획기적인 일이 될 겁니다.

"과연. 「주간 선」은 나와 기쿠치가 동일인물이라는 걸 벌써 알아냈군요. 아직 신문에는 나온 것 같지 않은데."

─그건 공안이 우리 쪽 모리 씨에게 가르쳐 준 것 같습니다. 경찰은 당신 가게의 지문을 채취했어요. 그때 모리 씨의 지문도 발견했고요. 그도 전공투 세대로 검거 경력이 있거든요. 실은 모리는 지금 신주쿠 경찰서에서 참고인으로 두 번째 사정 청취가 한창이에요. 그래도 내일 석간신문까지는 시마무라 씨의 이름과 가게 이름도 분명히 나오겠죠. 내일모레, 우리가 그걸 보도하면 공안은 체면이 서지 않을 거예요. 뭐, 그런 사정입니다만 만나서 이야기할 순 없을까요?"

전공투 세대. 그 단어가 내 안에서 복잡하게 울려 퍼졌다.

"아뇨, 사양하겠습니다. 일방적으로 전화 드려서 죄송하지만요."

─그럼 잠시 기다려 주세요.

말소리가 들렸다. 메모지를 준비했을 것이다.

―말씀하세요.

"먼저 죄송하지만 지금 하신 말을 들으니 모리 씨에게도 사과해야 할 것 같네요. 가게 손님 전부에게 사과할 시간과 방법은 없으니 그건 이해해 주셨으면 하고요. 또 하나, 사실 제가 「주간 선」의 이름을 무단으로 도용했습니다. 시바야마 유코라는 희생자의 유족 중 모리 군을 아시겠죠? 오늘 이야기를 들으려고 「주간 선」의 마쓰다 유키오라고 둘러댔습니다. 마쓰다 유이치라고 하려고 했는데 당신이 먼저 다녀갔더군요."

웃음소리가 들려왔다. 나는 계속 말했다.

"다음으로 부탁입니다. 시바야마 유코 말입니다만 그녀는 단가를 쓰고 있었어요. 그 작품을 한 편이라도 좋으니 다음 주 「주간 선」에 실어 주셨으면 합니다. 작품은 경찰이 갖고 있어요. 마쓰다 씨라면 어떻게든 손에 넣을 수 있으시겠죠."

―그게 무슨 말씀이시죠?

야마사키 유카노에 관해서는 생략하고 소년과 나눈 이야기만 조심스럽게 일부를 이야기했다. 마쓰다는 또 웃음을 터뜨렸다.

―그 이야기만으로도 재미있는 소재가 되겠네요. 알겠습니다. 제가 책임지고 약속하겠습니다. 편집장님도 모리

씨도 분명 그렇게 하라고 할 거예요. 시바야마 모리 군에게
도 한 번 더 찾아갈 생각인데 그때 그에게도 마쓰다 유키오
가 실존 인물인 것처럼 해 두죠. 그럼 질문은 뭔가요?

"에구치 조직의 상층부에 대해 알고 싶어요."

마쓰다는 잠시 뜸을 들였다. 노트를 꺼내는 듯하더니 덤
덤히 읽어내려갔다.

—이걸로 괜찮으신가요?

다 읽은 후 그가 물었다.

"충분해요. 감사합니다."

—그런데 도대체 무슨 생각을 하고 계십니까? 무슨 생각
이신지 저는 통 모르겠네요.

"사실은 저도 지금 그걸 몰라서요. 그래도 어쨌든 고마워
요."

감사 인사를 하고 전화를 끊으려는 순간 마쓰다가 불쑥
말했다.

—저기요, 시마무라 씨. 당신이 표면에 나설 때는 먼저 우
리에게 연락해 주실 수 있나요?

"그럴 생각입니다. 마쓰다 씨에게는 너무 신세를 져서요.
다만 무사히 표면에 나설 수 있으면 그럴 생각입니다."

웃음소리가 들려왔다.

—그럴 수 있기를 바라겠습니다.

정중히 감사 인사를 하고 전화를 끊었다. 그때 불현듯 또
찾아가야 할 곳이 있다는 것이 떠올랐다.

17

아사이와 약속한 시간보다는 일렀지만 하마초에 가까운
닌교초로 향했다. 뼛속까지 피로가 스며들고 있다. 오후에
는 계속 책상 앞에 앉아 몇 번이나 전화를 걸었다. 익숙하지
않은 작업이어서 그런지 그것만으로 지친 상태였다. 체력
이 떨어진 것이다. 아직 해야 할 일이 남아 있을 테지만 그럴
기분이 아니었다. 단지 하나만을 제외하고는. 위스키를 오
랫동안 참았다. 지금은 손 떨림을 가라앉힐 필요가 있다.

환승한 지하철은 매우 혼잡했다. 겨우 석간신문을 펼쳤
다. 마쓰다가 내일 자 신문이라고 했듯이 현재로서는 시마
무라라는 이름은 나와 있지 않다. 한 조간신문이 특종 기사
를 냈던 폭약과 기폭방법에 관한 후속 기사를 주로 다루고
있었다. 이 때문에 수사본부가 발표를 서둘렀던 것 같다. 대
체로 사실관계는 인정하고 있지만 가능성이 큰 단계일 뿐이
며 아직 확실하다고 단정 지은 것은 아니라는 내용이었다.
사건이 전부 해결되기까지 경찰조직은 신중한 자세를 고수

할 것이다.

사회면을 물끄러미 바라보는데 광고 위에 있는 기사가 눈에 들어왔다.

'신주쿠의 노숙자, 뺑소니로 사망.'

기사 속 이름에 시선이 멈췄다. 다쓰무라 유타카(28세). 짧고 간결한 기사였다. 물론 세간이 그에게 관심을 가질 이유는 전혀 없다. 노숙자 한 명이 교통사고로 죽었다. 간단한 사실이 있을 뿐이다. 다쓰가 뺑소니를 당한 것은 오전 10시 무렵이었다. 장소는 구야쿠쇼 거리. 검은 승용차가 맹렬한 속도로 쇼쿠안 거리 쪽으로 달아났다고 한다. 기간 만료된 여권이 있어서 피해자 이름을 알 수 있었다. 그 외에 소지품은 노숙자에게는 보기 힘든 현금 몇만 엔, 1달러 지폐 몇 장. 그것뿐이었다. 그 이상 아무것도 모른다. 사진도 없다. 물론 시신을 어떻게 처리했는지에 관해서도 다루고 있지 않다. 하지만 여권을 보면 본적은 알 수 있을 것이다. 그렇다면 누군가가 그의 가족에게 연락할 것인가. 아니, 애초에 그에게 관심이 있는 가족이 있긴 한 것일까. 아무것도 모른다. 단 몇 센티미터 사각 테두리에 담긴 정보. 그것이 전부였으며 그런 식으로 그의 인생은 막을 내리고 있었다. 내게서도 다쓰의 생애는 그런 식으로 끝나고 있었다. 손이 떨려 신문이 흔들리자 옆에 있던 남자가 맞았는지, 어이, 라고 시비를 걸었다. 나는 엄청 심각한 표정을 짓고 있었을 것이다. 내 표정을 보고 남자는 더 이상 아무 말도 하지 않았다.

닌교초역에서 내려 가장 처음 술집을 찾았다. 주문한 안주에는 손도 대지 않고 위스키를 스트레이트로 물처럼 마셨다. 어젯밤 다쓰는 나에게 이야기를 해달라고 했다. 그걸 나는 피곤하다는 이유로 거절하고 혼자 생각하는 쪽을 택했다. 하지만 그게 무슨 의미가 있었을까. 다쓰와 이야기를 했으면 사태는 다른 방향으로 흘렀을지도 모른다. 다쓰가 갈색 머리 포교자에게서 마약과 돈을 받고 있다는 사실을 당사자에게 지적한 것도 나다. 다쓰의 자존심을 짓밟은 것이다. 그렇게 다쓰는 상한 자존심을 안은 채 죽고 말았다. 내게는 그의 자존심을 짓밟을 권리 따위 없었다. 그런 짓은 하면 안 되는 것이었다. 나는 단지 우쭐해하고 있었을 뿐이다. 멋진 턱수염 속에 축 처진 다쓰의 표정이 떠올랐다. 한밤의 거리를 걸으며 그 얼굴을 보았다. 오늘 아침부터 술을 한 방울도 마시지 않았다. 하지만 위스키는 언제나처럼 아무 맛도 나지 않았다. 더욱 최악이었다. 구토를 했다. 옆자리 남자가 한마디 하길래 참지 못하고 그를 때렸다. 젊은 점원이 나를 말렸다. 점원도 때렸다. 또 다른 점원 한 명이 다가와 맥주병을 한 손으로 번쩍 쳐들었다. 나는 병을 피하면서 점원의 얼굴에 주먹을 꽂았다. 점원은 쿵 소리를 내며 바닥으로 쓰러졌다. 카운터에서 누군가가 전화를 집어 드는 것을 본 순간 술집을 뛰어나왔다. 금방 숨이 찼다. 휘청거리는 발걸음으로 걷기 시작했다. 어디를 걷고 있는 건지도 알 수 없었다. 낯선 골목을 누비며 걸었다. 도대체 여기는 어디인가. 어디를 향하고 있는 것일까. 모른다. 내 생활과 똑같다. 나 자신과도 똑같았다. 경찰차의 사이렌 소리가 멀리서 울리고 있다. 골목 구석에 웅크리고 앉아 토하려고 했지만 토는 나오지 않았다. 목구멍에 손가락을 넣어 봤지만 소용없었다. 위액조차 나오지 않았다. 나는 발악하고 싶었지만 그조차 못 했다. 서글펐다. 눈물의 결정이 맺혔을 때 누군가의 팔이 내 어깨를 꽉 감쌌다.

"정신이 좀 들어?"

아사이의 목소리였다. 나는 소파 위에 누워 있었다.

"자네가 그렇게 주정을 부릴 줄은 생각도 못 했어."

"여긴 어딘가."

내가 물었다.

"내 집이야. 밤에 집으로 가고 있는데 거리가 엄청 소란스럽더군."

"그런가."

나는 아직 넋이 나가 있었다.

"샤워해. 조금 나아질 거야."

"그래야겠어."

최대한 따뜻한 물을 틀었다. 아플 정도로 뜨거운 물이 피부에 흐른다. 몸 안에 있는 무언가까지 깊이 스며들지는 않는다. 뜨거움을 견디고 있자 조금씩 마음이 차분해졌다. 욕실을 나와 수건으로 몸을 닦고 옷을 입었다.

"새 코트가 엉망이 됐네."

아사이가 웃으며 말했다.

"그런데 이제 정말로 범죄자가 되었군. 아직 정체는 들키지 않았겠지만 경찰한테는 정식으로 대의명분이 생긴 셈이야. 상해죄 말이야."

"그러게. 내가 바보였어."

"어째서 그렇게나 취한 거야?"

"지인이 살해당했어."

"누구한테?"

나는 다쓰가 어젯밤 이야기한 것과 신문에서 읽은 그의 사망에 관한 기사에 대해 말했다. 아사이가 눈살을 찌푸린 채, 술을 더 마시겠냐고 물었다. 내가 끄덕이자 아사이는 이번에는 천천히 마시라고 충고했다. 그의 말대로 글라스에 든 술을 조금씩 홀짝였다. 평소의 페이스가 조금씩 돌아오고 있었다. 아사이가 말했다.

"그 남자가 살해당했다는 건 어떻게 알아?"

"타이밍이 너무 절묘해. 다른 근거는 없는데 어쨌든 확실해. 뺑소니 차량은 도난차량일 거고."

흠. 아사이가 중얼거렸다.

"그 남자는 모치즈키 같은 남자에게 협박당했다고 했지? 경찰도 니시오라는 남자에게 접근해 올 누군가를 쫓는다며. 그 누군가가 공원 폭발 사건과 관련이 있는 건 확실해. 마약과 관련 있다고 해도 뭐, 이제 그쪽은 덤이지. 자네는 니시오가 경찰에 자백하면서 모치즈키를 거론하면 곧 가택수사가 있을 거라 생각한 거군. 그래서 나한테 충고했고. 그런가?"

"맞아. 그런데 니시오는 입을 열지 않은 듯해. 그랬다면 벌써 자네 사무소를 수색했을 거야. 모치즈키도 다쓰를 협박할 정도니까 경찰의 움직임은 당연히 알고 있을 테고."

"그래도 의문은 남아. 우선 그 남자가 모치즈키인지 확인할 수 있을까. 뺨에 상처가 있고 파란 정장을 즐겨 입는 남자는 이 세상에 제법 많다고. 게다가 모치즈키가 다쓰라는 남자를 살해까지 할 이유가 있어?"

"다쓰가 모치즈키한테 살해당했다고는 말 안 했어. 모치즈키의 행방은 아직 몰라?"

아사이는 고개를 저었다.

"응. 전혀. 이런 일은 처음이야."

벽에 걸린 시계를 보았다. 오후 9시를 지나고 있었다.

"그런데 오늘 할 일이 있다고 했잖아. 뭔가 새롭게 알게 된 것이라도 있나?"

아사이가 말했다.

나는 유코가 단가를 쓰고 있던 것과 그 원고지가 딸의 집에서 정체를 알 수 없는 침입자에 의해 도난당한 것, 시바야마와 야마자키의 집을 방문한 것만을 띄엄띄엄 말했다. 도코의 이름은 말하지 않고 매스컴 쪽 지인이라 둘러댔다.「주간 선」의 이름을 또 써먹었다.

"유코가 왜 그 공원에 있었는지는 알아냈어. 그런데 그게 다야. 그 이후로는 통 모르겠어."

나는 또 흠, 이라고 중얼거리는 아사이의 얼굴을 계속 바라보았다.

"아사이, 당신은 어땠어? 어젯밤, 어딜 잠복하고 있었잖아. 휴대폰 전원도 꺼두고."

"가미샤쿠지이."

"누구 집을 감시한 거야?"

"에구치 조직 젊은 보스의 집. 내가 그 젊은 보스를 보좌했으니 나보다 더 형뻘이야. 밤중에 계속 기다렸어. 보스가 돌아온 건 오늘 새벽 4시야. 여자랑 같이 있더군. 뭐, 그런 건 상관없어. 난 현관에서 초인종을 누르고 급히 할 말이 있다고 했지. 그렇게 응접실로 들어가서 이야기했어. 꽤 평화롭게."

"조직이 당신을 주시하고 있었을지도 모르는데. 그런 상황에서 그곳을 찾아갔다고?"

아사이는 희미하게 웃음 지었다.

"녀석들은 자기들이 나한테 간섭하고 있다는 것을 정식으로 인정하지 않아. 내가 대강 눈치챘다는 것도 모를걸. 실제로 그 사건 때문에 왔다고 말해도 얼굴색 하나 안 변하더군. 우선 시치미를 떼고 대처 방법은 나중에 생각하겠지. 나는 조직에서 독립했지만 지금은 성장한 중견 정도 돼. 에구치 조직도 함부로 할 수 없는 인물이 되었단 뜻이야."

"무슨 말을 했는데?"

"시마무라가 내 지인이라고 했어. 내 지인을 호되게 때려서 경고해 달라는 부탁이 어디서 들어온 건지 알고 싶다고 물었고. 우리는 온화하게 대화했는데 아마 그쪽은 이미 젊은 조직원들을 심하게 질책하고 있을 거야. 나에게 꼰지른 범인을 찾는 거지. 녀석들은 아마 언젠가 내 머리를 숙이게 하려고 벼르고 있을 거야."

"역시 하루테크라는 회사에서 청탁이 들어온 건가?"

"그게 좀 미묘해. 이야기가 나온 건 확실히 하루테크의 직원한테서야. 비서실장이래. 나가하마라는 남자야. 그런데 본사와는 관계가 없고 개인적인 의뢰였던 듯해. 적어도 보스는 그걸 강조했어. 그런데 중요한 건 그 남자가 이번 주 월요일 부로 사표를 냈다는 거야. 오늘 하루테크에 전화해서 확인해 봤는데 사실이었어. 나가하마 실장 바꿔 달라고 하니까 안내원이 이번 주에 퇴직했다고 하더라고. 그 남자의 행방은 몰라."

"에구치 조직과 나가하마라는 남자는 왜 개인적인 관계가 있는 거야?"

"그 남자가 예전에 총무로 있었대. 그때부터 연이 있었다는 듯해."

"젊은 보스와 마약 이야기는 안 했어?"

"그런 이야기를 할 수 있을 리가 없잖아. 지금 내 입장에서 그런 말을 했다가는 내정간섭이지."

일어나서 창가로 다가갔다. 창밖에는 스미다강이 흐르고 있었다. 이 아파트는 넓다고까지는 할 수 없어도 몹시 비쌀 것이라는 생각을 하며 소파로 돌아왔다.

"권총은 여기에 가져다 뒀어?"

"응. 자네 말을 듣기 전에도 그럴 생각이었어. 자동차는 이제 없어. 사무소에 둘 수도 없고."

"잠깐 보여 주지 않겠어?"

아사이가 눈살을 찌푸렸다.

"왜 그러는데?"

"권총 같은 건 본 적이 없어서. 제대로 눈으로 볼 기회가 없었거든. 이럴 때 한번 관찰해 보고 싶어."

아사이는 서랍을 열어 어제 내가 본 리볼버를 말없이 책상 위에 올려두었다. 나는 그립을 잡고 얼굴을 가까이 가져갔다. 심플한 금속제 도구다. 하지만 상상과 다른 점이 하나 있다. 무겁다. 예상보다 무거웠다.

"조심해. 실탄이 다섯 발 들어 있어."

"킹 코브라라고 하던가. 안전장치는 어떤 거야?"

"그런 건 원래 없었어."

아사이가 웃었다.

"그건 더블 액션이야. 방아쇠를 당기면 격철이 일어나고 실린더가 회전해. 그대로 방아쇠를 계속 당기면 발사되고. 방아쇠를 가벼운 싱글로 교체하면 격철과 동시에 발사되지. 간단해."

아사이의 말대로 나는 격철을 일으켰다. 찰칵, 하는 소리와 함께 멈춘다. 동시에 실린더가 6분의 1 정도 회전했다.

"이런 식으로 하는 건가."

"어이, 그만해. 아마추어가 가지고 놀 장난감이 아니라고."

나는 그대로 총구를 아사이에게 겨누었다.

"아마추어가 이런 장난을 칠 수 있을 것 같나?"

아사이는 총구가 아닌 내 얼굴을 보았다.

"그만해. 장난이 영 별로야."

고개를 저었다.

"지금 장난치는 거 아니야. 당신, 서투르구먼. 거짓말을 하는 게 아주 어설퍼. 물론 나도 그런 말을 들은 적이 있지. 도대체 누굴 감싸고 있는 거야?"

아사이의 얼굴에서 표정이 사라졌다. 굳은 것도 아니고 겁먹은 것도 아니다. 대단한 배짱이었다. 무표정한 시선으로 지긋이 나를 바라본다.

"에구치 조직의 젊은 보스가 꽤 자세히 가르쳐 준 것 같은데."

"뭐. 어쨌든 나도 이쪽 업계에서 그런 대접을 받을 만한 위치에 있으니. 하고 싶은 말이 뭐야?"

"에구치 조직의 젊은 보스는 야기라는 남자지? 그가 자네에게 말해 준 비서실장 이야기는 진짜일지도 몰라. 그런데 자네는 아까 가미샤쿠지이라고 했어. 두 번째로 들렀던 곳의 지명이 자기도 모르게 입 밖으로 나온 거지. 야기는 고이와에 살고 있어. 가미샤쿠지이에 사는 사람은 야기가 아니라 조직의 두목이지."

아사이의 표정은 변하지 않는다.

"그래서?"

"에구치 조직의 세 번째 보스는 꽤 젊은 것 같더군. 겨우 스물넷에 조직을 물려받아서 아직 서른이고 이름은 데지마 히데오라고 하는 듯하던데."

처음으로 아사이의 표정이 희미하게 달라졌다. 나는 계속 말했다.

"사실은 오늘 오후, 나가타초에 다녀왔어."

"나가타초? 국회의원한테 진정이라도 하고 왔나?"

"그곳에는 의원회관 말고 다른 시설도 있지. 실은 국회도서관에 다녀왔어. 나는 기억력이 감퇴하고 있거든. 확인할 필요가 있어서 신문 축쇄판을 보고 왔지. 컴퓨터로도 기사는 검색할 수 있는 것 같지만 오래전 기사까지는 안 나와서. 71년 말이야. 4월 판에서 데지마 히데오라는 이름을 발견했어. 당시 여덟 살이었던 어린 목격자였어. 내 자동차가 폭발했을 때, 구와노가 구해준 남자아이의 이름이야."

길고 큰 한숨 소리가 들렸다.

"자네를 얕잡아 본 건 아닌데, 어쨌든 나도 나이가 드는 것 같군. 하나 충고해도 되나?"

그 표정에 비실비실 웃음이 떠올랐다.

"물론."

"총구가 아래로 떨어져 있잖아. 그렇게 방심하다가 목숨을 잃는다고."

손에 든 권총을 바라보았다. 확실히 총구가 바닥으로 처져 있었다.

"이런 건 내게 별로 쓸모가 없군."

총을 책상 위에 조용히 돌려놓았다. 아사이는 실린더가 돌지 않는다고 투덜거리면서 방아쇠를 잡은 채 격철을 엄지손가락으로 조심스럽게 눌렀다. 그러더니 권총을 아무렇게나 책상 위에 두었다. 이제 총에는 관심을 잃었다는 듯이 나를 쳐다본다.

"오늘 아침, 그 총을 썼지? 초연 냄새가 희미하게 남아 있어. 실탄은 여섯 발 들어가는데 지금은 다섯 발밖에 없고. 그러니 부탁인데 사실을 말해 주지 않겠어? 그러지 않으면 여기서 우리가 한판 붙을지도 몰라. 알코올중독자가 이길 가능성은 작지만 그렇다고 피할 순 없지."

"자네랑 한판 붙는다니 그것참 흥미롭군. 그래도 지금은 그만두겠어. 우리가 조지 포먼*도 아니고 이제 중년이라고."

---

* George Foreman, 미국의 권투 선수. 현역 시절 엄청난 신체 능력을 자랑한 헤비급 복서.

아사이는 물끄러미 바라보았다. 의아한 눈빛이었다. 그는 결국 자신은 뼛속까지 야쿠자는 될 수 없었다는 말을 꺼냈다. 그 말에는 어떤 감정도 실려 있지 않았다.

"난 선대 두목에게 신세를 졌어. 형사였던 나를 귀여워해 줬지. 3대째 보스가 뒤를 이었을 때 난 조금 미묘한 입장이 되었어. 나이도 있고. 나는 3대째 보스를 예전에는 꼬마라고 불렀어. 응석받이 꼬마였거든. 그런데 대를 잇자 꽤 변하더군. 그래도 업계의 의리는 알더라. 사고방식이 다소 합리적으로 변했어. 흔히들 말하는 어른이 된 거야. 그 녀석은 분명 나쁜 녀석이 아닐지도 몰라. 다만 나와 안 맞았던 것뿐이지. 그게 다였어. 3대째 보스가 그런 식이니 꽤 공적이 있던 나는 독립도 돈으로 해결 봤어. 보통은 후계 보스가 어려도 이전 보스의 부하들은 그대로 조직에 남으니 내 경우는 매우 이례적인 거지. 그만큼 3대째 보스는 은인이기도 해. 사실 오늘 아침, 그 은인에게 총구를 겨눴어. 젊은 경호원이 옆에 있었는데 그 녀석은 입을 다물게 했고. 물론 그 권총으로. 총은 팔을 관통한 정도라 생명에 지장은 없어. 다만 내가 은인에게 총을 겨눴다는 사실만은 변하지 않지. 그것도 세이슈 연합을 대표해 대대로 이어져 온 다이몬에게 말이야. 이게 무엇을 의미한다고 생각해? 이 업계에서 내 목숨은 완전히 끝났다는 뜻이야. 업계 목숨뿐만이 아니야. 실제로 얼마나 더 살 수 있을지 모른다고. 뭐, 반년 남았으면 다행이려나."

평온한 표정이었다. 그 표정 그대로 아사이는 계속 말했다.

"내친김에 자네가 지금 무슨 생각을 하는지 말해 볼까. 사실은 나도 3대째 보스한테 그걸 물어봤어. 마약 말이야. 그러니 그대로 방아쇠를 당기라고만 하더군. 배짱이 두둑하더라. 나도 그쪽 업계 인간이야. 그 이상 물어도 소용없다는 것쯤은 알지. 그래서 그냥 돌아온 거고."

"그런데 왜 그렇게 위험한 다리를 건넜어? 왜 그걸 나에게 숨긴 거야?"

아사이는 고개를 떨구고 있다가 마침내 입을 열었다.

"그러게. 나도 잘 모르겠지만 이유는 두 가지 정도 되는 것 같아."

"하나는 뭔지 알 것 같군."

아사이가 히죽 웃었다.

"뭐일 것 같은데?"

"이번 사건의 주요 관련자 중 한 명은 모치즈키야. 당신은 그를 감싸고 있어."

"흠. 나는 확실히 야쿠자지만 모치즈키와는 잔을 나누지 않았어*. 일단 조직은 주식회사야. 내가 그렇게까지 직원을

---

* 중요한 약속을 할 때 서로 배신하지 않는다는 의미에서 잔을 나누는 행위를 하는 것을 뜻한다.

감쌀 이유가 있을까?"

"있지. 게다가 선대 두목이 71년 사건에 관심을 가진 이유
도 따로 있고. 전에 아내가 사망했다고 했었지. 이름은 말하
지 않았지만 그녀의 이름은 사요코인 듯하더군."

아사이는 큰 한숨을 내쉬었다. 긍정하는 만큼 숨을 길게
내쉰다. 그런 한숨이 나에게까지 느껴졌다.

"계속해 주겠나."

"결국 전 아내도 관계자였던 거야. 71년에 자동차 폭발로
죽은 경찰은 기혼자였어. 그가 죽었을 당시의 아내가 사요
코라는 사람이었어. 그 후 그녀는 자네와 재혼했고. 그러니
모치즈키는 자네의 처남이라는 뜻이야."

"아직 술 더 마실 건가?"

아사이의 반응은 이런 질문으로 되돌아왔다. 나는 마신
다고 답했다. 그는 내 잔에 위스키를 따르며 조용히 물었다.

"어떻게 알았어?"

"요즘은 정보화 시대라는 게 거짓말도 아닌 듯해. 여러 방
법으로 신문기사를 입수할 수도 있고 정말 편리하더군. 주
간지에서 일하는 지인에게 에구치 조직의 상층부에 관해
물으면서 알게 됐어. 당신에 비하면 나는 아마추어지만 그
래도 뭐라도 할 생각이었어. 신세만 질 수는 없잖아? 결과

적으로는 한발 늦은 것 같지만……. 다만 그때 젊은 보스의 이름이 거슬렸어. 그래서 국회도서관까지 갔지. 당시 그 사건은 세간에서 매우 크게 다뤄지고 있어서 그런지 기사에서 데지마 히데오라는 이름은 쉽게 찾을 수 있더군. 내친김에 전국지를 전부 찾아 읽었고 사망한 경찰의 장례가 있던 날까지 체크했지. 그 경찰, 요시자키 아키라라는 이름만큼은 똑똑히 기억해. 내가 자동차를 정비하지 않아서 생긴 희생자니까. 그런데 그 전후로 기묘한 이름을 발견했어. 요시자키 경찰 주변에는 딱히 친지랄 것이 없었어. 그래서 매스컴은 그의 아내 주변 인물에까지 눈을 돌렸지. 한 신문만이 그녀에게 나이 차가 많이 나는 당시 여덟 살이었던 남동생까지 취재했어. '너무 분하다'라는 어린 남동생의 말이 실려 있었는데 그 아이의 이름이 모치즈키 미키라더군. 뺑소니를 당한 다쓰를 협박한 것도 역시 모치즈키고. 다쓰는 모치즈키의 성을 미키라고 착각했던 거야. 또 다른 신문에서는 아내의 부친 이야기도 나와 있었어. 모치즈키 센타로라는 사람인데 히로시마에서 술집 사장을 하고 있더군. 번호 안내 서비스로 그 술집에 전화해 봤어. 부친은 여전히 건재하고 아직 사장이더라고. 조금 꺼림칙하긴 했지만 요시자키 경찰의 옛 친구라고 소개했더니 일면식도 없는 나한테 몹시 친절하게 이야기를 해 줬어. 딸인 사요코는 그 사건이 발

생하고 몇 년 뒤에 재혼했다더군. 상대는 고교 복싱부 후배
였다고 하는데 이름은 아사이 시로라는 경찰이라고 하더라
고. 말이 나온 김에 물었더니 그 아사이가 경찰이 된 동기는
요시자키 경찰의 원수를 갚기 위해서라고 했어."

아사이는 나를 바라보고 있었다. 말이 없는 그 표정에서
는 어떤 감정도 보이지 않는다. 이윽고 그가 입을 열었다.

"그렇다면 자네에게 난 성가신 존재가 되었다는 말 아닌
가?"

"그건 아니야. 이유는 모르겠지만 어쨌든 아니야. 당신이
아직 복수심에 불타 있었으면 지금까지 복수할 기회는 몇
번이나 있었어. 나에게 무슨 짓이든 할 수 있었지. 그런데 오
히려 오늘은 나를 이렇게 돌봐주기까지 했어."

아사이의 얼굴에 쓴웃음 비슷한 미소가 떠올랐다.

"그러고 보니 그렇군."

"무슨 목적으로 나에게 접근했지?"

"맨 처음 자네 가게에 갔던 날. 그때 나는 거짓말은 하나
도 하지 않았어. 정말 몰랐어. 그날 내가 말한 그대로야. 내
말을 믿겠어?"

"믿지. 그게 아니면 당신이 굳이 아사이 시로라는 본명을
밝힐 리가 없었겠지."

"처음으로 자네 전화를 받았을 때도 몰랐어. 센터를 닫으

라고 충고했을 때 말이야. 알아챈 것은 TV에서 71년 사건과의 연관성을 봤을 때였어. 그건 이미 자네한테 말했었지. 요코하마 호텔에서 만났을 때는 물론 숨기고 있는 것은 있었지만 내가 한 말 중에 거짓은 하나도 없었어. 다만 너무 깊이 파고드는 듯하긴 했지. 조직이나 마약 관계에 대해 말할 생각은 없었고. 자네의 무언가가 털어놓게 만들었는지도 모르겠어. 내 말을 믿냐 안 믿냐는 자네 마음에 달렸지만."

"믿어. 하지만 당신의 관심이 어떻든 수습은 해야 했을 거야. 그런데 왜 그렇게 하지 않지?"

아사이는 고개를 갸웃하며 시간이 흐르면 사람은 변한다고 말했다. 마치 혼잣말을 하는 듯 자신에게 말하고 있다.

"나는 경찰이었을 때부터 선대와 관계가 깊었어. 두목은 기분이 복잡했겠지. 그 구와노에게는 감사하다고도 생각했어. 어쨌든 아들의 목숨을 구해준 은인이니까. 요시자키 씨한테도 동정이랄까. 나와 관계가 깊어진 것도 그 때문이었고. 같은 사건으로 남편을 잃은 여자와 내가 함께하게 된 것이 인상적이었나 봐. 우리 부부 보고 친자식 같다고도 말했어. 퇴직 후 에구치 조직에서 제안을 받은 것도 그래서야. 그래서 난 그 사건의 진상을 알고 싶었어. 게다가 자네라는 인물이 흥미롭기도 했고. 그렇게 유능한 복서의 훗날이 궁금했어. 하지만 그뿐이야. 경찰이었을 때 옛날 자료를 끄집어

내서 한 번 더 조사해 본 적이 있는데 공식 발표와는 꽤 달라 보이더군. 그러니 처음에 자네가 살인만큼은 하지 않았다고 말했을 때 결심했지. 전화로 말한 대로 질문에 답만 하겠다고. 물론 모르는 것도 몇 있었어. 그런데 그건 자네 이야기로 전부 확실히 알게 되었지. 이제 충분해. 구와노도 이미 죽었고."

오랫동안 아사이를 바라보고 있었다. 시시한 야쿠자라는 것쯤은 자각하고 있다고 했던 그의 말이 떠올랐다. 확실히 시간이 흐르면 사람은 변한다. 하지만 그렇게 말한 남자야말로 그 말과 가장 어울리지 않는 것 같았다. 나는 말했다.

"그렇다면 왜 에구치 조직 3대째 보스에게 총을 겨눴어? 내가 이유를 말해 볼까? 모치즈키도 시간이 흐르면서 변했지. 그래서 그런 거 아닌가? 지금은 그도 마약을 공급하는 쪽에 섰어. 에구치 조직과 관련된 밀수조직과도 접촉하고 있고. 지금 당신은 처남을 조직에서 빼내고 싶은 거야. 두목에게는 모치즈키에 관해서도 말했겠지."

"……."

"답하지 않아도 돼. 하지만 어째서 그렇게까지 계획적으로 일을 꾸며야 했지? 우리를 덮쳤던 오토바이에 탄 사람 중 한 명은 모치즈키 아니었나?"

아사이는 고개를 저었다.

"그건 아니야. 난 자네 관련해서 미키와 함께 무언가를 꾸민 적은 없어. 실제로 자네 이야기를 듣고, 그럴 수도 있겠구나, 라고 생각했지. 그 녀석이 경찰과 관계를 맺고 있다는 것도 몰랐어. 녀석이 자네에게 공원에서 술을 마시는 습관이 있다고 말하기 전까지는 말이야. 내가 그렇게 둔할 줄은 몰랐다니까."

"그럼 그 어이없었던 습격은 당신이 꾸민 게 아니라는 건가?"

"계획이고 뭐고 나와는 전혀 상관없어. 실은 그 건에 대해서도 3대째 보스에게 물어봤어. 긍정도 부정도 하지 않더군. 그 말은 즉 긍정을 뜻하지. 3대째 보스의 명령을 받고 조직의 젊은 녀석들이 한 짓이야."

"그런 거였군. 하지만 모치즈키는 내게 복수할 생각이지 않나?"

"응. 그럴지도. 내 아내, 그 녀석 누나의 복수. 그걸 녀석은 마음에 품고 있을지도 몰라. 실제로 어릴 적에 미키가 함께 복수하자는 말을 하기도 했어. 그렇지만 녀석이 그 생각을 계속 품어 왔다고 해도 난 개입할 수 없어. 그 점에 관해서는 어느 쪽 편도 들고 싶지 않거든."

"이해해."

물론 나는 아사이에게 무엇도 요구할 수 있는 입장이 아니다. 그는 그가 몸담은 세계의 룰 안에서 살아가고 있다.

"같은 말을 계속하는 것 같은데 나는 그 녀석과 71년 사건에 대해서 그 어떤 논의나 계획도 한 적이 없어. 내가 녀석에게 자네 가게를 찾아내라고 한 것도 지극히 사무적이었어. 자네와 구와노의 이름이 다시 거론되어도 왜인지 우리 둘 중 누구도 복수 이야기는 꺼내지 않았어. 시간이 흐른 거야. 그 녀석도 어엿한 남자라고. 혼자서 판단한 일에 내가 이러쿵저러쿵할 순 없어. 정말로 근성이 있어서 아직도 복수를 생각하고 있다고 한다면 녀석은 진심으로 나를 경멸하고 있을 거고."

"당신 심정이 그렇다는 것쯤은 나도 알아."

"어떻게 알지?"

"당신이 모치즈키의 입장에 대해서는 전혀 말하지 않았으니까."

"그게 무슨 말이야?"

"당신의 장인이 전화로 말해 주더군. 자기 아들에 관해서는 기꺼이 말하고 싶은 듯하시던데? 아들이 자위대에 있다가 지금은 대기업에서 근무한다면서 자랑스러워하는 듯했어. 하루테크라는 기업이야. 덕분에 기획부장까지 승진했다더군."

경악이 아사이의 얼굴을 덮쳤다.

"잠깐만. 미키가 하루테크의 기획부장이라고?"

연기로는 지을 수 없는 표정이었다. 장인과는 잠시 연락이 끊겼을지도 모른다.

"몰랐어?"

"좀 이상한데. 기획부장이 무슨 일을 하는지 모르겠지만 미키는 근 3년간 낮에는 나와 자주 움직였어. 하루테크 정도 되는 회사라면 일일 7시간 근무가 원칙일 텐데. 그런데도 녀석이 그 회사에 정직원으로 근무하고 있었다니 말도 안 돼."

나는 잠시 생각에 잠겼다.

"그럼 그가 자기 아버지한테 허세를 부렸다는 말인가?"

"뭐, 그럴 것 같은데. 그렇게밖에 생각할 수가 없거든."

"흠. 그런데 자넨 아직 내 질문에 답을 안 했군."

"무슨?"

"에구치 조직의 두목에게 자네는 총을 겨눴어. 그렇게 위험한 다리를 건넜으면서 내게는 그걸 숨겼어. 그 이유는 두 가지라고 했는데 아직 한 가지는 말 안 했거든."

아사이의 코 옆 주름이 깊어졌다. 길고 조용한 한숨을 내쉬었다. 나는 침묵한 채 있었다. 잠시 후 그가 입을 열었다.

"아까 말했지만 3대째 보스에게 총을 겨눈 이상, 난 앞으로 살날이 길지 않아. 그 이야기를 내가 다른 누군가에게 하면 그 사람도 마찬가지야. 나랑 같이 황천길로 간다는 뜻이지. 난 말이야, 이쪽 업계에서 여러 인간을 봐 왔잖아. 대부분이 쓰레기였어. 하지만 오랜만에 제대로 된 남자를 만났어. 그런 남자는 요새는 거의 볼 수 없는데 이렇게 만났거든. 그런 남자를 내 황천길 동무로 삼고 싶진 않아."

아사이의 말이 내게로 천천히 스며드는 것을 기다렸다. 이게 무슨 일이란 말인가. 아사이가 감싸고 있던 건 나였던 것이다.

"흠. 지쳐 빠진 알코올중독자를 신경 써주는 사람이 있을 줄이야."

아사이가 왠지 히죽 웃었다.

"나 한 명만이 아닌 것 같은데. 자네에겐 또 한 명 울어 줄 사람이 있지 않아? 그 여자아이. 이름은 마쓰시타 도코라는 것 같던데."

아사이의 얼굴을 바라보고 있었다. 마침내 겨우 목소리가 나왔다.

"어째서 그 이름을 아는 거지?"

"어우, 자네 정말 어이 없구만. 정말 골동품이야. 무선 전화기의 도청에 대해서는 알면서 기기에 대해서는 기본적인 것도 모르는군. 재다이얼 몰라? 버튼 한 개만 누르면 그전에 건 번호로 전화가 걸려. 오늘 아침, 나한테 전화했었지? 그 후 잠깐 뒤에 한 번 더 전화가 왔어. 여자아이 목소리가

'일기예보가 아니네요'라고 하더군. 천하태평한 남자가 건 전화를 지금 재다이얼한 거라고 했어. 그 아이가 자기소개를 하길래 나도 했지. 굉장히 기가 센 여자애더군. '그 이상한 야쿠자군요'라고 하더라. 자네는 뭐 하고 있냐고 묻길래 샤워하고 있다고 했어. 그러고 한동안 이야기했지."

이번에는 내가 한숨을 내쉬었다. 확실히 나는 도코의 말을 부정할 수 없다. 도코의 말대로 내게는 중요한 것이 빠져 있다. 지나치게 천하태평하다.

"정리하지."

내가 말했다.

"당신 말대로라면 하루테크의 한 부서와 에구치 조직은 마약으로 연관되어 있을 가능성이 커. 두목의 반응을 보면 확실해. 당신은 내 목숨이 위험해질까 봐 내게 숨겼다고 했지. 사실 또 다른 이유가 있지 않아? 상대가 더 큰 조직을 만들었거나, 아니면 한창 만들고 있다거나."

잠시 머뭇거리다가 무언가 결심한 듯이 아사이가 말했다.

"아무래도 그런 것 같더군."

"당신 처남인 모치즈키 미키가 그 조직에서 역할을 맡고 있는 것 같고. 나에 대한 복수와는 별개로."

"그런 것 같네."

"그런데 당신은 그를 빼내고 싶은 거고."

"맞아. 죽은 아내의 단 한 명뿐인 남동생이야. 난 미키에게 목숨을 하나 빌려준 셈이야. 진짜야. 아내는 사실 약물 중독으로 사망했어. 그 약을 아내에게 제공한 게 그놈이었거든. 자기 누나에게 약을 공급했다고. 그걸 알았을 때 나는 거의 그놈을 죽이고 싶을 정도였어. 그놈 뺨에 있는 상처도 나 때문에 생긴 거야. 놈은 그때 울면서 이제 마약에서는 손을 떼겠다고 약속했지. 그만큼 나는 녀석을 매우 엄하게 대했어. 녀석이 내게 거짓말을 못 할 거라고 말한 것도 다 이런 이유에서였어. 결국 원래대로 되돌아간 것 같지만. 그래도 가능하면 한 번 정도는 기회를 주고 싶어."

잠시 침묵한 뒤 나는 조용히 말했다.

"당신은 결국 뼛속까지 야쿠자가 되진 못했어. 당신 입으로 그렇게 말했었는데 정말 그 말이 맞네. 아직 경찰의 냄새가 남아 있거든."

아사이는 희미하게 웃는 듯했다.

"참, 잊을 뻔했군."

"뭐를?"

"내가 오늘 한 일 중 한 가지가 더 있어. 아직 강력계에 줄이 있다고 말했었지? 아는 경찰한테 오늘 이야기를 들었어. 그런데 그게 좀 이상해. 자기는 다른 사건 담당이라 이번 수사본부에는 동원되지 않아서 자세히는 모른다고 하면서 두

가지 이야기를 해 주더군. 하나는 일요일 오후 1시쯤 본부로 밀고 전화가 왔대. 고헤이라는 가게의 시마무라라는 남자가 토요일 아침, 회색 여행 가방을 들고 신주쿠를 걷고 있었다는 목격담을 말했다네. 자네 가게의 단속이라든지 공개수사가 이례적으로 빨랐던 것은 그래서였어. 물론 익명으로 온 거였고. 말해 두는데 밀고자는 미키가 아니야. 그때 미키는 내 옆에 있었거든. 또 하나는 나와 만나기 직전 본부 분위기가 어수선했다고 해. 기자회견을 앞당긴다는 소문이 떠돌았다는군. 어떤 내용인지는 몰라. 관할에도 지금은 일급비밀인 듯해. 본부 수뇌부들이 날카로워져 있다고 하고."

"흠, 그게 단가?"

"응, 이게 다야."

우리는 서로를 말없이 쳐다보며 생각에 잠겼다. 처음으로 침묵을 깬 것은 나였다.

"하나 부탁이 있어."

"무슨?"

"양복 좀 빌려주지 않겠나. 무난한 것으로. 넥타이도 함께 말이야."

"양복? 어쩔 생각인데?"

"이 근처를 아까 차림으로 어슬렁거릴 순 없잖아. 나는 상해범이라고."

아사이는 웃으며 잠깐 기다리라고 하더니 옆방으로 들어갔다. 나는 책상 위에 있는 권총을 들어 코트 주머니에 숨겼다. 주머니 속에서 예전에 아사이가 준 기업정보지 사본을 꺼내 바라보고 있자 어느새 아사이가 파란 양복을 들고 기다리고 있었다. 나는 옷을 갈아입으며 물었다.

"있잖아. 이 하루테크라는 회사 이름은 바뀐 이름인 것 같군."

아사이는 의아한 표정을 지었다.

"무슨 말이야?"

나는 기업정보지를 가리켰다.

"여기에는 1956년에 설립했다고 되어 있어. 그런데 저 당시 회사 이름치고는 너무 세련된 것 같아서. CI나 회사명을 변경했을 것 같은데 그전 이름은 뭐였는지 알아?"

"응. 예전 이름은 홋타 산업이었대. 창업자의 오너가 홋타 하루오였다더군. 하루는 하루오라는 이름에서 따온 거고. 테크는 테크놀로지의 테크. 그런데 이걸 왜 묻는 거지?"

나는 흰 셔츠로 손을 뻗었다.

"그런 거군."

내가 말했다.

밤 11시 반이었다. 내가 아사이의 집을 나가려 할 때 그의 시선이 책상 위로 향하는 것을 보았다. 하지만 그는 아무 말도 하지 않았다. 대신 어디에 갈 생각이냐고 물었다.

"걸프렌드한테 가보려고."

"재워 주나?"

"자고 갈 생각은 없는데 들여 보내줄지 자신은 없어."

"뭐, 안 받아주면 여기로 다시 돌아와도 돼."

끄덕이며 문을 열려고 할 때 아사이가 조용한 목소리로 말했다.

"자네, 나한테 무단으로 빌린 거 있지? 무슨 생각인지는 모르겠지만 난 지금 보고도 못 본 척하는 거야. 왜냐하면 미키도 총을 갖고 있으니까. 알겠어? 난 그 누구 편도 들 수 없어."

"알아."

"자네에겐 아무것도 말하지 않는 게 좋을 거라 생각했어. 그래서 위험한 이야기는 숨겼던 거야. 그런데 역시 자네는 그걸로 만족할 만한 남자가 아니었어. 다만 이것만은 말해 둘게. 상대가 누구든 죽이진 마. 그리고 자네도 절대 죽지 말고."

"그렇게. 가능하면 나도 그러고 싶거든."

현관문을 열면서 내가 말했다.

18

"이런 시간에 무슨 용건으로 온 거예요?"

문틈으로 얼굴을 내민 도코는 퉁명스럽게 말했다. 기분이 좋다고는 할 수 없는 표정이었다. 예상대로다.

"할 말이 있어. 널 덮치려고 온 건 아니야."

하지만 농담이 통할 것 같지 않았다. 도코가 나를 노려보며 험악한 목소리로 말했다.

"귀여운 여자아이를 혼자 내팽개칠 땐 언제고 잘도 그런 태평한 얼굴로 찾아오시네요."

"중년이 되면 아무래도 무신경해지나 봐."

"무신경이 아니라 아저씨 신경은 철사로 만들어진 게 분명해요. 이 집에 들어오고 싶으시면 조건이 두 개 있어요."

"말해 줘."

"이제 이 집에서는 알코올 금지예요. 어떤 술도 없어요."

"네 캐비닛엔 오늘 아침만 해도 위스키 병이 있었는데."

"아, 그건 깨뜨려 버렸어요. 화났는데 그 정도는 할 수 있지 않아요?"

"그럴 수 있지. 그럼 술은 알겠어. 나머지는?"

"아저씨는 자신에게 호의를 베푼 사람에 대해 어떻게 생각하세요? 말씀해 보세요."

"난 지금까지 별로 그런 경험이 없었어. 다만 너에게만은 감사하고 있어. 게다가 넌 귀엽고 매력적이야. 너처럼 매력적인 여자아이와는 만나본 적이 없어서 어떻게 행동하는 게 좋을지 몰랐어."

현관문이 스르르 열렸다. 주문을 왼 알리바바가 된 것 같은 기분이었다.

권총이 든 코트를 정중히 개어 눈에 띄지 않는 거실 한쪽에 두었다. 도코가 두 손으로 허리를 잡은 채 나를 위에서 아래로 쳐다보았다. 그리고 질렸다는 듯이 말했다.

"그 양복 뭐예요? 전혀 안 어울리는데."

"어쩔 수 없었어. 빌린 거야. 이거 원, 양복을 입어본 적이 있어야지."

"그럼 무슨 사정인지 말해 주세요. 지금까지 있던 일 전부요. 하나도 빠지지 말고 전부. 하나라도 숨기면 가만 안 둘 거예요."

도코는 그렇게 선언하더니 일어나서 커피를 내왔다. 현재의 나는 지금 알코올이 아닌 것은 받아들이지 못하는 체질이 되었지만 참고 마실 수밖에 없었다. 더는 도코의 분노에 기름을 부을 수는 없기 때문이다. 요구대로 나는 이야기하기 시작했다. 골판지 집이나 다쓰에 관한 일, 아사이에 관해서 말했다. 무엇보다 평소 습관대로 전부 말한 것은 아니다. 총에 관한 것 등 일부는 숨겼다. 그래도 도코는 지긋지긋하다는 표정으로 듣고 있었다.

"아사이와 넌 연락을 했더군."

도코는 끄덕였다.

"아저씨는 나사가 하나 빠져 있으니."

나는 반론할 수 없었다. 수사본부로 익명 전화가 걸려왔다는 이야기도 했다.

"그날은 결국 간발의 차였어. 네가 내 가게에 안 왔더라면 난 끌려갔을지도 몰라."

이렇게 말하자 비로소 도코의 표정이 부드러워졌다.

"누가 그런 전화를 한 걸까요?"

"모르겠어. 모치즈키는 아니라고 아사이가 그랬어. 전혀 짐작도 안 가."

"그래도 모치즈키는 아저씨한테 복수할 생각이잖아요. 배후에 그 사람이 있는 거 아니에요?"

"그럴 수도. 그런데 알 수 없는 부분도 있어. 만약 모치즈키가 이번 사건의 배후에 있다면 대량살인을 저지를 동기가 분명하지 않아. 게다가 군용 폭약의 입수 방법도 그렇고. 여전히 오리무중이야."

"흠. 그게 이야기의 전말이군요. 그걸 제게 말하러 오신 거고요."

"맞아."

나는 거짓말을 했다.

"이것저것 조사한 결과를 네게 전해주고 싶었어. 듣고 싶은 것도 있고. 네 아버지에 관한 거야. 네 아버지가 사망한 전후의 일을 최대한 자세히 말해 줬으면 해."

도코는 차분히 내 말에 따라 기억을 더듬어가며 말했다. 그 이야기에 귀를 기울였다. 도코가 이야기를 끝냈을 때는 새벽 2시를 지나고 있었다.

"고마워. 그럼 이쯤에서 물러나지."

그러자 도코의 표정이 변했다. 내가 이 집에 왔을 때 지었던 표정과 똑같은 표정으로 돌아가 있었다. 젊은 여자아이의 감정 기복은 역시 내 상상력의 범위를 뛰어넘는다.

"도대체 어디 가시려고요?"

"몰라. 아직 생각 안 해봤어."

"신주쿠 서쪽 출구로는 돌아갈 수 없잖아요. 야쿠자인 아사이 씨한테 간다고 해도 지금 택시를 잡으면 택시기사가 얼굴과 행선지를 기억할 텐데요?"

"그건 그렇지만…… 실은 산책할까 생각 중이야."

"이런, 바보. 불심검문 당하고 싶으세요? 지금 안전한 곳은 하나뿐이에요. 여기밖에 없다고요."

"그치만 여기엔 젊은 여자아이 혼자서 살잖아."

"만만하게 보지 마세요. 저를 덮쳤다가는 아주 혼쭐나실 줄 아세요."

"알았어. 네 말이 맞아. 그럼 첫차가 있기 전까지 이 집에 있을게. 넌 이제 자는 게 좋겠어. 나도 피곤하고."

도코가 미소지었다. 내가 여기 온 이후로 처음 본 미소였다. 도코는 바로 몸을 일으켜 화장실로 향했다. 양치하는 소리가 들려왔다. 그러고는 침실로 들어가는 모습이 보였다. 방문을 닫기 전에 도코가 잘 자라는 인사를 했고 이에 나도 답했다.

잠시 내일 어떻게 해야 하는지를 계속 생각했다. 졸음이 몰려왔다. 어제는 한숨도 자지 못했다. 카펫 위에 누웠다. 난방이 잘된 집 안은 따뜻했다. 몰려오는 수마에 저항해 보았지만 결국 항복하고 말았다. 어느샌가 강력한 잠 속으로 빠져들었다.

몇 시인지는 모른다. 뺨 쪽에서 난방보다 따뜻한 숨이 느껴졌다. 온화하고 부드러운 숨이었다.

"자요?"

속삭이는 소리가 귓가에서 들렸다.

"자."

눈을 감은 채로 답했다.

"아저씨, 왜 덮치러 안 와요?"

"네가 말했잖아. 혼쭐나고 싶진 않거든."

"눈 좀 떠보세요."

"아마 이건 꿈이겠지. 눈을 떠서 꿈에서 깨고 싶지 않아."

긴 침묵이 이어졌다. 바람을 가르는 소리가 났다. 연달아 날카로운 소리가 났다. 내 뺨에서 난 소리였다. 도코의 손맛은 무서울 정도로 강력했다. 내 펀치도 울고 갈 정도로 박력 있었다.

"나보고 귀엽고 매력적이라면서요. 다 거짓말이었어요?"

"거짓말 아니야. 다만 내 신경이 철사로 되어 있을 뿐."

이번 간격은 짧았다. 다시 한번 내 뺨에서 찰싹 소리가 났다. 그리고 카펫 위를 지나가는 발소리가 들리더니 문을 쾅 닫는 소리가 났다. 처음으로 눈을 떴다가 바로 다시 감았다. 뺨이 얼얼했지만 다시 졸음이 밀려왔다. 지금까지 겪어본 적 없는 편안한 잠에 빠졌다.

커튼 틈새로 새벽이 찾아들었다. 시계를 보았다. 새벽 5시 반. 생체 리듬의 컨디션이 평소와는 달랐다. 도코의 침실 문을 보았다. 문은 굳게 닫힌 조개처럼 침묵하고 있었다. 별로 기대하지 않았지만 이 집에 온 목적을 달성할 수 있을지도 모른다. 일어나서 컴퓨터 앞에 앉아 전원을 눌렀다. 맞다. 맨 처음 패스워드를 입력해야 한다. 수고했어, 도코. 하지만 화면이 나오지 않았다. 포기하고 일단 전원을 다시 켜본다. 같은 상황이 몇 번이나 반복되었다. 점점 화가 났지만 그래도 계속 시도했다. 그사이에 화면이 등장했다. 신문을 선택한다. 키워드. 손가락으로 원하는 것을 입력하기까지 꽤 시간이 걸린다. 마침내 기사가 나타났다. 또 키를 누른다. 다음 신문기사. 기사를 읽는 동안 꽤 시간이 흘렀다. 마침 한 단어가 눈에 들어왔다. 잠시 생각하다가 도코의 책장에서 사전을 찾았다. 오랫동안 펴보지 않은 사전이었다. 겨우 그 단어를 찾아낸 뒤 컴퓨터 앞으로 돌아와 전원을 껐다. 도코의 방은 여전히 침묵한 채였다. 벌써 오전 7시를 지나고 있다. 내가 읽은 기사량은 그리 많지 않다. 그에 비해 시간은 너무 많이 걸린 데다가 지치기도 했다. 나는 역시 이 시대 테크놀로지와는 맞지 않는다. 코트를 들고 신발을 신은 뒤 살며시 집을 나가려는데 테이블 위에 놓인 단가집이 눈에 들어왔다. 그것을 다시 펼쳐 볼 일은 이제 없을 것이다.

오전 8시 반. 동양의과대학 부속병원 현관에 있었다. 외래 환자의 모습은 아직 뜸하고 문병 온 사람도 없다. 면회 시간은 10시부터라고 했다. 외과병동 접수처 앞에 섰다. 파란 유니폼을 입은 성실해 보이는 중년 남자가 얼굴을 들었다. 내 또래이지만 나와는 전혀 다른 생활을 하고 있는 남자의 얼굴이다. 젊었을 때부터 유니폼을 계속 입어 그것이 피부의 일부가 된 남자의 얼굴. 그런 생각이 든 것은 내가 익숙하지 않은 양복을 입고 있어서 그렇기 때문일 것이다. 넥타이를 매는 법조차 아사이가 알려 줬던 것이다.

그 직원에게 말을 걸었다.

"여기 입원한 환자의 병실을 알고 싶은데요. 미야사카 마유. 여섯 살. 몇 호에 있나요?"

그는 왜인지 긴장한 얼굴로 나를 보았다.

"어디서 오셨습니까?"

"경시청 수사1과. 신토라고 합니다."

직원의 몸에서 긴장이 사그라들고 있었다. 내 신분도 확인하지 않았다.

"이런. 실례했습니다. 기자들이 자주 와서요. 경찰 쪽에서 절대 알려 주지 말라고 했거든요. 그런 폭발 사건으로 입원한 환자니까 시끄러워진다고요."

"사실 저도 오늘 처음 온 건데 병실 호수를 적어 둔 메모를 잃어버리는 바람에. 본청에 전화해서 물어보면 되지만 그건 좀 창피해서 이렇게 물었습니다."

직원은 알겠다는 듯이 웃으며 말했다.

"C동 306호입니다."

"신주쿠 경찰서 쪽에서 아직 지키고 있습니까?"

"글쎄요. 그저께까지는 아무도 접근하지 못하도록 경찰 분들이 밤늦게까지 있었는데 지금은 어떤지 모르겠네요. 너스 스테이션에 한번 물어볼까요?"

"아뇨. 괜찮습니다. 제가 가보면 되니까요. 감사합니다."

병동은 새 건물인 듯 넓고 청결한 분위기가 감돌고 있었다. 의사, 간호사와 스쳐 지나갔지만 아무도 나에게 주목하지 않는다. 300번대 병실이 계속되는 복도 끝에 멈췄다. 경찰은 보이지 않았다. 306호로 추정되는 병실 주변은 너스 스테이션에서 사각지대다. 복도를 걸어가 병실 앞에 섰다. 병실에는 미야사카 마유의 이름만이 표시되어 있었다. 1인실이다. 귀를 가져다 대보았지만 병실 안에서 어떤 소리도 새어 나오지 않는다. 병실 문을 살며시 열었다. 아무도 보이지 않는다. 침대 위에 담요에 둘둘 말린 작은 몸뚱이만 있었다. 등을 돌린 채 창가 쪽을 향하고 있다. 링거는 맞고 있지 않았다. 나는 조용히 걸어 침대 옆에 섰다.

작은 몸집이 돌아누웠다. 나는 그대로 그 아이를 내려다보았다. 이마의 상처는 훨씬 아물어 작아져 있었다. 언젠가는 완전히 사라질 것이다. 아이는 조용히 잠들어 있었다. 옆에 있는 접이식 의자를 끌어당겨 앉았다. 그 소리 때문인지 아이가 눈을 살며시 떴다. 눈을 깜빡이며 신기하다는 듯이 나를 바라보았다.

"안녕. 잘 잤어?"

잠에서 깬 소녀를 향해 작게 말했다.

"아저씨?"

처음에는 가냘픈 목소리였지만 곧 목소리가 커졌다.

"공원에서 만났던 그 아저씨?"

나는 검지를 세워 입술에 가져다댔다.

"잘 기억하는구나. 맞아. 그 술주정뱅이 아저씨야. 아직 이른 아침이니까 조용히 말하자꾸나."

"아저씨, 오늘도 술 마셨어?"

그 말에 나는 깜짝 놀라 알아차렸다. 마시지 않았다. 어젯밤, 도쿄의 아파트에 가고 나서 한 방울도 마시지 않았다. 손바닥을 내려다보았다. 떨리지 않았다. 나는 힘 없이 미소지었다.

"아니. 오늘은 깜빡하고 못 마셨어. 넌 괜찮니?"

"응."

여자아이가 말했다.

얼굴에 혈색이 돌아오고 있다.

"머리가 얼떨떨하긴 한데 괜찮아. 정말 괜찮아."

"그럼 다행이네. 곧 다시 바이올린도 켤 수 있겠구나. 넌 콩쿠르에서 금상도 받았더라?"

여자아이는 살짝 끄덕이면서 이제야 생각났다는 듯이 작은 소리로 말했다.

"맞아. 요새 연습하는 거 잊고 있었어."

"며칠이나 안 했는지 기억해?"

"모르겠어. 오늘 무슨 요일이야?"

"수요일."

"그럼 토요일부터 연습 안 했어."

"그렇구나. 토요일부터 쭉 잠들어 있었구나? 아저씨가 하나 묻고 싶은 게 있는데 그날 일 기억 나?"

"응. 지금 아저씨 만나고 나서 생각났어. 뭔가 지금까지는 흐릿했는데…… 맞아. 아빠는 어디에 있어?"

아이는 부친의 사망에 대해서는 모르고 있다. 이 아이에게 처음으로 그 소식을 전달해야 하는 사람에게는 안타까움을 감출 길이 없다.

"다른 데서 주무시고 계셔."

거짓말을 할 때의 씁쓸한 맛이 혀에 남는다.

"조금 다치셨어. 그래도 곧 나으실 거야. 넌 아빠랑 그 공원에 갔던 거야?"

"응. 가끔. 그런데 아줌마랑 만나고 나서는, 아빠, 특정 토요일마다 공원에 갔어."

"아줌마?"

"유코 아줌마. 예쁜 분이야. 있잖아, 아저씨. 아빠한테는 모른 척해줘. 나, 아빠의 비밀 알아."

"알았어. 아빠의 비밀이 뭔데?"

"아빠, 유코 아줌마한테 반했어. 그러니 그렇게 꾸미고 아줌마 만나는 날에는 늘 나도 데리고 공원에 간 거야."

"매달 셋째 주 토요일에?"

"맞아. 매달 셋째 주는 특별한 토요일. 난 공원날이라고 불렀어."

"언제부터 공원에 갔어?"

"음, 여름부터?"

"그런데 아빠는 왜 너를 데리고 갔을까?"

"뭐였더라, 아, 그 큐피가 아니라……. 그, 남자와 여자를 이어주는 아이."

"큐피트."

"맞다, 큐피트. 내가 큐피트인 거지. 나랑 유코 아줌마가 공원에서 처음 이야기하면서 친해졌거든. 그래서 아빠가 나를 데리고 공원에 간 거야. 내가 있으면 그 덕분에 아빠, 유코 아줌마랑 이야기할 수 있으니까. 근데 아저씨, 왜 웃어?"

"아냐. 그런 아빠라니 정말 재밌네. 그럼 유코 아줌마는 어땠어? 아줌마도 아빠를 좋아했어?"

"별로 호감은 없었던 것 같아. 아빠의 짝사랑이야."

웃음이 나오려는 것을 억지로 참았다. 역시 여자아이는 조숙하다. 지금은 없는 이 여자아이의 아빠에게 호감을 느끼기 시작했다. 나와 같은 세대 사람이 플라토닉 사랑에 빠진 것이다. 그것도 경찰 고급관료의 수줍은 짝사랑이다. 그가 매고 있던 애스콧 타이가 떠올랐다.

"그래서 사건이 있던 토요일에도 유코 아줌마와 만났어?"

"응. 그런데 유코 아줌마는 늘 다른 아줌마들과 함께 있어. 아빠는 모두와 말했지만 사실은 유코 아줌마랑만 이야기하고 싶었을 거야. 나, 데이트 신청하는 것도 본 적 있어. 잘 안 된 것 같지만."

"아줌마들이 모여 있던 곳은 연못이 있는 광장이었지?"

"응."

"그날은 그 후로 어떻게 됐어?"

"뭔가 아줌마가 이상했어."

"이상했다니?"

"유코 아줌마가 나를 밀쳤어."

"왜 그런 거야?"

"모르겠어. 그 이후로는 전혀 기억이 없어."

"흠. 그전에 무슨 일이 있었는지 기억해? 확실히 네가 있

353

던 연못 근처에 큰 여행 가방이 있었을 텐데."

"있었어. 그 가방에 올라타서 놀다가 아빠한테 혼났어. 그런데 아줌마들이 오기 바로 직전에 혼자 놀고 있는데 어떤 할아버지한테 그 가방 뺏겼어. 할아버지가 그 가방 위에서 쪽잠을 자더라니까."

"할아버지? 그 할아버지는 어떤 모습이었어?"

"아저씨처럼 넥타이 했어. 그런데 아저씨, 그 넥타이 하나도 안 어울려."

"나도 그렇게 생각해. 왜 이런 게 세상에 있는 걸까. 그 할아버지 얼굴은 기억나?"

"흠, 아 맞다. 한쪽 귀가 다쳤었어."

"넌 정말 기억력이 좋구나."

"근데 할아버지, 좀 이상했어. 반쯤 잠든 것 같았어. 취했던 걸까. 아저씨도 취해?"

"취하지. 그래도 대낮부터 자진 않아. 그런데 그 할아버지는 자면서 어떻게 걸어왔어?"

"어떤 남자가 부축해서 끌고 왔어."

"남자? 그 남자는 어떤 사람이었어?"

"키 작은 아저씨. 할아버지를 남겨 두고 어딘가로 가 버렸어."

"그 아저씨, 얼굴 기억나?"

"잘 기억 안 나. 그 아저씨도 넥타이를 했는데……. 아, 맞다. 선글라스를 끼고 있었어."

그때 문이 쾅 열리는 소리가 났다. 돌아보니 중년 간호사가 보드를 들고 나를 노려보고 있었다.

"당황스럽네요. 사정 청취 하실 때는 저희에게 미리 말씀 주시기로 약속하셨잖아요."

"죄송합니다. 아까 너스 스테이션에 들렀는데 안 계신 것 같아서."

그러고는 나는 여자아이 쪽을 향했다.

"오늘은 이만 가볼게."

"아저씨, 벌써 돌아가는 거야?"

나는 끄덕였다. 일어설 때 여자아이가 말을 걸었다.

"있잖아, 아저씨."

돌아보았다.

"응?"

"내가 콘서트 열면 와 줄 거야?"

"당연하지. 꼭 갈 거야."

"그럼, 아저씨 무슨 곡 좋아해?"

조금 생각해 보다가 말했다.

"그룹사운드."

"그룹사운드? 그게 무슨 음악이야?"

"음, 민속 음악이랄까. 그런데 아주 옛날에 망했어."

"그럼, 나, 악보 찾아서 연습해 둘게. 또 여기 올 거야?"

"응. 조만간 올게."

간호사의 차가운 시선을 느끼며 문 앞에서 손을 흔들었다. 침대 위의 여자아이가 방긋 미소로 답했다.

복도로 나왔다. 그때 이쪽으로 걸어오는 제복 경찰이 눈에 들었다. 병실에서 나온 나를 보고 있었을 것이다. 그가 말을 걸어왔다.

"당신, 누구야?"

"본청 경시청 1과 신도. 참고인 사정 청취하러 왔네."

"실례했습니다. 죄송합니다."

"괜찮아. 그럼 수고."

이 말만 하고 그대로 등을 돌려 천천히 걸었다. 복도를 돌고 나서는 빠른 걸음으로 계단에 다다르자 나는 뛰기 시작했다.

밖으로 나왔을 때는 몹시 숨이 찼다. 택시를 잡아 니시신바시, 라고 말했다. 지금은 아사이와 한 번 더 연락할 필요가 있다. 택시에서 내려 전화를 걸자고 생각하고 있는데 라디오에서 젊은 여자 아나운서가 밝은 목소리로 말했다. 오늘도 날씨가 참 맑습니다. 나는 창밖을 내다보았다. 그렇다. 확실히 오늘도 날씨가 참 맑았다.

19

하루테크 빌딩은 십몇 층의 건물로 외관은 모던했다. 요즘 유행하는 인텔리전트 빌딩*이다. 입구를 지나 접수처 앞에 서니 나를 보고 여직원 두 명이 일어섰다. 요즘에는 보기 드문 응대다.

그중 한 명에게 말했다.

"카넬라 전무와 만나고 싶은데요."

"약속은 잡으셨나요?"

고개를 저었다. 여직원이 나를 위에서 밑으로 훑어보았다.

"죄송합니다. 카넬라 씨는 사전에 약속을 잡지 않으면 누구와도 만나지 않습니다."

여직원이 완곡하게 답했다.

"그럼 기쿠치 도시히코라는 사람이 만나러 왔다. 이렇게만 전해 주시겠습니까. 카넬라 씨에게도 예외는 있겠죠. 별 소득이 없을지도 모르지만 전해만 주는 건 그리 어렵지 않잖아요."

마음에 들지 않았는지 여직원은 눈살을 찌푸리며 수화기를 들었다. 영어로 말하기 시작하자 나는 무슨 말인지 알아들을 수 없었다. 그녀는 통화가 끝나자 멋쩍은 표정으로 말

* 최첨단 전자시설로 관리·운영되는 빌딩.

했다.

"만나겠다고 하십니다."

임원실은 10층에 있으니 그곳 접수처에서 한 번 더 안내를 받으라고 그녀는 말했다. 인사를 하고 나는 엘리베이터로 향했다.

엘리베이터 안에는 나 혼자였다. 이곳에 오기 직전 전화로 들은, 새로운 정보에 본부가 당황하고 있다는 아사이의 말을 반추했다. 엘리베이터가 멈췄다. 내리자마자 정면에 바로 또 접수처가 있었다. 여기에도 이미 말은 다 되어 있는 것 같다. 이번에는 양복을 입은 남자가 나에게 맨 끝 우측 방이라고 알려 줬다. 나는 조용한 복도를 걸었다.

그 문에는 금색 바탕에 검은 이름이 새겨져 있는 플레이트가 걸려 있었다. 알폰소 카넬라. 노크를 하자 '커밍, 플리즈'라는 낮은 목소리가 들렸다. 묵직한 문을 조용히 열었다.

드넓은 방은 내가 상상할 수도 없을 만큼 화려하고 고급스러워 보였다. 가격은 분명 고가일 것이다. 오른쪽에는 문이 하나 있었고 맞은편은 온통 유리로 되어 있다. 확실히 오늘도 정말 날씨가 맑다. 눈부신 햇살이 창문 가득 쏟아지고 있다. 창가에는 책상이 있었다. 그 위에는 새하얀 코스모스가 몇 송이 꽂힌 꽃병만 있었다. 책상 반대편에서 넓은 도심의 풍경을 등지고 선 남자의 좁은 등이 보였다. 몹시 비싸 보이는 정장. 그 검은 그림자. 나는 빨려들 것처럼 짙은 카펫을 밟으며 책상으로 다가갔다.

남자가 뒤돌아보았다.

"22년 만이네, 기쿠치."

구와노가 조용히 말했다.

그는 미소 지었다. 예전과 똑같은 부드러운 미소였다. 22년. 전부 변해 버리기에 충분한 세월이다. 하지만 사람은 변한다 해도 그때와 똑같은 미소는 손쉽게 지을 수 있다.

"그렇게 오랜만인 것 같지 않은데."

내가 말했다.

"4일 전에 만났었잖아, 어느 공원에서. 인사는 안 했지만."

구와노가 눈을 깜박거렸다.

"기쿠치, 언젠가 네가 여기에 올 줄 알았지만 생각보단 빠르네."

"나이가 드니까 성격이 급해졌거든. 너는 안 그런가 봐? 꽤 성가신 계획을 세우는 걸 보니."

"응, 그럴지도 몰라."

구와노는 잠시 나를 보더니 목소리로 말했다.

그의 표정은 젊었을 때와 거의 변하지 않았다. 단지 볼이 홀쭉해지고 약간 황량한 분위기가 흐른다. 시간은 모두에게 평등하게 흐르는 것이다.

"일본어로 말해도 되나. 너는 어떤 나라에서 일본계 이민자 후손이 되었다던데."

내가 말했다.

"어떻게 아는 거냐."

구와노의 말투는 예전처럼 냉정했다.

"2년 전, 외국자본의 참가와 임원 파견으로 이 회사가 화제가 되었다고 들었어. 컴퓨터로 그해의 신문기사를 쭉 찾아봤거든."

"그런가."

구와노는 여전히 희미한 미소를 짓고 있다.

"컴퓨터도 쓸 줄 아는 거냐. 별로 어울리진 않는군."

"그렇지. 나도 앞으로 컴퓨터 같은 걸 또 쓸 일이 없길 바랄 뿐이야. 그런데 카넬라 전무는 인터뷰를 싫어하는 걸로 유명한 것 같던데. 취재 의뢰는 전혀 받지 않는 데다가 기사는 거의 주변 기사뿐이고 일본계라는 정도만 알려져 있고. 그런데 이런 기사도 있더라고. 경제지의 뉴욕 특파원이 '밀너 앤 로스' 본사를 취재한 짧고 간단한 기사였어. 유명 투자자 카넬라 씨는 일부에서는 브레라는 닉네임으로 알려져 있으며, 영어와 스페인어를 쓰지만 과묵하고 베일에 둘러싸인 인물이라고. 하지만 이름이 알폰소라면 닉네임은 보통 알일 텐데 그게 아니라 브레라니. 이상했어. 이 나이를 먹고

360

프랑스어 사전을 찾을 줄은 생각도 못 했지. 네 이름이지 않나. VRAI. 진실. 아마 파리에서 생긴 별명을 가지고 온 것이겠지. 다만 눈치채기까지는 시간이 걸렸어. 계기는 이전 회사의 이름, 즉 홋타 산업이라는 이름을 들었을 때였고. 그때 떠올랐지. 네가 옛날에 쭉 주임까지 승진한 의류 기업이라는 걸. 당시 본사는 시부야에 있었고."

"여기도 아사이라는 그 이상한 야쿠자가 가르쳐 줬나?"

구와노가 미소를 지은 채 말했다.

"맞아."

쓴웃음이 나왔다. 항상 아사이에게는 이상한 야쿠자라는 수식어가 따라다닌다. 지금 구와노도 그랬듯이.

"지금 여기에는 너뿐이니 일본말이 편하겠지. 네 말대로 나는 영어와 스페인어로만 말해야 해. 레스토랑에서도 일부러 떠듬거리는 일본어로 말하고 있다고."

구와노는 책상 반대편에서 이쪽으로 돌아 다가왔다. 내게 왼손을 내밀었다. 악수를 청하는 제스처였다. 해외 생활을 오래 한 사람의 자연스러운 습관이다. 하지만 나는 꿈쩍도 하지 않았다. 그의 오른손을 보았다. 자연스럽게 늘어뜨린 손끝에는 흰 장갑이 씌워져 있다.

"너와는 지금 악수할 기분이 아니야. 저 잘 만들어진 의수를 내민다고 해도 마찬가지야."

내가 자신이 내민 손을 잡지 않자 구와노는 어설프게 방황하는 자신의 왼손을 조용히 들어올렸다.

"그런가. 알고 있었나."

구와노는 오른 어깨에 손을 얹으며 말했다.

"나만 아는 게 아니야. 지금 경찰도 중앙 공원 사건에서 나온 사망자 파편들을 DNA 감식하고 있어. 지문만으로 네 신체의 일부라고 속단한 파편을 말이야. 포르말린을 검출해 이제야 당시 지나치게 속단했다는 걸 알아챈 듯해. 그리고 또 하나. 다른 파편에 갈가리 찢긴 손가락도 있었어. 거기서 신원불명의 다른 지문도 발견됐대. 감정에는 시간이 걸리지만 곧 그들도 알게 될 거야. 네가 방부 처리해 보존하던 한쪽 팔을 공원에 남겨 두었던 것을 말이야."

구와노의 표정은 변하지 않는다.

"육체가 그렇게 잘 보존되나."

"그 사례가 여기 있잖아. 전문가를 써 유지와 보수에 돈을 들이면 간단한 듯하던데. 나도 전문가한테 물어봤어. 모세혈관을 넓히는 약품과 혈액응고물을 녹이는 용제가 있는데, 그걸로 혈액을 씻어내. 그리고 포르말린을 주입하는 거지. 그 후엔 저온 포르말린 가스 안에 내버려 두기만 하면 돼. 레닌도 이 방법으로 보존했지."

"흠. 전문가를 잘도 찾았네."

"노숙자야."

"노숙자?"

"그래. 거리의 생활자. 출신은 가지각색이지. 내게 그 이야기를 해 준 사람은 원래 대학교수인 법의학자야. 그 외에도 다양해. 가령 네가 네 시체로 위장하려고 꾸며낸 사람까지 있지. 그 노인은 가와하라 겐조 씨였는데, 현장에 있을 때 철골에 귀가 떨어져 나갔어. 귀에 관해서는 사건 현장에 있던 목격자가 말해 줬거든. 너는 네 일부였던 한쪽 팔에 겐조 씨의 혈액을 주입했지. 신선한 신체의 일부로 보이게 하려고. 게다가 어떤 약품 때문에 몽롱해진 그를 폭탄 설치장소까지 스스로 옮겼어. 또 이런 노숙자도 있어. 뺑소니로 가장해 살해당한 다쓰무라라는 젊은 노숙자. 그들도 나와 같은 시대의 공기를 마시며 살아가고 있었어."

구와노는 계속 미소를 머금고 있다. 살인자의 미소라는 걸 모른다면 매력적이라고도 할 법한 미소다.

"그런가. 그런데 그 방면은 모치즈키 담당이야. 그 노인에 관해서는 말이야, 모치즈키가 연고가 없는 노인 중에서 고른 것 같아. 혈액형이 같은지 등등 여러 가지 조사는 많이 한 것 같지만."

"나는 그게 의문이었어. 왜 모치즈키가 네게 협력했는지. 그의 가족은 네가 만든 폭탄의 희생자였는데."

"저기, 기쿠치. 지금 알아챘는데, 네 말투도 꽤 어른스러워졌네."

"나이 먹었잖아. 그래서 그런 것뿐이야. 내 질문에 답부터 해."

"인간에게도 끓는점이 있어. 딱 그거야. 단순해."

"간단히 설명해 줘. 어려운 이야기에 쥐약인 건 잘 알잖아."

구와노는 어린아이처럼 고개를 갸웃거리며 나를 보았다.

"넌 지금 바텐더인 것 같은데, 연 수입은 얼마지?"

"작년에는 백만 엔 조금 안 됐어. 그게 왜?"

"지금 나에게는 힘이 있어."

목소리에 자조가 배어 있었다.

"돈이라는 힘 말이야. 평범하지만 강력한 힘이지. 예를 들면 아무한테나 현금을 보여 줬다고 치자. 네 연 수입을 듣고 놀라는 사람은 없을걸. 하지만 그것을 열 배로, 즉 천만 엔으로 끌어 올리면 어떻게 될까? 그 현금을 눈앞에 둔 인간은 마음이 움직일지도 움직이지 않을지도 모르지. 움직이지 않으면 뭐, 그걸로 괜찮아. 그럼 이번에는 다시 열 배, 즉 1억 엔을 쌓아서 보여 주면 되니까. 현금으로 1억 엔. 그게 눈앞에 있다고 해 봐. 그 상황에서 인간의 이성은 욕망에 패배해. 인간이 변한다는 뜻이야. 물이 백 도에서 기체로 변하는 것처럼 말이야. 물론 그래도 부족할 때가 있지만 돈을 더 쌓아 올리면 어떤 인간이라도 언젠가는 끓는점에 도달해. 이게 근 20년간 내가 배운 확설한 규칙이야."

"인간이 확실한 규칙에 따라 움직인다는 건 처음 듣는 소리군."

"그럴 수도 있지. 다만 내 경험에 따르면 예외는 없어. 넌 너만큼은 예외라고 말하고 싶은 건가?"

"몰라. 자신은 없어. 내가 알코올중독자라는 건 이미 알고 있겠지. 알코올중독자는 자존심과는 연이 없다고. 다만 모치즈키에게는 끓는점이 있었다. 그런 말인가?"

구와노는 끄덕였다.

"그래. 현금으로 1억 엔. 그걸로 모치즈키는 변했어. 귀국하고 나서 71년에 사망한 그 경찰의 관계자를 만나 봤어. 역시 신경 쓰였던 것 같아. 그때 모치즈키를 만났지. 마침 내가 깨달은 규칙을 시험해 보고 싶어졌어. 그는 지금 나를 돕고 있어. 직함은 기획부장이고. 거의 출근은 하지 않지만 전무 직속으로 비상근무를 해. 지금 사내에서 내 권한은 꽤 많고."

"나가하마라는 비서실장도 같은 수법으로 꼬신 건가. 질 나쁜 무리들과 함께 평범한 바텐더인 나를 덮쳐서 경고한 사람 말이야."

"잘 아네. 맞아. 나가하마는 우선 퇴직 처리 해뒀지만. 지금 내게는 몰래 움직이는 사람도 필요하니까."

"그 수법이 근 20년 넘는 동안 네가 배운 것이란 말이냐."

"뭐, 그런 셈이지. 그래도 그게 다는 아니야."

"역시 그게 다는 아니겠지. 그 외에도 여러 가지 많잖아. 가령 대량살인 방법. 왜 유코를 살해하고 미야사카라는 공안과장을 살해했냐. 그것도 수많은 사람을 휘말리게 하면서까지 왜 살해했냐고."

구와노는 옆에 있는 소파를 향해 고개를 내저었다.

"앉지 그래. 이야기가 길어지겠어."

"싫어."

우리 둘은 선 채로 아무 말 없이 서로를 바라보았다.

구와노가 조용히 말했다.

"넌 하나도 안 변했네. 지금도 링에 있는 셈인가. 너는 6전 무패였지. 아직도 그 기록을 깨려고 하고 있어. 하긴 너는 언제나 링 위에 서 있고 싶어 했지. 특히 싸울 때는 더더욱."

나는 구와노를 바라보며 꼼짝도 하지 않고 있었다. 그건 생각도 못 해봤다. 하지만 구와노의 말이 맞을지도 모른다. 무의식중에 나는 구와노의 말대로 행동하고 있을지도 모른다. 잘 모르겠다. 하지만 구와노는 나에 대해 잘 안다. 어쩌면 나보다 더 많이 안다. 나는 코트 주머니에서 아사이의 권총을 꺼내 들어 구와노를 향해 총을 겨눴다. 구와노의 표정은 조금도 변하지 않았다.

"구와노, 난 지금 여기까지 와 버렸어."

"그런 걸 들고 어쩔 셈이냐."

"필요할 때 사용하는 거지. 왜 유코와 공안과장을 살해했냐."

구와노가 한숨을 쉬었다.

"그전에 우리가 헤어지고 나서 내가 어떻게 살았는지 들어줘."

"좋아. 말해 봐. 핵심만 간단히."

"1971년이었지. 그때 나는 파리로 건너갔어. 너랑 했던 약속대로 곧 대사관에 출두할 생각이었어. 그런데 희한하게도 새로운 세계가 눈앞에 나타났지. 그러자 투쟁의 남은 열기가 다시 솟아오르더군. 이미 완전히 퇴폐해 버린 셈이었는데 말이야. 네겐 미안하긴 했어. 너와의 일은 잊은 적도 없고. 그런데 그때 다른 학생들과 또 토론 같은 걸 시작했어. 거기서의 인연을 계기로 파리에 지부가 있는 남미의 어느 조직과 접촉했어. 인터폴이 낌새를 느꼈을 때 그때의 인연으로 남미로 건너갔고. 그때가 75년도였어. 국가 이름은, 뭐, 모 나라라고 해 두지. 작은 나라야."

"그 조직은 뭐였냐."

"콜레라 데 티에라, 라고 해. '대지의 분노'. 좌익 게릴라야. 당시에는 체 게바라 정통 계승자를 자처했지. 알고 있나."

"몰라."

"그렇군. 이 나라에는 전혀 알려져 있지 않아. 어딘가 먼 나라의 작은 조직이니까. 그래도 뭐, 그건 아무래도 좋아. 나는 이 조직에서 군사훈련도 받았고 무기 다루는 법도 배웠어. 네가 지금 가지고 있는 단순한 무기를 사용하는 법은 물론이고. 그런 날들을 보내다 어느 날 정신을 차려보니 어느새인가 테러리스트가 되어 있더라. 나도 변했지. 결국 내게도 끓는점이 있었나 봐. 돈과는 다른 의미에서. 정부 요인 암살에도 가담했어. 그러던 어느 날 군에 급습당했지. 증거조차 필요 없는 일상적인 예방 구금을 당한 거야. 그런데 그때 이 나라의 출장 기관*이 개입했어. 일본대사관의 어떤 일등 서기관이 나타나서는 나를 인도해 줄 것을 요구했지."

"그게 경시청의 미야사카 도루였고."

구와노는 옅은 미소를 지었다.

"잘도 아네."

"경찰의 동향에 민감하면 그 정도 지식은 가지게 돼. 경시청의 커리어는 보통 입청하고 10년쯤 될 때부터 재외대사

* 외국에 파견된 정부 기관.

관으로 파견을 나가는 경우가 많지. 직함은 대체로 일등서기관이고. 이번 사건에 순수한 테러의 측면도 있다는 걸 알았을 때 그도 표적 중 한 명임을 알았어. 현 수준에서 접점은 그 정도밖에 생각할 수 없어."

"흠. 순수한 테러의 측면이라. 어떻게 그걸 알았지?"

내가 답하지 않자 구와노는 아무럼 뭐 어때, 라고 하더니 계속 말했다.

"그런데 정치 법정은 그의 인도 요구를 인정하지 않았어. 지금이라면 다른 결과가 나올 수도 있지. 그 나라는 ODA* 예산의 영향을 많이 받으니까. 하지만 그 당시에는 사정이 전혀 달랐어. 소국 나름의 프라이드도 있었고. 그래서 미야사카는 차선책으로 노선을 변경했어. 엄벌을 원한다고. 내정간섭이지. 그런데 그 요구가 받아들여졌어. 증거가 없는데도 미야사카가 법정에서 71년 사건을 일방적으로 증언했거든. 그러자 나는 테러리스트로 인정받아 정치범수용소로 보내졌어. 입구는 있어도 출구는 없는 것으로 유명한 수용소였어. 단순살인범도 수용되어 있고, 뭐, 그런 곳. 물론 일본에는 나와 관련된 것을 포함해, 그런 사정에 대해서는 전혀 알려져 있지 않지. 하지만 나는 그 이후로 꽤 흥미로운 환경에서 살아가는 경험을 쌓을 수 있었어."

* 공적개발원조.

구와노는 아직 미소를 짓고 있었다. 그 미소는 마치 얼굴에 각인된 것처럼 머물러 있다. 그 표정 그대로 그가 말했다.

"저기, 기쿠치. 이 세상에 전기 상자라는 게 있어."

"전기 상자? 그게 뭔데."

"간수가 죄수를 고문하는 기구. 간수 말이야. 고문하는 이유는 아무것도 없어. 그저 즐기기 위해서 고문을 해. 전기 상자는 좌우 1미터 남짓, 높이는 사람 키 정도로, 선 채로 몸이 딱 들어갈 크기의 직사각형 상자야. 한 면은 유리라서 바깥에서 보이지. 그 안에 있어야 하는데 사실 그 벽에는 전기가 흘러. 그리고 또 다른 전극은 내 페니스에 연결돼. 그러니 미동도 할 수 없지. 하지만 힘이 빠지면 몸은 자연히 흔들리게 되고 어떻게든 벽에 닿아. 그럼 바로 전류가 통해. 그 고통은 겪어 보지 않은 사람은 절대로 모를 거야. 게다가 그렇게 심한 고통을 느끼는데도 이상하게 페니스만은 발기돼. 그걸 보고 간수가 마구 조롱하지. 고문마저 오락으로 삼는 인간의 상상력이라니, 정말 굉장하다고 생각했어. 비꼬는 게 아니야. 그런 기구를 고안해 내다니. 나는 3일에 한 번, 열 시간 동안 그 상자에 갇혔었어."

나는 말없이 구와노를 바라보았다. 부드러운 미소를 띤 표정은 변하지 않는다. 우리에게 흐른 시간은, 어쩌면 평등하지 않았을지도 모른다. 제각각 자신만의 고유한 시간이 흘렀을지도 모른다. 나는 단지 그의 표정을 바라보았다.

"물론 그게 다가 아니야. 수용소는 정글 그 자체였어. 나는 약해서 수용소 안에 있는 많은 남자에게 당했어. 그것도 다 분명 미야사카 때문이지."

구와노는 말했다.

미야사카와 구와노의 관계를 드디어 알았다.

"그래서 거기서 탈출한 건가."

"응. 그 안에서 제정신으로 살아 있을 시간은 아마 2년 정도겠거니 생각했어. 그래서 2년째가 되었을 때 수용소 안에서 가장 난폭한 남자에게 접근해 그를 내 공식 애인으로 만들었어. 그리고 그를 꼬드겨 둘이서 도망가자고 했지. 결론만 말하면 그가 간수를 몇 명 살해해 우린 탈출에 성공했어. 물론 자유로워지고 나서 나는 그 애인을 사살했지만."

"동정해. 쓸데없는 참견일지도 모르지만 동정해. 그런데 그게 네가 벌인 일과 무슨 관계가 있지?"

"내 말을 좀 더 들어주지 않겠어?"

구와노가 말했다.

"나는 그 후 그 나라의 수도에서 일본계 이민자라는 새로운 신분을 만들었어. 간단했어. 일본이 예전에 펼쳤던 기민정책 덕분이었지. 난 평범하게 살아갈 생각이었어. 다시 일본으로 돌아가야겠다는 생각은 완전히 사라진 상태였지.

마침 그곳에서 한 여자가 나를 사랑했어. 그녀의 가족에게서 결혼 얘기가 나왔고 난 거절할 수 없었어. 그렇게 그 집안의 사위가 되었는데 그녀의 아버지가 유명인사였어. 그에게는 그 나라의 대통령을 능가하는 힘이 있었고. 당시 남미에서 그런 유명인사로 출세하는 방법이 뭔지 너도 상상이 가겠지."

"코카 재배와 제조. 그리고 그 판매를 성공적으로 조직화한 사람."

"바로 그거야. 바텐더인데도 해외정세에 어두운 것 같진 않네."

"아무래도 넌 나와 같은 걸 잃어버린 것 같아."

"무얼?"

"몰라. 다만 옛날의 너는 그런 직업 차별적인 발언은 결코 입에 담지 않았어."

순간 구와노의 표정에 무언가 그림자가 지는 듯했다. 그는 고개를 흔들었다.

"그럴지도 모르겠네."

"코카인에 대해서라면, 다른 나라의 경우는 조금 알아. 최근 2, 3년 미국의 마약 문제가 꽤 뉴스가 되고 있거든. 콜롬비아 연관 기사가 눈에 띄었어. 그 나라에서 두 번째로 큰 도시에 메데인 카르텔*이라는 게 있나 봐. 그 신디케이트**의 이름은 몇 번이나 봤어. 보스인 에스코바르라는 사람의 이름도 봤지. 그가 구치된 시설을 공습하려는 계획이 발각되었다는 기사도 있었어."

"파블로 에스코바르 가빌리아야. 맞아. 메데인에는 그 외에도 두세 명 거물이 있어서 미연방 마약 단속국의 최대 표적이 되고 있지. 콜롬비아에서는 제3의 도시인 칼리에 있는 조직도 맞서고 있고. 공습을 계획한 것도 그 패거리야. 그런 패거리들과 타국에서 유일하게 맞설 수 있는 게 내 장인이라는 거야. 그 나라의 코카인 산업은 콜롬비아만큼은 아니지만 꽤 발달하긴 했어. 게다가 정부와의 대항 상, 내가 속했던 좌익 게릴라와도 연대했지. 그들 입장에서는 자금 면에서 메리트가 크니까. 나는 그 패밀리의 일원이 되어 거물이 되었지. 일개 테러리스트에서 어느새 몇천 명에게 명령하는 쪽이 된 거야. 언제는 작은 대항조직이 나를 노려 내 근처에서 폭탄이 폭발한 적이 있었어. 목숨은 건졌는데 왼쪽 팔이 깔끔히 잘렸지. 의식을 잃기 직전 나는 부하에게 그 팔을 보관하라고 지시했어. 무의식중에 언젠가 도움이 될 거라 생각했나 봐. 이번처럼 사용할 것을 꿈꾸면서 말이야."

---

* 콜롬비아 제2의 도시 메데인을 거점으로 하는 마약 조직. 미국에 대한 밀매 루트를 갖고 있다.

** 동일 시장 내의 여러 기업이 출자해 공동판매회사를 설립, 일원적으로 판매하는 조직.

폭발 현장의 풍경을 떠올렸다. 뼈가 드러난 누군가의 한쪽 팔이, 옆으로 쓰러진 한쪽 다리 위에 농담처럼 올려져 있었다.

"실제로 그 꿈을 실현한 거네. 노인 한 명을 희생시켜서. 그런데 이 나라에 돌아온 이유는 그게 다가 아니지 않나."

"물론 이유는 몇 개 더 있지. 너도 알 텐데."

"하나는 밀매 조직 결성. 비즈니스 측면에서 보면 당연히 그렇겠지."

"맞아. 이 나라는 세계 최후의 불모지야. 작년 국내에서 정부가 압수한 코카인량이 어느 정도인지 알아? 겨우 31킬로그램이야. 미국에서는 한 번에 톤 단위로 적발하고 있는데 말이야. 유통량은 그 스무 배는 넘지만 그래도 산업 규모로 따지면 가내수공업이지. 일본 시장은 아주 매력적이야. 소매가가 미국의 네다섯 배니까."

"거기서 에구치 조직이 등장하는 건가."

구와노는 끄덕였다.

"함께할 상대로는 대기업을 물색했으니까. 하지만 나도 지금의 두목이 그때의 남자아이라는 걸 알았을 때는 몹시 놀랐어. 다만 서로 그걸 알고 나서는 이야기가 빨랐지. 그는 은의를 아는 야쿠자더군. 덕분에 합리적인 판단도 할 수 있었어. 이해관계가 완벽히 일치했지."

아사이에게 현재의 두목이 그대로 방아쇠를 당기라고 한 이유를 알았다. 무엇보다 그런 배경이 없어도 결과는 같았을지도 모른다. 이런 세계에도 정상에 오른 사람이 따라야 할 룰이 있다.

나는 한숨을 쉬었다.

"그 외에도 비즈니스 관련 다른 이유가 있겠지."

"응. 돈 세탁. 이 나라는 아직 이런 점에서는 어린애처럼 미숙해. 여기는 배당성향이 꽤 좋아서 이익의 일부가 깨끗한 돈이 되어서 흘러간다고. 난 여기서 본업과는 별개로 투자 관련 회사를 운영하고 있어. 성과도 올리고 있고."

"역시. 그런데 그것만으로는 설명이 안 되는 것이 있어. 왜 이 회사에 주목했냐."

"옛날에 여기에 있었으니까 내부사정을 잘 알았어. 상장 회사인 것에 비해 눈에 띄지 않는다는 점도 있었고. 그게 가장 큰 이유지만 다른 이유도 있어. 여기 다녔을 때 나는 욕구불만으로 가득 찼었어. 경영진이 완전히 무능했었거든. 그래서 새삼스레 내부조사를 해봤는데 그때의 날 기억하는 사람은 없었고 여전히 여기 경영진은 무능했어. 결국 이 회사가 성장한 이유는 하나뿐이야. 버블에 힘입은 부동산 투기의 행운. 그런 조직이야말로 복수의 출발점으로 다루기는 쉽지."

"복수? 무엇을 향한 복수냐. 옛날에 무능한 사람들 밑에서 일한 거?"

"아니. 그건 아니야. 여길 베이스로 일본이라는 이 나라 전체에 복수하고 싶었어. 나를 이렇게 만든 이 나라에. 이 나라는 쓰레기야. 경제는 점점 성장하고 있지만 그래도 쓰레기야. 이 나라는 쓰레기를 확대재생산하고 있을 뿐이야. 전기 상자 안에서 비로소 깨달았지. 이 나라를 안에서부터 썩게 만들고 싶다는 것을. 마침 나에겐 적절한 도구가 있으니. 미국을 봐. 미국이 표방하는 마약 전쟁에는 적어도 냉전 종식 후의 올바른 시대 인식은 있다고. 지금 이 세계를 움직이는 지표 중 가장 강력한 건 마약이야. 한 나라를 안에서부터 썩게 해 붕괴시키는 최고의 전략 병기라고."

나는 잠시 그를 바라보았다. 세계의 악의를 말하던 구와노가 증오하는 대상은 지금 국가 단계까지 올라갔다. 곧 나도 모르게 중얼거림이 새어 나왔다.

"너, 변했네. 아주 변해 버렸어."

구와노는 억양이 없는 목소리로 답했다.

"아마도. 내가 겪은 여러 일이 내 어딘가를 비뚤게 만든 거야. 시간도 흘렀고."

그렇다. 시간은 흘렀다. 그 생각은 나도 했다. 나는 그대로 말없이 돌아서 방을 나갈 수도 있었다. 하지만 시합의 종료를 알리는 벨은 아직 울리지 않았다.

"그런데 너는 귀국하기 전에도 범죄를 저질렀어. 남미 때를 말하는 게 아니라 뉴욕을 말하는 거야. 유코의 남편은 네게 살해당했어. 왜 그를 살해했냐."

나는 말했다.

"왜 그렇게 생각하지?"

"그가 당한 교통사고는 자동차의 브레이크가 고장 난 게 원인이었어. 71년 사건의 재현이라니, 너무 기분 나쁜 농담 아닌가."

"……"

"게다가 유코는 단가를 쓰고 있었어. 그런데 그걸 도난당했지. 이유는 하나밖에 안 떠올라. 내가 읽으면 뭔가 알아차릴 만한 내용이 거기에 쓰여 있었겠지. 그걸 숨기기 위해서 넌 그걸 훔쳤어. 유코 딸의 전화를 도청하면서까지 유코의 단가를 훔칠 만한 사람이 누군지는 간단히 알 수 있지. 예전에 유코와 뉴욕에서 만난 적이 있나."

처음으로 구와노의 표정이 희미하게 움직였다.

"유코가 쓴 단가를 찾은 거냐."

"응, 찾았어."

"어떤 노래가 있었지?"

나는 단가집에 있던 그 단가를 입에 담았다.

"사람을 살해할 때도 이렇게 하는 건가, 테러리스트. 푸른 파라솔을 빙글빙글 돌리네."

"흠. 왜 그 단가를 읊는 거냐."

"이건 단가집에 있는 몇몇 뉴욕 서경시 중 하나야. 그 중에 이 단가만 이질적이었어. 그런데 어제 우연히 읽은 조간 신문에서 테러리스트라는 단어를 발견했어. 이번 사건에 아무래도 군용 폭약이 사용된 것 같다는 기사였지. 해외에서 유입된 것 같다고도 했어. 나는 상상력이 부족해. 아무리 생각해도 유코와 이 사건의 접점은 이것뿐이야. 게다가 이 단가를 읽어 보니 유코 주변에 테러리스트라고 불리는 사람이 있었던 것 같아. 해외에서 일반 시민으로 평범하게 살아가는 여자 주변에 그런 인물이 등장할 가능성은 하나뿐이야. 내가 아는 한 이와 비슷한 인간은 한 명밖에 없어. 실제로 너 스스로 테러리스트라고 말했잖아. 이 단가에 나오는 인물은 아직 현역인 테러리스트야. 이번 사건에 테러의 측면이 있다는 생각이 떠오른 것도 이 단가를 읽었을 때였어. 유코와 너는 그런 과거까지 공유하는 관계였던 거야."

구와노는 오랫동안 나를 바라보다가 마침내 중얼거렸다.

"그렇군. 그런 단가가 있었군."

나는 구와노를 쳐다보았다. 그는 미소를 잃은 채 먼 곳을 바라보고 있었다. 긴 침묵 끝에 그는 조용히 입을 열었다.

"네가 말한 대로야. 나는 뉴욕에 있었어. 미국에 갔을 때부터 나는 카넬라였어. 원래 패밀리 이름은 당국의 눈에 너무 띄니까 자금을 세탁할 투자회사를 설립하려고 미국에 간 거였어. 그런데 세상은 정말 신기하더라. 5번가에서 유코를 만났어. 거기서 우연히 마주칠 거라곤 생각도 못 했는데. 그후 우리는 그 거리에서 가끔 만나 데이트했어. 단가의 배경인 그날은 선명히 기억해. 무더운 여름날이었어. 햇볕이 너무 뜨거워서 5번가에 있는 어느 가게에서 양산을 샀어. 유코는 아이스크림을 먹고 있어서 손이 끈적끈적한 바람에 내가 양산을 들었지. 손잡이가 나무로 되어 있어서 어릴 때 가지고 놀던 다케돈보*처럼 양산을 빙글빙글 돌려 날리면서 거리를 걸었어. 평화로운 하루였지. 유코가 그걸 보고 웃는데 정말 아름답더라."

구와노는 그때부터 시선을 떨어뜨렸다.

"맞아. 나는 유코의 남편을 살해했어. 이유는 단순해. 유코를 독차지하고 싶었거든. 나는 사람을 죽이는 데는 아주 프로야. 아무 느낌도 없고 간단해. 네가 말한 대로 자동차 브레이크를 조작했지. 그 자동차 옆을 방해하면서 사고로 내모는 것도 쉬웠어. 브롱스 리버 파크웨이는 2차선인데 구불

---

* 대나무로 만든 장난감. 손으로 비벼서 날리거나 실을 감아서 한쪽을 당기면 날아오르는 장치를 만들기도 한다.

구불해서 사고가 잘 발생하거든. 경찰은 제대로 조사도 못 했지."

구와노의 시선이 잠시 나를 향하더니 곧 다른 곳을 향했다. 그는 창문까지 걸어가 아주 화창하고 밝은 바깥 풍경을 바라보았다. 몸집이 작은 검은색 등이 보였다. 두 팔을 포함해 그 모습에 부자연스러운 부분은 전혀 없다. 분명 그의 의수도 꽤 잘 만들어져 있는 것이다.

그런 등 뒤에서 말을 걸었다.

"유코도 그걸 알고 있었나."

"그럴지도 몰라. 아니 입 밖으로는 내지 않았지만 분명히 낌새는 느꼈겠지. 아까 그 단가 내용만 봐도 그렇잖아."

"그런 유코를 왜 살해했냐."

구와노가 등을 돌린 채 조용히 답했다.

"물론 그 이유는 너에게 있는 거 아니겠어?"

"사실을 말해 볼까."

구와노는 뒤를 돌았다. 내리쬐는 햇볕을 등지고 있어 그의 얼굴에 어두운 그림자가 드리웠다. 유코가 쓴 단가의 앞단과 뒷단에 뚜렷한 명암 차이가 있는 것처럼.

"내가 유코에게 매력을 느낀 건 뉴욕에서 다시 만났을 때부터가 아냐. 그전, 우리가 투쟁하고 있을 때부터, 그 건물

380

옥상에서 농성했을 무렵부터였어. 그런데 유코는 그때 이미 네게 마음이 가 있었지. 나는 투쟁이 한창일 때 그걸 눈치 채고 널 질투했어. 물론 유코 때문이기도 했지만 그게 다는 아니었어. 여러 측면에서 네가 나를 압도해서야. 너는 천하 태평이었지. 정말로 그랬어. 둔감한 거랑은 달라. 봄의 들판 에 서 있는 딱 한 그루의 나무 같은, 자유로운 천하태평. 표 현은 잘 못 하겠지만 내가 느끼기엔 그랬어. 아무도, 아무것 도 널 이길 수 없었지. 그걸 아는 사람은 많지 않았는데 유코 는 그걸 알았거든. 유코는 네 그런 점에 끌렸던 거야. 넌 나 를 압도했어. 내가 그런 생각을 했을 거라곤 넌 눈치도 못 챘 겠지만 쭉 그랬었어. 네가 복싱을 시작했을 때도 그랬어. 그 런 건 어떻게 해도 내가 시늉조차 못 하는 거였지. 육체적인 능력을 말하는 게 아냐. 그런 투쟁이 끝나고도 여전히 네가 삶에 충실했다는 것. 나는 그걸 질투했어. 네가 싸울 때마다 미치도록 질투했어. 더 나쁜 건 나는 그걸 부끄러워했다는 거야. 내가 부끄러움조차 모르는 인간이었다면 무슨 생각 까지 했을지 나도 몰라. 그런데 어느 날 딱 한 번, 나는 정말 로 부끄러움을 모르는 철면피가 되는 데 성공했지. 네 집에 갔을 때 우연히 유코 혼자 있던 적이 있어. 그때 나는 비겁한 짓을 했어. 유코는 처음에는 저항했지만 곧 죽은 사람처럼 누워 있기만 하더라. 그때만큼 자기혐오를 느꼈던 적도 없어. 유코의 명예를 위해 말해 둘게. 유코가 네 집을 나간 건 그 일 때문이었어. 유코는 깔끔하고 단호한 여자아이였어. 두 번 다시는 너와 만나지 않겠다고 유코가 결심한 것도 그 일 때문이야. 유코는 네 안에서 계속 친구로 남고 싶었던 거야."

나는 말없이 서 있었다. 사고가 한순간 멈추더니 갑자기 한꺼번에 모든 광경이 스쳐지나갔다. 투쟁의 날들. 우리 세 사람이 보낸 날들. 그 광경. 그건 어떤 고통과도 닮았다. 눈을 부시게 하는 햇볕 같은 통증이자 그리움의 통증이기도 했다. 세월은 물처럼 흘렀다. 무지한 나를 딛고 20년 이상 흘러간 것이다.

"그럼 설마……"

내 목소리가 목에서 걸렸다.

"네가 그때 폭탄을 만든 것도 단지 내게 맞서기 위해서였냐. 그런 거냐 말이냐."

"사실 나도 내가 왜 그런 짓을 했는지 잘 모르겠어. 그래도 분명 네 말이 맞는다고 생각해. 더 위험한 것을 제작하고 소유하면 네게 맞설 수 있을지도 모르니. 그렇게 생각했던 것 같아. 무책임하게 들릴지도 모르지만 나는 결국 약한 인간이었어. 파괴만을 목적으로 하는 도구는 약한 자를 위해서 존재한다는 생각도 했었고."

침묵이 찾아왔다. 나는 그 정적에 귀를 기울였다.

구와노의 목소리가 다시 들려왔다.

"그래. 유코 딸의 전화를 도청한 것도 나야. 단가를 훔친 것도 나고. 그렇지만 네가 못 보게 하려고 그랬던 게 아니라 내가 읽고 싶어서야. 아까 네가 읊은 단가는 그 원고지에는 없었는데, 내가 읽은 단가는 대부분 너를 향한 연가였어. 다시 뉴욕 얘기를 할게. 그런 나와 유코가 뉴욕에서 만났을 때 또 그녀에게 빠져드는 기분이 되살아났어. 유코의 입장이라고 한다면, 아마 세월이 그녀를 치유했을지도 몰라. 아니면 외국이라는 환경이 영향을 줬을지도 모르고. 나와 다시 만난 걸 조금도 불쾌해하는 것 같지 않더라. 우리는 가끔 만나게 되었는데 그래도 유코 안에는 단순한 노스탤지어만 있을 뿐이었어. 유코는 결국 너를 잊지 못했지. 나와 유코의 대화는 언제나 60년대 말로 돌아가 있었어. 언제 만나도 마지막은 너 이야기로 끝났지. 그때 처음으로 알아챘어. 내가 절망하고 있다는 것을 말이야. 절망이 언제 찾아오는지 알긴 아니. 이 세상에 움직일 수 없는 사실이 있다는 걸을 알게 되었을 때야. 전기 상자 안에 있을 때는 희망은 있었거든. 언젠가는 이 상자에서 나갈 수 있을 거라는 희망. 하지만 이쪽은 그런 것조차 없어. 모르는 척을 했지만 아마 유코도 알고 있었을 거야. 그러니 유코의 남편이 죽었을 때, 아니, 나에게 살해당했을 때 내게 작별 인사를 했겠지. 그때까지는 유코가 귀국할 것이라고는 차마 생각하지도 못했어. 나는 비웃음당해도 싸. 그리고 시간이 꽤 흐르고, 재작년, 이 나라로 돌아왔지. 예전의 나와는 완전히 다른 사람으로. 나는 지금 카넬라라는 이름의 여권을 가지고 있는, 전혀 다른 사람으로 살고 있어. 귀국하고 나서 내가 가장 먼저 한 일이 무엇인지는 너도 알겠지."

나는 오랫동안 구와노를 바라보았다. 눈부신 햇살을 등지고 있어 얼굴에는 여전히 어둡게 그림자가 드리웠다. 머지않아 나는 입을 열었다.

"응. 근 20년을 뒤집어엎었지. 아주 완전히 시간을 뒤엎었어. 그러기 위해 여러 사람의 행방을 쫓았고. 유코와 미야사카 도루의 행방도 쫓고. 아마 나도 찾았겠지. 그랬을 거야."

그림자 진 얼굴이 끄덕거렸다. 나는 딱딱한 목소리로 물었다.

"그런데 유코를 살해한 이유는 뭐냐."

"아직 모르는 건가. 난 이제 제대로 되돌리지 못한 건 파괴해. 그런 인간이 되어 버렸어. 그렇게 변해 버렸다고."

나는 표정조차 잘 보이지 않는 구와노를 바라보았다. 이 남자에게는 이제 그런 출구밖에 없었다.

"물론 미야사카에게 복수할 생각도 하고 있었어. 그러니

384

까 그 두 사람이 한 달에 한 번, 우연히 같은 장소에 있다는 걸 알게 된 순간 정말 놀랐어. 파괴의 대상과 복수의 대상이 같은 장소에 있다니. 그걸 알았을 때 신의 계시처럼 머릿속에 계획이 번뜩였어. 내 장인이 거물이라고 했지. 지금 그 국가의 내무성 장관이야. 그러니 나도 일본 대사관에는 어느 정도 얼굴이 통해. 군용 화약을 손에 넣는 건 간단했지. 외교 행낭*을 쓸 수 있었거든."

"그 폭약을 사용한 적에 대해서 유코에게 말한 적 있군."

"맞아. 뉴욕에서 그런 이야기를 하자 유코는 흥미진진한 모습으로 내 이야기를 들었어. 먼 나라 이야기를 듣는 것처럼. 분명히 현실감이 없었겠지. 전기 상자에 관한 것도, 미야사카에 관한 것도 대강 말한 적이 있어. 71년의 일도. 나는 그렇게 고백하면서 유코의 관심을 끌려고 한 거지. 결국 아무 의미도 없었지만. 그래도 그 덕에 유코가 눈치챈 거야. 그 공원에서 유코가 미야사카와 함께 있었을 때 나는 일부러 유코에게 내 모습을 드러냈어. 그때 유코는 내 옆에 있는 여행 가방을 보자마자 바로 내 의도를 깨달은 듯했어. 미야사카의 딸을 정원수 그늘 쪽으로 재빨리 밀쳤거든. 그 순간 나는 리모컨 스위치를 눌렀어. 알다시피 그 광장은 절구 모양이 잖아. 안전한 원격조작이었지."

* 본국 정부와 재외공관 사이에 문서나 물품을 넣어 운반하는 가방.

"그런데 오산이 있었지."

"맞아. 두 가지야. 하나는 네가 미야사키의 딸을 맡긴 그 니시오라는 남자야. 니시오는 그 아이를 죽였어야 했어. 아니면 적어도 그 장소에서 데리고 사라지든가. 근데 그놈이 상상을 초월하는 광경을 보고 실신해 버렸지. 뭐, 난 하찮은 쓰레기를 썼던 것뿐이야. 다른 하나는 네게 노숙자 지인이 있던 것. 그 노인의 신원이 밝혀질 거라고는 생각도 못 했어. 그쪽에 대해선 분명 정부보다 네가 자세히 알겠지. 참, 얄궂은 일이야. 미야사카가 유코의 매력에 끌리다니. 마치 누군가가 그랬던 것처럼."

"그 폭탄으로 많은 사람이 휘말렸어. 그것도 얄궂다고 할 건가."

구와노의 입가에서 미소가 새어 나왔다. 처음에는 희미하게. 그리고 점점 커지더니 이윽고 히스테리컬한 소리를 내기 시작했다.

"이건 단지 남미 방식이라고. 내 방식에는 특별할 게 없어. 1980년에 아비앙카 항공의 보잉기가 폭파해 추락한 건 알아? 왜 폭파되었다고 생각해? 그건 메데인 일당이 승객 중에 있던 밀고자를 말살하기 위해서였어. 백 명이 넘는 사람들이 휘말렸지. 그래도 그건 남미에서는 일반적인 방법이었어. 우리에게는 지극히 평범한 방식에 지나지 않는다고."

"우리가 아니야. 그건 네 방식일 뿐이야. 결국 넌 진정한 테러리스트조차 되지 못했어. 불쌍한 살인자가 되었을 뿐이지."

구와노의 히스테리컬한 웃음소리가 더욱 커졌다.

"그런데 말이야, 그 두 사람 옆에 한 사람이 더 있는 게 아니겠어?"

"나 말이냐?"

"그래. 게임을 시작하는 데 준비된 또 하나의 우연."

"게임?"

"아까 말했지. 옛날에 난 늘 네게 완패했고 넌 날 압도했어. 그러니 네게 공원에서 술을 마시는 습관이 있다는 걸 알았을 때는 정말 기뻤단 말이지. 이렇게 겨우 대등한 게임이 될지도 모른다고 생각했어."

말을 마치자 경련을 일으키는 듯한 그의 웃음소리가 갑자기 멈췄다. 적막이 흘렀다. 두려운 적막이었다. 나는 꼼짝하지 못하고 서 있었다. 식어 가는 몸의 떨림만이 느껴졌다.

"지금까지 네가 저지른 모든 일이 전부 게임이라는 말이냐. 너는 가와하라 겐조라는 노인을 너로 위장해 살해했어. 그러고는 네 한쪽 팔을 현장에 남겼지. 니시오에게 그 공원에서 일부러 내게 말을 걸게 시켰고. 당국에 밀고 전화도 넣었지. 나는 그날 밤, 에구치 조직 패거리들한테 공격당하고 나와 아사이가 탄 자동차가 오토바이로 습격을 당했어. 그들은 협박하려는 것 같기도 했고 조롱하는 것 같기도 했어. 그런 식으로 나를 혼란하게 했지. 그게 전부 게임의 일부라는 거냐. 그런 거냔 말이냐."

구와노가 고개를 돌렸다. 지금은 그 얼굴이 희미하게 보인다. 그러나 그 얼굴에서는 표정이 일체 사라져 있었다.

"맞아. 네 말대로야. 그런데 어쩐지 이번에도 내가 진 것 같네. 나는 밀고 전화로 관청까지 이용했는데 너는 그걸 태연히 빠져나갔어. 협박에도 굴하지 않았고 어떤 압력에도 예전과 똑같이 천하태평 그 자체였지. 그리고 본인이 향해야 할 방향을 알고 있었어. 20년이 넘는 시간도 널 변하게 하진 못했지. 내가 여기에 왔다는 연락을 받았을 때 난 완벽히 이해했어. 결국 나는 영원히 널 이길 수 없는 운명이라는 걸 말이야."

내 안에서 갑자기 무언가가 끓어올랐다. 나는 권총을 든 팔을 들어 올렸다.

"그럼 마지막까지 확실히 내가 이겨 주지."

총을 쥔 내 팔이 구와노를 향했다. 똑바로 뻗은 손은 떨리지 않는다. 총의 격철을 내렸다. 총구는 구와노의 어두운 그림자를 포착하고 있다. 그의 표정은 변하지 않는다. 끓는점인가. 내게도 변질되는 어떤 계기가 있을까. 그대로 잠시 있었다. 시간이 얼마나 지났는지 모른다. 곧 총구가 떨리기 시작했다. 그때 구와노가 말했다.

"넌 날 쏠 수 없어."

그 말이 처음으로 나를 움직이게 했다. 왼손으로 오른 손목을 잡고 떨리는 권총을 고정했다. 손가락에 힘을 넣는다. 방아쇠를 당기듯이 천천히 힘을 주었다.

총의 발사음이 울려 퍼지며 여운이 드리워졌다.

20

책상에 있는 꽃병이 흩어졌다. 하얀 코스모스 꽃잎이 천천히 허공을 춤추었다. 나와 구와노는 총성이 들린 쪽을 동시에 바라보았다. 방 오른쪽에 있는 문이 열려 있었다. 그곳에 총을 쥔 남자가 서 있다. 아사이였다.

"방해해서 미안. 그렇지만 자네에게 살인은 어울리지 않는다고."

아사이는 이렇게 말하고 나서 내 시선이 자신의 손에 쏠려 있음을 알아채고 히죽거렸다.

"이거? 내게 총이 하나뿐이라고는 말한 적 없잖아?"

"어떻게 내가 여기 있는 걸 알았지?"

내가 말했다.

"오늘 아침 일찍, 네 걸프렌드한테 전화 왔어. 네가 행방불명이라나. 다만 그녀의 컴퓨터에 백업시스템이 있었나봐. 마지막으로 사용한 화면에 이 회사 이름이 있었다네. 게다가 자네 나한테 그 양복 빌려갔잖아. 그런 걸 입고 갈 만한데가 얼마나 되겠나. 어제 이야기가 이어진다는 건 애들도알 거야. 그래서 바로 여기로 달려왔다고. 자네 이 빌딩 앞공중전화에서 나한테 전화했지. 그때 나는 도로 반대편에있었어. 자네를 보면서 휴대폰으로 통화한 거야."

한숨이 나왔다. 총을 든 내 팔이 곧 힘없이 축 처졌다.

구와노는 이 상황을 즐기는 듯한 말투로 말했다.

"네가 아사이라는 야쿠자인가."

"그렇다."

아사이가 그쪽을 향했다.

"미안하지만 당신들 이야기는 전부 들었어. 나는 증인이될 수 있어. 게다가 한 명 더 있지. 네 한쪽 팔 말이야. 아, 이건 비유야. 실제 팔을 말하는 게 아니라 모치즈키 얘기라고.오늘 아침부터 이 빌딩 앞에 계속 서 있던 떨거지. 시마무라,아니, 기쿠치가 여기에 오기 두 시간 전에 현관 앞에서 모치즈키를 붙잡았어. 빌딩 뒤에서 다 불게 만들었지. 이건 내 사적인 문제기도 해. 모치즈키는 자신이 저지른 잘못에 책임을 질 필요가 있으니까."

그러고 나서 아사이는 나를 보았다.

"자네가 말했던 다쓰무라라는 남자에 관해서도 불더군. 역시 그놈이 다쓰무라를 살해했어. 뺑소니로 위장한 것도 그놈 짓이었어. 협박만으로는 불안했다나. 결국 마음이 약한 남자였던 거야. 옛날 복수 상대라는 인간에게 겨우 돈 때문에 비위나 맞추는 남자였어. 그런 놈에게 다시 한번 기회를 줬다니, 나도 쓸데없는 노력을 했군."

"어떻게 이 방에 들어온 거냐."

구와노가 물었다.

"이 방에 기획부장실이라는 플레이트가 걸려 있잖아. 안내받았어. 코트 주머니에 있던 권총을 들이대면서. 식상한 방식이긴 하지만. 놈은 지금 여기에 있어. 바닥을 나뒹굴고 있으려나. 내 주먹도 아직 쓸 만해서 말이지."

구와노는 나를 보았다. 그 표정에는 또 방금 전의 미소가 살아나 있었다.

"너에겐 꽤 독특한 친구가 있는 것 같네."

"맞아."

"나를 어떻게 평가하든 상관없는데, 미스터 카넬라. 당신, 본인 신상을 좀 걱정하는 게 좋지 않을까. 곧 경찰들이 올 거라고."

아사이는 이렇게 말한 후 내 쪽을 향했다.

"이제 돌아가자. 이런 놈의 뒷일은 경찰에게 맡기면 돼."

"경찰은 당신이 불렀나."

"아니 네 걸프렌드가. 자네가 여기 들어오기 직전 또 전화가 왔어. 혼란해 보이더라. 사건에 휘말릴까 봐 걱정하더라고. 한 시간쯤 뒤에 경찰을 부르라고 했는데 이제 거의 한 시간이 지났네."

나는 구와노를 보았다. 지금은 그 얼굴에 온화한 미소가 번져 있다. 그리고 왜인지 깊은 안도감마저 머금고 있다.

"저기, 기쿠치."

그가 불렀다.

"이제 와서 이런 말을 하는 게 민망하지만, 하나 부탁이 있어."

"뭔데."

"그 총 빌려줘."

"뭐 하려고."

"언젠가 네가 말한 적이 있어. 게임 끝이라고. 그게 리플레이 됐네. 하지만 이번에는 진짜 게임 끝이야. 난 이제 일본 정부와는 더는 접촉하고 싶지 않아."

아사이가 뭐라고 말을 걸었지만 일단 그 말을 제지했다.

"그건 불가능해."

나는 말했다.

"이 총은 내 것이 아니야."

"그럼 한 가지 더 들어줘. 나는 네가 여기에 왔을 때, 내가 패배했다는 걸 알고 패배를 긍정했지. 그래서 전부 말하고 싶어졌어. 그런데 하나 깜빡 잊고 말하지 않은 게 하나 있어."

"무슨 이야긴데."

"내가 마쓰시타 도코의 전화를 도청한 이유 말이야."

"뭔데."

"도코는 내 딸이니까."

나는 말없이 구와노의 얼굴을 보았다. 구와노가 조용한 목소리로 말했다.

"71년. 내가 전화로 너한테 드라이브를 제안한 날, 유코와 만났어. 그 날이 뉴욕에서 다시 만나기 전까지 유코와 마지막으로 만난 날이었지. 유코가 그 후 바로 결혼했다는 건 알고 있겠지? 사실 뉴욕에서 유코가 내게 직접 말해 줬어. 믿겠어?"

구와노의 표정을 오랫동안 바라보았다. 그 눈에 불가사의한 빛이 머물러 있다. 전부 포기하고 받아들인 것 같은 눈동자의 색. 오랫동안 바라보았다. 그리고 이해했다. 구와노는 이 결말을 기다리고 있던 것이다. 게임이라고 말하면서 구와노는 이 장소로 나를 유인했던 것이다. 그게 아니라면 이 치밀한 두뇌를 가진 남자가 군용 폭약을 사용할 리가 없다. 과격파에게서 구한 폭약을 사용하면 됐을 것이다. 게다가 가와하라 겐조의 지문을 어떻게든 제거했을 것이다. 에구치 조직을 이용해 그런 조잡한 습격을 할 일도 없을 것이다. 예전에 근무한 이 회사에 다시 돌아올 일도 없다. 그가 바라 마지않던 목적지는 이 결말이었던 것이다.

"안 믿어. 하지만 나도 나이를 먹었어. 이 총을 잃어버려도 혼나지 않겠지."

아사이의 시선을 느끼면서 총을 책상 위에 조용히 올렸다. 아사이는 아무 말도 하지 않았다. 구와노의 얼굴에 재차 미소가 번졌다. 깊은 고요함이 번진 미소였다.

"고마워. 마지막에 널 만나서 좋았어."

"나는 만나고 싶지 않았어. 변해 버린 너와는 만나고 싶지 않았다고. 인간 같지도 않은 너랑은 만나고 싶지 않았어."

"이게 숙명인 거야, 분명. 이게 그 투쟁을 한 우리 세대의 숙명이었어."

"우리는 세대로 살아온 게 아니야. 개인으로 살아왔어. 그건 네가 더 잘 알겠지."

그대로 등을 돌렸다. 아사이가 말없이 나를 따라왔다.

복도에 서서 무거운 문을 등 뒤로 살며시 닫았다. 총소리가 들려왔다. 짧고 희미한 그 소리는 반향마저 남기지 않았다.

침묵한 채 아사이와 걸었다. 엘리베이터가 움직이기 시작했을 때 그가 속삭이듯 말했다.

"전기 상자인가."

"응."

"그 녀석도 딱하네."

"……"

"저런 식으로 자기도 죽어 버리다니."

나는 아사이에게 말했다.

"하나 부탁이 있어."

"알아. 말하면 안 되는 것 정도는 안다고."

1층에서 문이 열렸다. 눈앞에 도코가 있었다. 갑자기 그녀가 '왕바보'라고 소리쳤다. 그 눈에 눈물이 부풀어 있었다. 무언가 무거운 액체처럼 눈물이 뺨을 타고 흘러내렸다. 그녀를 바라보았다. 유코와 닮은 얼굴. 그리고 다른 누군가의 그림자를 떠올리게 하는 도코의 얼굴을 바라보았다.

"왜 말도 없이 집을 나간 거예요."

"푹 자고 있더라. 깨우기 미안해서."

"나, 안 잤어요. 아저씨가 컴퓨터 하는 것도 알고 있었다고. 그랬는데 어느새 도둑고양이처럼 몰래 나가 버렸잖아."

아사이가 끼어들었다.

"이 남자는 눈치가 없어. 여성분께 아침 인사도 할 줄 모른다니까."

"아저씨, 범죄 같은 건 안 저질렀잖아. 그렇지?"

대답하려던 그때, 빌딩 안으로 달려 들어오는 경찰들이 보였다. 그러나 그들은 아사이의 권총을 알아차렸는지, 일순간에 전원이 그 자리에 얼어붙었다. 멀리서 포위한 채 망설이는 기색이 감돌았다. 조금 지나자 누군가가 명령하는 소리가 들렸다. 경찰들은 일제히 허리춤에 손을 얹었다. 아사이는 쓴웃음을 지으며 권총을 내던졌다. 권총이 바닥에 소리를 내며 굴러갈 때 아사이가 나를 보았다.

"자, 갈까."

"응."

"어디에 간다는 거예요?"

"걱정하지 않아도 돼, 아가씨. 이 남자는 기소는 안 당해."

"글쎄, 어쩌려나."

나와 아사이는 나란히 경찰관들을 향해 걷기 시작했다. 등 뒤에서 목소리가 들렸다.

"저, 기다릴게요. 엄마가 왜 아저씨를 좋아했는지, 이제

나도 잘 알겠어.”

아사이가 나를 보고 히죽 웃었다.

“하나 충고해도 되나.”

“응.”

“젊은 여자아이의 기분에는 조금 더 섬세한 편이 좋겠어.”

답할 시간은 없었다. 그 후 바로 경찰들이 성난 소용돌이처럼 나를 둘러쌌다. 손목에 수갑이 채워졌다. 아사이의 목소리가 들렸다.

“이봐! 총은 전부, 내가 갖고 있던 거야. 잊지 마.”

그때 경찰들 사이를 가로질러 다가오는 50대 연배의 남자가 보였다. 그가 나에게 말을 걸었다. 날씨 이야기라도 하는 듯한 말투였다.

“여러모로 폐를 끼친 것 같네, 기쿠치.”

“그렇지도 않아. 당신은 누구지?”

“본청 수사1과의 신도. 대략적인 건 차 안에서 그 딸에게 전화로 들었어. 니시오는 체포되었어. 에구치 조직은 압수수색이 한창인데, 이번 기회에 뿌리를 뽑을 거야. 사실은 어제부터 준비하고 있었어.”

“그래서, 내 용의는?”

“상해, 총도법 위반, 거기에 관명 사칭. 내 이름을 사용하다니 배짱이 있군. 그 외엔 여기 상황 그대로야. 우리도 그렇

397

게 사정에 어둡지 않다고. 니시오의 동태는 계속 살피고 있었어. 목표는 물론 모치즈키를 확보하는 것이지만 놈에게는 이번 고비를 넘을 만한 기량은 없어. 그 윗선이 문제였지. 밀고한 남자 말이야. 그 밀고 전화에는 의문이 남아서 범행 성명이 있는 경우를 생각해 녹음했지. 현장에서 약품이 약간 검출되고 나서 학생 시절 당신네들 친구들에게 목소리를 들려주었어. 그러니 대충 짐작이 갔지."

"그걸 알고서 날 계속 지명수배한 건가. 상당히 깔끔하게 손을 썼군."

"뭐, 그런 셈이지. 손이 많이 가는 수법이었어. 하지만 네 덕에 어쨌든 결국 다다른 것 같네. 역시 놈은 살아 있었군."

"그 남자는 또 한 번 죽었어. 내 용의에 자살방조를 추가하면 만점이겠지."

"그런가."

경찰 한 명이 내게 다가오는 걸 보고 신도가 단호하게 말했다.

"포승줄은 됐고 수갑만 있으면 돼."

경찰차 열 대가 빌딩 앞에 정차해 있다. 나와 아사이는 앞뒤로 두 대에 나눠 탔다. 뒷좌석으로 들어가 젊은 형사 두 명 사이에 앉자 경찰차가 움직이기 시작했다. 그들은 아무 말도 하지 않았다. 구와노가 아까 말한 것을 하나하나 곰곰이 떠올렸다. 완벽히 정리하기까지 시간이 걸린다. 이번에는 20년을 넘기지는 않겠지. 전기 상자를 생각하다 머리를 흔들고 그 말의 울림을 떨쳐냈다.

유코를 생각했다. 그날의 유코. 공원에서 유코는 그때 내가 바로 옆에 있었다는 걸 알았을까. 모르겠다. 영원히 알 수 없게 되었다. 유코가 쓴 단가를 떠올렸다. 뉴욕. 눈부신 거리. 구와노와 유코가 단둘이 평화로운 여름의 거리를 걸어간다. 뜨거운 햇살을 맞으며 구와노가 아이처럼 양산을 빙글빙글 돌린다. 그 광경 속에서 그가 환하게 웃는다.

"무슨 생각 하나."

형사 한 명이 내게 말을 걸었다.

잠시 말없이 있었다. 그러다 속삭이듯 새어 나오는 내 목소리가 들렸다.

"오늘, 친구를 한 명 잃었어."

창밖에서 갑자기 하얀 코스모스 꽃잎이 흩날리는 듯한 기분이 들었지만 곧 시야에서 사라졌다.

농담 같은 한 시대를 풍미하는
하드보일드의 결정판

평화로운 가을날, 한 남자는 신주쿠의 한 공원에서 한가로이 위스키를 마시며 시간을 보냅니다. 그런데 갑자기 폭음이 울리고 폭발이 발생해 사상자가 대거 나오게 됩니다. 이를 계기로 남자의 일상은 무너지고 맙니다. 폭발 현장에 위스키 병을 두고 나오면서 사건에 휘말린 것입니다. 엎친 데 덮친 격으로 사건 피해자 중에는 한때 남자와 함께 학생운동을 했던 친구 두 명이 있습니다. 이토록 지나친 우연이 실제로 일어날 수 있을까요? 사건으로 일상을 완전히 박탈당한 남자는 이러한 의문을 품은 채 사건의 진상을 쫓기 시작하며 이야기가 펼쳐집니다.

『테러리스트의 파라솔』은 후지와라 이오리(1948~2007)의 대표작입니다. 그는 도쿄대학 프랑스문학과를 졸업하고 광고회사 덴쓰에 입사합니다. 그러다 1985년 『닥스훈트의 위프』로 제9회 스바루 문학상을 수상하면서 데뷔하죠. 1995년에는 도박 빚을 갚기 위한 목적으로 『테러리스트의 파라솔』

을 투고하게 되는데요, 이 작품으로 1995년 제41회 에도가와 란포상과 1996년 제114회 나오키상을 수상하는 쾌거를 거듭니다. 에도가와 란포상과 나오키상의 동시 수상은 사상 최초였다고 하니 당시 얼마나 이목을 끌었을지 상상이 갑니다. 더군다나 란포상에서는 심사위원의 만장일치로 수상이 결정되었다고 하고요. 그 외에도 '주간문춘 미스터리 베스트' 1위를 기록하고 '이 미스터리가 대단해!' 6위를 기록하며 명성을 떨칩니다.

어째서 작품은 이렇게나 독자들의 사랑을 받을 수 있었을까요? 여러 요소가 있겠지만 그중 하나는 매력적인 캐릭터가 아닐까 합니다. 대학투쟁을 함께했던 삼인방인 기쿠치, 구와노, 요코는 각기 자기만의 뚜렷한 개성을 발산합니다. 치열한 대치 상태에서도 천하태평인 기쿠치, 날카롭고 예리한 두뇌의 소유자 구와노, 용감하면서도 절제력 있는 요코가 그러합니다. 이들은 중년이 되어서도 각자의 색깔을 잃지 않은 채 나름대로 고군분투하며 삶을 살아갑니다. 천하태평이었던 기쿠치는 시시한 바텐더가 되고 능력자 구와노는 한 회사의 대표가 되고 요코는 뉴욕에서 커리어우먼이 되고요. 삼인방 외에도 뼛속까지는 야쿠자가 되지 못한 아사이와 지나치게 당돌한 도코도 나름의 매력으로 독자를 사로잡습니다.

다음으로 이러한 매력적인 캐릭터들의 감정선입니다. 60년대 전공투가 좌절된 뒤, 이들이 한때 추구했던 이상, 실천했던 연대는 실패의 길로 접어듭니다. 이와 맞물려 그 유능한 구와노 역시 현실의 장벽 앞에서 허무와 체념에 휩싸여 결국 지치고 맙니다. 늘 천하태평한 기쿠치는 줏대 없이 그런 구와노와 또 똑같이 행동하고요. 하지만 그 후 오히려 기쿠치는 잿빛 현실을 자기만의 방식으로 타개해갑니다. 복싱을 하면서 일상을 견디고 극복하고 끊임없이 도전하죠. 구와노는 기쿠치의 이러한 면에 놀라면서 질투하고요. 또 기쿠치의 건강한 면모를 알아본 유코가 있고, 이들 간의 섬세하지만 뒤틀린 애증과 우정, 질투와 동경이 한데 얽힙니다. 서투르지만 빛나던 청춘을, 중년이 된 이들이 각자 소화해내는 과정을 들여다보는 재미가 있습니다.

2015년 『도덕의 시간』으로 제61회 에도가와 란포상을 수상한 오승호(고 가쓰히로) 작가는 자신에게 영향을 준 소설로 후지와라 이오리의 『테러리스트의 파라솔』을 꼽습니다. 당시 중학생이었던 오승호 작가는 이 소설을 읽고 좌절에 대한 동경을 느꼈다고 합니다. 좌절은 싸운 사람만이 할 수 있는 것이라면서요. 아무리 애써도 질 수밖에 없는 게임이 있음을 알고, 알면서도 싸울 수 있는 용기를 내고, 찾아오는 좌절을 수용하는 자세야말로 오늘날 우리 세대가 계승해야 하는 시대정신이 아닐까 싶습니다.

　마지막으로 작가는 2007년 식도암으로 세상을 떠나고 말았습니다. 안타깝게도 그의 새로운 작품을 읽을 기회가 이제는 없는 것입니다. 그렇다면 그가 살아생전 발표했던 작품(『닥스훈트의 워프』『시리우스의 길』『손바닥의 어둠』『다나에』『오르골』등) 중에서도 가히 대표작이라 할 수 있는 『테러리스트의 파라솔』을 시작으로 그의 작품세계에 입문해 보는 건 어떨까요?

2022년 봄

민현주

테러리스트의 파라솔

1판 1쇄 인쇄 2022년 4월 5일
1판 1쇄 발행 2022년 4월 20일

지은이 후지와라 이오리　옮긴이 민현주
책임편집 민현주　디자인 디자인비따　제작 송승욱　발행인 송호준

발행처 블루홀식스　출판등록 2016년 4월 5일 제 2016-000100호
주소 경기도 파주시 회동길 483-1　전화 031-955-9777　팩스 031-955-9779
이메일 blueholesix@naver.com

ISBN 979-11-89571-70-2 03830